*Roubo:*
*uma história de amor*

**Outras obras do autor publicadas pela Editora Record**

*A história do bando de Kelly*
*Jack Maggs*
*Minha vida, uma farsa*
*Oscar e Lucinda*

# PETER CAREY

## *Roubo:*
## *uma história de amor*

Tradução
JOSÉ RUBENS SIQUEIRA

EDITORA RECORD
RIO DE JANEIRO • SÃO PAULO

2008

CIP-Brasil. Catalogação-na-fonte
Sindicato Nacional dos Editores de Livros, RJ.

C273r
Carey, Peter, 1943-
Roubo / Peter Carey; tradução de José Rubens Siqueira. – Rio de Janeiro: Record, 2008.

Tradução de: Theft: a love story
ISBN 978-85-01-07617-5

1. Romance australiano. I. Siqueira, José Rubens, 1945-. II. Título.

08-2543
CDD – 828.99343
CDU – 821.111(436)-3

Título original inglês
THEFT: A LOVE STORY

Copyright © Peter Carey 2006

Todos os direitos reservados. Proibida a reprodução, no todo ou em parte, através de quaisquer meios. Proibida a venda em Portugal.

Direitos exclusivos de publicação em língua portuguesa para o Brasil adquiridos pela
EDITORA RECORD LTDA.
Rua Argentina 171 – Rio de Janeiro, RJ – 20921-380 – Tel.: 2585-2000
que se reserva a propriedade literária desta tradução

Impresso no Brasil

ISBN 978-85-01-07617-5

PEDIDOS PELO REEMBOLSO POSTAL
Caixa Postal 23.052
Rio de Janeiro, RJ – 20922-970

EDITORA AFILIADA

*Para Bel*

Devo ser um rei, ou só um porco?

— Flaubert, *Caderno íntimo*

Joachim nascera antes da guerra, nos anos em que as crianças ainda aprendiam de cor as 13 razões para usar uma letra maiúscula. A essas ele acrescentou mais uma própria, que era a seguinte: faria, em qualquer circunstância, exatamente o que quisesse.

— Macado Fernández, *One Man*

# 1

Não sei se minha história é grandiosa a ponto de ser uma tragédia, embora tenha acontecido um monte de merda. É, sem dúvida, uma história de amor, mas que não começou senão na metade do monte de merda, quando eu havia perdido não apenas meu filho de 8 anos, mas também minha casa e meu estúdio em Sydney onde um dia fui tão famoso quanto um pintor pode ser em sua própria terra. Foi no ano em que eu devia ter recebido a Ordem da Austrália — por que não! —, olhem só para quem eles dão a ordem. Em vez disso, meu filho foi roubado de mim e eu fui estripado por advogados de divórcio e preso por tentar recuperar o melhor de minha obra que havia sido declarada Bens Matrimoniais.

Ao emergir da prisão Long Bay na desolada primavera de 1980, descobri que seria levado às pressas para o norte de Nova Gales do Sul, onde, embora quase sem nenhum dinheiro para gastar comigo, achei que poderia, se ao menos conseguisse reduzir a bebida, pintar quadros pequenos e cuidar de Hugh, meu irmão excepcional que pesava cem quilos.

Meus advogados, marchands, colecionadores, todos se juntaram para me salvar. Foram tão bons, tão generosos. Eu não podia nem admitir que estava de saco cheio de cuidar de Hugh, que não queria sair de Sydney nem cortar a bebida. Como não tinha caráter para falar a verdade, eu me permiti tomar o rumo que eles haviam escolhido para mim. A trezentos quilômetros ao norte de Sydney, em Tarre, comecei a cuspir sangue numa pia de hotel. Graças a Deus, pensei, não podem me forçar a fazer isso agora.

Mas era só uma pneumonia e não morri afinal.

Foi meu maior colecionador, Jean-Paul Milan, que elaborou o plano pelo qual eu seria o zelador sem vencimentos de uma propriedade campestre que ele vinha tentando vender havia 18 meses. Jean-Paul era proprietário de uma cadeia de asilos de velhos que depois foi investigada pela Comissão de Saúde, mas ele também gostava de pintar, e seu arquiteto fez para ele um estúdio onde a parede que dava para o rio abria com uma porta hidráulica. A luz natural, conforme ele me alertou com tanta delicadeza, ao fazer o presente, era talvez um pouco esverdeada, "defeito" produzido pelas velhas casuarinas que margeavam o rio. Eu podia ter dito a ele que essa história de luz natural era besteira, mas uma vez mais fechei a boca. Naquela primeira noite fora da prisão, num jantar tragicamente sem vinho com Jean-Paul e a mulher dele, concordei que era uma tragédia termos virado as costas para a luz natural, para a luz das velas, para a luz das estrelas, e que o melhor jeito de ver as pinturas de Manet era com a luz de uma janela empoeirada, mas porra — meu trabalho ia viver ou morrer em galerias e eu precisava de 240 volts confiáveis de corrente alternada para fazer minhas coisas. Eu agora estava destinado a viver num "paraíso" onde podia ter certeza de que não ia ter isso aí.

Depois de tão generosamente nos ceder sua casa, Jean-Paul começou imediatamente a temer que eu pudesse de alguma forme danificá-la. Ou talvez a verdadeira alarmista fosse a mulher dele, que havia, muito tempo antes, me pegado assoando o nariz ranhento no guardanapo de jantar dela. De qualquer forma, foram apenas seis manhãs depois de chegarmos a Bellingen que Jean-Paul invadiu a casa e me acordou. Foi um choque horrendo sob quase todos os aspectos, mas eu calei a boca e fiz café para ele. Depois, durante duas horas fui atrás dele pela propriedade, como se fosse um cachorro, e todas as besteiras que ele dizia eu anotava no meu caderno, um velho volume encadernado em couro que era para mim tão precioso como a vida. Nele registrei todas as misturas de cor que preparei desde a época de minha exposição considerada revelação em 1971. Era um tesouro, um diário, um registro de declínio e queda, uma história. Cardos, Jean-Paul disse. Eu escrevi "cardos" em meu caderno querido. Poda. Soletrei. Árvores caídas do outro lado do rio. Serra elétrica Stihl. Lubrificar os niples da roçadeira. Depois, ele ficou ofendido com o trator parado abaixo da casa. A pilha de lenha estava desarrumada — coloquei Hugh para arrumar direitinho, do jeito que Jean-Paul preferia. Por fim, meu patrocinador e eu chegamos juntos ao estúdio. Ele tirou os sapatos como se fosse rezar. Eu imitei. Ele subiu a grande porta hidráulica que dava para o rio e ficou um longo tempo olhando para Never Never, falando — não estou inventando — sobre a porra das Ninféias de Monet. Ele tinha pés bonitos, eu já havia notado antes, muito brancos, com arcos altos. Estava com seus quarenta e poucos anos, mas os dedos dos pés eram retos como os de um bebê.

Embora fosse dono de uns vinte asilos, Jean-Paul não era, pessoalmente, muito de contato físico, mas, ali no estúdio, ele pôs a mão no meu braço.

— Você vai ser feliz aqui, Butcher.

— É.

Ele olhou em volta da sala de teto alto, depois começou a esfregar aqueles pés lindos, perfeitos, pela superfície macia do piso. Se não tivesse os olhos tão úmidos, pareceria um atleta se preparando para algum evento de pista de ficção científica.

— Madeira *coachwood* — ele disse —, não é uma coisa?

Estava falando do chão e era mesmo adorável, de um cinza de pedra-pomes lavada. Era também uma rara madeira de floresta tropical, mas quem era eu, um criminoso condenado, para discutir ética?

— Que inveja eu tenho de você — ele disse.

E assim foi, com o que quero dizer que eu fui dócil como um Labrador grande e velho peidando em silêncio diante da lareira. Podia ter implorado telas para ele, e ele teria me dado, mas ia querer uma pintura. Era esse quadro, o quadro que eu não ia dar para ele, em que eu estava pensando então. Ele não sabia, mas eu ainda tinha uns 12 metros de lona de algodão, isso dois bons quadros antes de eu ser forçado a usar masonite. Bebi quietinho a cerveja não alcoólica que ele me trouxe de presente.

— Boa, não é?

— Parece de verdade.

Então, por fim, foram passadas as últimas instruções, todas as promessas feitas. Parado embaixo do estúdio, fiquei olhando o carro alugado dele pular ao passar em cima do mata-burro. Ele estabilizou ao chegar ao asfalto e foi-se embora.

Quinze minutos depois, eu estava na aldeia de Bellingen, me apresentando aos caras da Cooperativa dos Granjeiros. Comprei compensado, um martelo, um serrote, um quilo de parafusos Sheetrock de cinco centímetros, vinte lâmpadas incandescentes de 150 volts luz difusa, cinco galões de Dulux preto azeviche, a mesma coisa de branco, e tudo isso, junto com umas coisinhas mais, pus na conta de Jean-Paul. E fui para casa a fim de arrumar o estúdio.

Depois, todo mundo armou o maior escândalo porque diziam que eu tinha vandalizado o piso de *coachwood* com os parafusos, mas não entendo como eu podia ter colocado o compensado por cima. Com toda a certeza, eu não podia trabalhar do jeito que estava. Eu estava lá para pintar, como todo mundo sabia, e o piso do estúdio de um pintor deve ser como um local de sacrifício, golpeado por materiais, mas também cuidado, varrido, esfregado, lavado depois de cada encontro. Apliquei linóleo cinza barato por cima do compensado e passei camadas de óleo de linhaça até ficar fedendo como uma *pietà* recente. Mas ainda não podia trabalhar. Não ainda.

O arquiteto premiado de Jean-Paul tinha projetado o estúdio com um teto alto em arco e havia tensionado isso com cabos de aço como as cordas de um arco de flecha. Era uma maravilha aquele troço, e eu pendurei nos cabos fileiras de lâmpadas incandescentes difusas, o que acabou eliminando tanto a elegância do desenho quanto a luz verde que entrava das casuarinas. Mesmo com essas melhorias, era difícil imaginar um lugar pior para fazer arte. Tinha mais bicho que uma selva e os insetos grudavam na tinta Dulux, marcando sua agonia mortal com círculos concêntricos. E é claro que aquela grande e larga porta era um convite aberto a todos os escrotinhos. Voltei à cooperativa e assinei o recibo de três daquelas luzes azuis que matam insetos, mas foi como pôr o dedo no buraco do dique. A toda a minha volta havia uma floresta subtropical, incontáveis árvores e insetos ainda sem nome, ao menos para mim, seu merda, seu bostinha, que sabotavam a esfregada e areada planura do meu duro trabalho. Para me defender, prendi com percevejos feias telas de arame, mas os pedaços não eram largos o bastante, e, desesperado, mandei fazer uma cortina de seda a crédito, com Velcro dos lados e uma grande salsicha pesada de areia ao longo da base. A cortina era de um azul muito, muito escuro e a salsicha, marrom-ferrugem. Então, os pequenos sabotadores caíam em seu sedoso fundilho suado e lá morriam aos milhares toda noite. Toda manhã, quando eu limpava o chão, varria todos para fora, mas alguns eu salvava como modelos vivos, por nenhuma outra razão a não ser que desenhar é relaxante e muitas vezes, particularmente quando acabava o vinho, eu sentava à mesa de jantar e devagar enchia meu caderno com cuidadosas representações de seus corpos adoráveis. Às vezes, meu vizinho Dozy Boylan me dizia os nomes deles.

No começo de dezembro, meu irmão Hugh e eu fomos escondidos como zeladores e ainda estávamos lá no alto verão, quando minha vida começou seu interessante próximo capítulo. Um raio tinha caído no transformador da Bellingen Street, de forma que, mais uma vez, não havia boa luz para trabalhar e eu estava pagando a gentileza de meu patrocinador embelezando o espaço frontal, arrancando com uma picareta os cardos em volta da placa de VENDE-SE.

Janeiro é o mês mais quente no norte de Nova Gales do Sul e o mais úmido também. Depois de três dias encharcado de chuva, o chão estava mole, e quando eu batia com a picareta a lama era quente como merda entre os dedos de meus pés. Até esse dia, o regato tinha sido claro como gim, um riacho de pedras que raramente alcançava sessenta centímetros de profundidade, mas o que escorria da terra saturada havia transformado o pacífico riacho numa fera tumescente: amarelo, turbulento, cheio de terra, rapidamente subiu para seis metros, engolindo a vasta planície de aluvião do quintal dos fundos, chupando até a margem sobre a qual o casto estúdio se encontrava, sensata, mas não invulneravelmente, empoleirado em altas estacas de madeira. Dali, três metros acima da terra, podia-se caminhar por cima da margem do rio raivoso como num cais. Jean-Paul, ao explicar a casa para mim, tinha chamado essa precária plataforma de "a Lagartixa", referindo-se àqueles pequenos lagartos que soltam o rabo quando tocados pela tragédia. Eu me perguntei se ele teria notado que a casa toda havia sido construída numa planície de aluvião.

Não fazia muito que estávamos exilados, umas seis semanas talvez, e me lembro do dia porque era a nossa primeira enchente, também o dia em que Hugh voltou da casa dos nossos vizinhos com um filhotinho de *queensland heeler* dentro do casaco. Já era bem difícil cuidar de Hugh sem mais essa complicação, o que não significa que ele sempre dava problemas. Às vezes, era tão esperto, o filho-da-mãe, tão coerente, outras vezes um idiota choramingão e resmunguento. Às vezes, ele me adorava, ruidosamente, apaixonadamente, como uma criança barbuda e com mau hálito. Mas no dia seguinte ou no minuto seguinte eu era o Líder da Oposição e ele ficava de tocaia no meio dos arbustos de camará silvestre, pulava, lutava violentamente comigo na lama, ou no rio, ou em cima das abobrinhas da estação de chuvas. Eu não precisava de um cachorrinho bonitinho. Eu tinha Hugh, o poeta, Hugh, o assassino, Hugh, o sábio idiota, e ele era mais pesado e mais forte, e quando me derrubava eu só conseguia controlá-lo torcendo seu dedo mínimo como se fosse quebrar. Nenhum de nós dois precisava de um cachorro.

Cortei as raízes de talvez uns cem cardos, rachei um eucalipto pequeno, acendi o fogão que esquentava a água para o ofurô japonês e, ao descobrir que Hugh estava dormindo e o cachorrinho, desaparecido, me retirei para a Lagartixa para espiar as cores do rio e ouvir as pedras rolando uma por cima das outras por baixo da pele machucada e inchada de Never Never. Muito particularmente, observei o pato de meu vizinho nadar para cima e para baixo da enchente amarela enquanto eu sentia a plataforma tremer como um mastro de iate tensionado por um vento de trinta nós.

Em algum lugar, o cachorrinho estava latindo. Devia estar superestimulado pelo pato, talvez imaginando que ele próprio era um pato — isso parece muito provável, pensando bem. A chuva não parava nunca, meu short e minha camiseta estavam ensopados e de repente entendi que se os tirasse ia me sentir bem mais à vontade. Então, lá estava eu, excepcionalmente surdo para o cachorrinho, agachado, nu como um hippie acima da torrente, um Butcher, filho de açougueiro, surpreso de me ver a 450 quilômetros de Sydney e tão inesperadamente feliz na chuva, e dane-se se eu parecia um grande e peludo vombate. Não que eu estivesse em estado de beatitude, mas estava, pelo menos no momento, livre de minha habitual agitação, da melancólica lembrança de meu filho, da raiva de ter de pintar com a porra da Dulux. Estive muito próximo, quase, por sessenta segundos, da paz, mas então duas coisas aconteceram ao mesmo tempo e muitas vezes pensei que a primeira das duas foi uma espécie de presságio ao qual eu devia ter prestado atenção. Levou apenas um momento: foi o filhotinho, passando depressa levado pela torrente amarela.

Depois, em Nova York, eu veria um homem saltar na frente do trem de subúrbio da Broadway. Lá estava ele. Depois, não estava mais. Era impossível acreditar no que eu tinha visto. No caso do cachorro, não sei o que senti, nada tão simples como pena. Incredulidade, claro. Alívio — não tinha mais de cuidar de cachorro. Raiva — porque ia ter de lidar com a desproporcional tristeza de Hugh.

Não sei com que plano em mente, comecei a lutar com minhas roupas molhadas e assim, acidentalmente, vi com clareza, abaixo do estúdio, no meu portão da frente, uns vinte metros além do mata-burro, vi a segunda coisa: um carro preto, os faróis acesos, afundado até os eixos na lama.

Não havia nenhuma razão justificável para eu ficar com raiva de um possível comprador a não ser pelo mau momento e, merda, eu não gostava que viessem meter o nariz nos meus negócios ou ter a pretensão de julgar minha pintura ou minha arrumação da casa. Mas eu, o ex-artista famoso, era agora o zelador, portanto, tendo vestido à força minha roupa fria e desagradavelmente resistente, escorreguei devagar pela lama até o abrigo onde dei partida no trator. Era um Fiat e, embora seu diferencial barulhento tivesse rapidamente estragado minha audição, eu guardava uma ridícula afeição pelo monstro amarelo. Empoleirado no alto de suas costas, tão ridículo, à minha maneira, como dom Quixote, me dirigi ao meu visitante perdido.

Num dia melhor eu teria visto as escarpas do Dorrigo subindo quase mil metros acima do carro, neblina subindo de sua antiga mata sem árvores, nuvens recém-nascidas subindo altas nas poderosas correntes termais que qualquer piloto de planador sentiria na boca do estômago, mas agora as montanhas estavam ocultas e eu não via nada além da linha de minha cerca e dos faróis invasores. As janelas do Ford estavam embaçadas, então mesmo a dez metros de distância eu não conseguia enxergar do interior mais do que os contornos da etiqueta da AVIS pendurada no retrovisor. Isso era uma boa confirmação de que a pessoa era um comprador e me preparei para ser delicado diante da arrogância. Tenho, porém, uma tendência a me irritar, e como ninguém saiu do carro para me cumprimentar, comecei a imaginar quem seria o babaca de Sydney que achava que podia impedir minha distinta entrada e ficar esperando ser servido por mim. Desci e bati com o punho no teto.

Nada aconteceu durante quase um minuto. Depois, o motor ligou e a janela embaçada baixou para desvendar uma mulher de trinta e poucos anos com cabelo cor de palha.

— Você é o sr. Boylan? — Tinha um sotaque estranho.

— Não — respondi. Os olhos dela eram amendoados, lábios quase grandes demais para o rosto magro. Parecia incomum, mas muito atraente, então é estranho, pode-se imaginar, dada a minha miserável existência e quase contínuo tesão, como ela me irritou tão poderosa e profundamente.

Ela olhou para fora da janela, avaliando as rodas da frente e de trás afundadas na minha terra.

— Não estou vestida para isso — ela disse.

Se ela tivesse pedido desculpas, talvez eu reagisse de modo diferente, mas ela simplesmente subiu as janelas e gritou instruções para mim do outro lado.

Bom, eu tinha sido famoso um dia, mas agora era apenas um zé-ninguém, então o que podia esperar? Enrolei a ponta livre do cabo do Fiat em volta do eixo traseiro do Ford, exercício que me cobriu de lama e talvez de um pouco de bosta de vaca também. Depois, voltei ao trator, engatei uma marcha baixa e mandei gasolina. Claro que ela havia deixado o carro engatado, de forma que essa manobra gerou dois longos sulcos na grama e na rua.

Não vi nenhuma razão para me despedir. Recolhi o cabo do Ford e voltei para o abrigo sem nem olhar por cima do ombro.

Quando estava voltando para meu estúdio, vi que ela não tinha ido embora, não, mas estava atravessando o jardim, saltos altos na mão, na direção da casa.

A essa hora eu costumava desenhar, e quando minha visita se aproximou, eu estava apontando meus lápis. O rio rugia como sangue em meus ouvidos, mas eu podia sentir os pés dela subindo os degraus de madeira, uma espécie de vibração nas tábuas do piso.

Ouvi ela chamar, mas, como nem Hugh nem eu respondemos, ela seguiu pela passagem coberta, suspensa entre a casa e o estúdio, uma balouçante e instável estruturazinha uns três metros acima do chão. Ela podia ter escolhido bater na porta do estúdio, mas havia também uma passarela muito estreita, uma espécie de prancha que serpenteava em torno da parede externa do estúdio, e ela então apareceu na frente da porta hidráulica aberta, do lado de fora da cortina de seda, o rio às suas costas.

— Desculpe, sou eu de novo.

Fingi uma grande concentração nos meus lápis.

— Posso usar seu telefone?

Nesse momento, a eletricidade voltou, inundando o estúdio com uma luz brilhante. Lá estava a loira esguia atrás de uma cortina de seda. Tinha lama até na barriga da perna.

— Pintura poderosa — ela disse.

— Não pode entrar.

— Não se preocupe. Eu não sujaria de lama um estúdio.

Só mais tarde foi que pensei como poucos civis apresentariam a coisa desse jeito. Na época, eu estava preocupado com coisas mais simples: que ela não tivesse vindo comprar a propriedade, que ela era extremamente atraente e precisava de ajuda. Levei-a pela passarela até a "casa despojada" de Jean-Paul, onde o único cômodo de verdade era uma cozinha central com uma mesa quadrada feita de madeira negra da Tasmânia que me pediram — instrução final dele — para limpar toda manhã. A mesa tinha mais personalidade agora do que da última vez que Jean-Paul a viu — amarelo cádmio, rosa carmim, curry, vinho, gordura de vaca, barro —, mais de um mês de vida doméstica agora parcialmente encoberta por uma imensa colheita de abóboras e abobrinhas em meio à qual eu afinal localizei o telefone.

— Não tem sinal — eu disse. — Tenho certeza de que estão trabalhando para consertar.

Hugh começou a se agitar em seu quarto. Lembrei que o cachorro dele tinha se afogado. Tinha esquecido completamente.

Minha visitante ficara do outro lado da porta de tela.

— Sinto muito — ela disse. — Estou vendo que tem coisas mais importantes em que pensar. — Ela estava encharcada, o cabelo loiro curto todo grudado, como uma galinhazinha salva de afogamento.

Abri a porta.

— Estamos acostumados com lama nesta parte da casa — eu disse. Ela hesitou, tremendo. Era como se precisasse ser posta dentro de uma caixinha de papelão na frente da lareira.

— Você talvez queira roupa seca e um chuveiro quente?

Ela não tinha como saber como era peculiarmente íntimo o que eu estava oferecendo. Sabe, o banheiro de Jean-Paul ficava na varanda dos fundos e ali nós, homens peludos, estávamos acostumados a tomar banho de chuveiro, quase ao ar livre, sem nada além da tela nos separando do rugido do rio, das árvores pendentes. Era, fácil, a melhor parte do nosso exílio. Uma vez limpos, entrávamos naquela grande banheira de madeira japonesa onde a água quente nos cozinha até ficarmos vermelhos como lagostas enquanto, num dia como hoje pelo menos, a chuva batia em nossas caras.

Do lado público, junto à escada aberta — na verdade, apenas uma escada de incêndio —, havia painéis de lona que baixei. Dei a ela a nossa única toalha limpa, uma camisa seca, um sarongue.

— Se usar a banheira — eu disse —, não pode usar sabonete.

— *Domo arigato* — ela respondeu. — Eu sei me comportar.
*Domo arigato?* Só seis meses depois foi que aprendi o que aquilo queria dizer. Eu estava pensando que devia contar para Hugh sobre o bendito cachorrinho, mas não precisava das explosões dele naquela hora. Voltei a minha mesa cheia de abóboras e sentei, quieto como um rato, na cadeira barulhenta. Ela estava procurando Dozy Boylan — quem mais? Não havia nenhum outro Boylan, e eu sabia que ela não ia conseguir dirigir o carro alugado até o outro lado do riacho cheio. Comecei a pensar no que podia fazer para o jantar.

Como não tinha vontade de mexer com Hugh, fiquei em silêncio junto à mesa enquanto ela tomava banho. Só levantei uma vez, para pegar um pano e um creme umedecedor, e com isso comecei a limpar os Manolo Blahniks dela. Quem iria acreditar? Devo ter pago uma dúzia de pares daqueles no último ano do meu casamento, mas essa era a primeira vez que eu realmente tocava num par, e fiquei chocado com a indecente maciez do couro. A lenha se acomodou e estalou dentro do fogão Rayburn. Se eu tivesse um mínimo de juízo, diria o seguinte: eu não fazia a menor idéia de que porra eu estava fazendo.

# 2

Quando ouvi a porta de correr do banheiro dar um urgente "toc", escondi os sapatos debaixo da mesa e me agitei pegando as abóboras enlameadas e empilhando na varanda da frente. Não que eu não tenha notado a entrada dela, ou visto a minha camisa Kmart caindo solta dos seus ombros magros, a sombra cinza macia do colarinho em seu pescoço rosa-banho.

Entreguei para ela o telefone sem fio.

— A Telecom voltou a funcionar. — Brusco. Já observaram isso a meu respeito antes — a ausência de charme quando sóbrio.

— Ah, legal — ela disse.

Jogou a toalha na cadeira de madeira e saiu depressa para a varanda da frente. Por cima do insistente tamborilar no telhado consegui ouvir o macio ronronar americano que eu entendia como dinheiro velho, Costa Leste, mas tudo isso era esperteza australiana, isto é, dos filmes, e eu não fazia a menor idéia de quem era ela, e se ela fosse Hilda, a envenenadora de Spoon Forks, Dakota do Norte, eu não teria a menor noção.

Comecei a cortar uma abóbora grande, uma coisa linda, alaranjado-fogo com pintas marrom-ferrugem, e um úmido esconderijo de sementes brilhantes e escorregadias que raspei na bandeja de compostagem.

Lá fora, na varanda, ouvia a voz dela:

— Certo. Isso. Exatamente. Tchau.

Ela voltou, toda agitada, esfregando o cabelo.

— Ele disse que o riacho está cobrindo a pedra grande. (Ela pronunciava o *creek* de "riacho" como "crek".) — Disse que você vai entender.

— Quer dizer que tem de esperar o riacho baixar.

— Não posso esperar — ela disse. — Desculpe.

Foi exatamente nesse momento — bom, eu sinto muito, moça, mas, droga, o que você quer que eu faça com essa enchente? — que a respiração adenoidal de Hugh se enfiou entre nós dois. Pastoso, dois metros de altura, imundo, aparência perigosa, ele preencheu o espaço da porta sem explicação. Estava com calça, mas o cabelo parecia ter sido mastigado pela vaca, e não havia feito a barba. Nossa hóspede estava a um metro dele, mas foi para mim que ele perguntou.

— Cadê a porra do cachorrinho?

Eu estava do outro lado do fogão, as mãos escorregadias de azeite, colocando a abóbora e a batata na assadeira.

— Este é o Hugh — eu disse. — Meu irmão.

Hugh olhou para ela de cima a baixo, bem do jeito Hugh, ameaçador se você não conhecia.

— Como é seu nome?

— Marlene.

— Você — ele perguntou, esticando o gordo lábio inferior e dobrando os braços grandes no peito — já leu o livro *O pudim mágico*?

Ah, meu Deus, pensei, isso não.

Ela esfregou o cabelo de novo.

— Para falar a verdade, Hugh, eu li *O pudim mágico*, sim. Duas vezes.

— Você é americana?

— Isso é muito difícil de dizer.

— Difícil de dizer. — O corte de cabelo feito por ele mesmo trepava nas orelhas, sugerindo um tipo feroz e bastante simiesco de personalidade. — Mas você leu *O pudim mágico*?

Ela então lhe deu toda a sua atenção.

— Li. Li, sim.

Hugh me deu um olhar rápido. Eu entendi exatamente — ele agora ia ficar ocupado por um momento, mas não havia esquecido o assunto do cachorro.

— De quem — ele perguntou voltando os olhos castanhos para a estrangeira — você gosta mais no *Pudim mágico*?

E ela se encantou.

— Gosto dos quatro.

— É mesmo? — Ele estava em dúvida. — Quatro?

— Incluindo o pudim.

— Você está contando o pudim!

— Mas eu gosto de todos os desenhos. — Ela por fim devolveu o telefone à mesa e começou a secar o cabelo de verdade.

— Os ladrões de pudim — ela disse — são incríveis.

— Você está fazendo piada? — Meu irmão odiava os ladrões de pudim. Estava sempre, ruidosamente, apaixonadamente, lamentando não ser possível dar um soco no focinho do gambá.

— Não é dos personagens que eu gosto — ela fez uma pausa —, mas dos desenhos. Acho que são melhores que todas as pinturas que Lindsay fez.

— Ah, sei — Hugh disse, amaciando. — A gente viu as porras das pinturas do Lindsay. Benzadeus.

Fosse qual fosse o negócio urgente que tinha na cabeça, ela o deixou brevemente de lado.

— Quer saber quem é a pessoa de que eu mais gosto no *Pudim mágico*?

— Quero.

— Sam Sawnoff.

— Ele não é uma pessoa.

— É, ele é um pingüim, mas ele é muito bom, eu acho.

E ali estava ela — uma figura, uma daquelas raras, muitas vezes infelizes pessoas que "se davam com Hugh".

— De quem você gosta? — ela perguntou, sorrindo.

— De Barnacle Bill! — ele gritou, exultante. E em seguida estava fora da porta, lutando com a sombra, pulando em volta da mesa, gritando: — Mãos ao alto, mãos ao alto, seus imundos ladrões de pudim!

A casinha despojada de Jean-Paul era, como eu disse, uma construção leve e oscilante, sem nenhuma previsão de homens toscos pulando com botas de trabalho enlameadas. As xícaras e pires tremeram nas estantes. Nada disso pareceu incomodá-la em absoluto. Hugh passou o braço pelo meu peito. Entendendo errado, ela continuou sorrindo.

— Cadê a porra do meu cachorro? — meu irmão chiou. Assim de perto, o hálito dele era realmente horrível.

— Depois, Hugh.

— Cale a boca. — Estava faltando o dente da frente e havia todo aquele tártaro, mas, desde que o dr. Hoffman foi deportado, não havia dentista corajoso a ponto de dominar Hugh.

— Depois, por favor.

Mas ele estava me apertando as costas, com o queixo barbudo contra meu rosto. Era um homem forte, de 34 anos, e quando colocou o braço enorme no meu pescoço eu mal podia respirar.

— Seu cachorrinho morreu afogado.

Vi a minha visita aspirar o ar com ruído.

— Se afogou, parceiro — eu disse.

Ele me soltou, mas olhei bem para ele. Nosso Hugh podia ser um cara matreiro, e eu não queria receber aquele famoso soco potente.

Ele deu um passo para trás, chocado, e essa foi realmente a minha principal preocupação, ficar fora do alcance dele.

— Cuidado com o aquecedor do banheiro — eu disse, mas ele já havia tropeçado, sentado em cima dele, gritado de dor e corrido de cabeça baixa para seu quarto.

Penas queimadas, pensei, me lembrando do galo de *O pudim mágico*.

Gemendo, Hugh bateu a porta. Atirou-se na cama e, enquanto a casa tremia e sacudia, os olhos azul-claros da visitante se arregalaram. Como eu podia explicar? Todo o tormento de meu irmão estava dolorosamente presente e nada podia ser dito em particular.

— Dá para atravessar o riacho a pé? — ela perguntou.

Cinco minutos depois, estávamos juntos na tempestade.

Os faróis do trator eram fracos, e o trajeto, muito difícil e árduo, não mais de vinte quilômetros, mas o vento soprava da escarpa e a chuva me picava o rosto e sem dúvida o dela também. Ela havia pegado emprestada minha capa impermeável e um par de botas de borracha, mas seu cabelo devia estar já despenteado e enrolado, os olhos apertados contra a chuva.

Nos primeiros dois quilômetros, quer dizer, o caminho inteiro até o mata-burro de Dozy Boylan, eu estava muito consciente do corpo esguio, dos seios pequenos contra as minhas costas. Estava meio louco, entenda isso, um macho perigoso no cio, numa fúria com meu irmão, roncando pela Loop Street, a roçadeira balançando, batendo, o diferencial guinchando no meu ouvido.

Quando chegamos ao mata-burro, meus faróis amarelos caíram na água borbulhante do Sweetwater Creek, geralmente um riacho estreito. A grande roçadeira de Jean-Paul — que eu chamaria de podador — estava presa à saída de força e aos três pontos hidráulicos. Levantei o máximo que dava, uma grande jangada quadrada de metal de quase dois por dois metros. Eu devia ter tirado aquilo, mas sou um pintor e em assuntos de agricultura meu critério era ruim sob todos os aspectos imagináveis. Eu tinha firme na cabeça que o riachinho não era nada sério, mas assim que entrei na torrente minhas botas se encheram de água fria e aí já era tarde demais, e o Fiat estava subindo e sacudindo por cima das pedras escondidas. Aí, a correnteza pegou a roçadeira e eu senti uma náusea no estômago quando começamos a boiar. Virei a favor da corrente, claro, mas o trator estava escorregando, deslizando em cima das pedras, as rodas da frente rodando no ar. Eu não era fazendeiro, nunca tinha sido. A roçadeira era uma mortal barcaça cor de laranja boiando na superfície da torrente. Senti o terror da minha passageira quando ela enfiou as unhas no meu ombro, e vi com clareza, com raiva, o idiota completo que eu era. Tinha posto minha vida em risco por quê? Eu nem gostava dela. Benzadeus, como diria Hugh.

A sorte ou Deus do nosso lado, saímos na margem oposta e baixei a roçadeira para subir a entrada íngreme de Dozy. Marlene não disse nada, mas quando chegamos à porta, quando Dozy saiu para cumprimentá-la, ela tirou minha capa, com urgência, desesperada, como se nunca mais quisesse tocar nela. Eu não tinha dúvida de que ela estava com medo, e na pele amarfanhada que me entregou imaginei sentir sua raiva por minha displicência.

— Melhor tirar a roçadeira — Dozy disse. — Eu cuido dela um dia ou dois.

Dozy era um rico e bem-sucedido produtor que tinha, com toda a energia e força de vontade que marcava sua personalidade, se transformado num homem grande de 60 anos com um bigode grisalho e a barriga de um fazendeiro forte. Era também um talentoso entomologista amador, mas isso não importava naquela hora, e enquanto a convidada dele se refugiava dentro da casa, ele pegou uma lanterna muito forte e segurou em silêncio enquanto eu soltava a roçadeira da hidráulica.

— Hugh ficou sozinho?

— Eu volto logo.

Meu amigo não disse nada em censura, mas me fez imaginar Hugh vagando pelo campo, arame farpado no escuro, buracos de coelhos, o rio, o terror de eu estar morto e ele ficar sozinho.

— Eu teria ido buscar Marlene com o Land-Rover — Dozy disse —, mas ela estava com muita pressa e eu estava ouvindo as notícias na BBC.

Ele não falou da beleza dela, o que me levou a concluir que era uma das sobrinhas ou netas que ele havia espalhado pelo mundo.

— Eu estou bem agora. — E estava, de certa forma. Ia voltar para casa e dar comida a Hugh, sintonizar o rádio dele e fazê-lo tomar o bendito comprimido. Depois falaríamos sobre o cachorro.

Um dia, não fazia muito tempo, eu havia sido um feliz homem casado que botava seu filho para dormir à noite.

# 3

Fthaaa! Nós dois somos Bones, graças a Deus, criados na serragem, secos toda manhã. Eu me chamo Hugh e ele se chama Butcher, mas nós dois a gente é homem de carne, não homem de rio, não mendigos se escondendo em barracos com enchente lama e mofo, com um gancho pendurado na varanda para pelar enguias. Nós nascemos e crescemos em Brejo Bacchus, 53 quilômetros a oeste de Melbourne, no Corte do Anthony. Se você está esperando um pântano ou um brejo, não tem não, é só um jeito de falar, que não faz mais sentido do que se a cidade fosse chamada de Monte Bacchus. O Brejo era uma velha cidade grande movimentada, 4 mil habitantes naquela época antes dos GERENTES DE PRODUTO irem morar lá. A gente tinha uma brincadeira para todo mundo. Na noite de Ano-Novo os TESUDOS e as GOSTOSAS jogavam ovos na vitrine do barbeiro e escreviam com cal na rua. Meu pai acordou num dia de Ano-Novo e descobriu que alguém tinha mudado a placa em cima da loja de BOONE para BO NES. Viramos Bones desde então. BO NES BUTCHERS.

Todo mundo naquela cidade era BEM ANIMADO igual a Sam Sawnoff no livro *O pudim mágico*.

Igual a Barnacle Bill e Sam Sawnoff, nós sempre lutamos e disputamos. Benzadeus. Eu lutava com meu pai e com meu avô igual lutava meu irmão Butcher Bones, um homem grande, se não o maior. Ele não gostava de perder de mim. Deus me livre o saco de golpes que ele teve de usar Full Nelson. Half Nelson. Sacanagens. Eu não tenho bronca dele, nunca. Lutar era a melhor coisa todo dia. Muitas vezes na serragem a gente fazia agarra-agarra, umas porradas no saco, sangue é mais grosso que água, como se diz. Isso faz muito tempo mas a gente era tudo homem grande, só o Vô maior do que eu. Quando ele tinha 72 anos, teve um desentendimento com Nails Carpenter de 35 anos, fez ele cair de bunda no bar do Hotel Royal. Carpenter jogava na DEFESA para Brejo Bacchus, mas nunca mais voltou para o BEBEDOURO nem quando o Vô estava bem morto e enterrado no cemitério de Brejo Bacchus, grama de açougueiro em volta da cova, tão limpa que dava para arrumar costeletas de porco na beirada. Nem assim Nails voltou ao Royal mesmo quando os amigos velhos dele chamavam da porta, entre, entre, a gente pede uma cerveja com limão para você. Nails caiu morto em 1956 subindo de bicicleta o monte Stanford.

Carpenter devia ter aceitado beber a cerveja com limão dele e começar de novo. Quando eles me gozavam eu LEVAVA NUMA

BOA mesmo sendo capaz de matar eles. Assim mesmo. Eu era um GIGANTE DELICADO. Nosso pai era Blue Bones por conta de ter cabelo vermelho quando era moço, então chamavam de Blue, "azul", querendo dizer vermelho. Essa é uma regra geral para aprender se você vem do além-mar. Na Austrália tudo é o contrário do que parece querer dizer. Por exemplo, eu era SLOW BONES, lento Bones, porque me mexo muito depressa, era do meu jeito de me mexer que estavam falando. Eu era Slow Bones num dia, Slow Poke, Molengão, no outro, este último era INDECENTE. Aqueles caras eram DIAMANTES BRUTOS da fábrica de leite ou os TRABALHADORES AGRÍCOLAS da Olaria Darley sempre falando do touro pondo o pau na vaca como se fosse a coisa mais estranha do mundo.

Olhe esse Molengão, está cutucando ela. Mas eu sabia aceitar uma PIADA e dar um CUTUCÃO depressa devagar do jeito que você quiser você ia ficar besta.

Os Bones eram açougueiros. A gente tinha nosso matadouro próprio onde antes era a HOSPEDARIA DRAYBONE. Na época da corrida do ouro era lá que eles mudavam os cavalos da diligência para a COBB & CO, mas aí era lá que a gente lavava os bichos no final dos seus dias. Nunca um Bones tirou uma vida à toa. Se fosse um peixe ou uma formiga, então, talvez. Mas o coração de um animal pesa cinco quilos na balança e não importa quantos você mate, não dá para fazer sem pensar. Tinha um tipo de oração ESTÁ FODIDO POBRE COITADO ou alguma outra coisa mais séria, claro, e aí cortavam o pescoço dele e recolhiam o sangue num balde de lata para guardar para chouriço. É uma grande responsabilidade cortar um bicho, mas quando está feito, está feito e depois você vai para o Royal e aí volta para casa bem mamado confesso. Depois disso você descansa. Está na Bíblia sobre o domingo: você não deve trabalhar, nem teu filho, nem tua filha, nem teu criado, nem tua criada, nem teu gado, nem teu estranho que está dentro de teus portões. Coitada da mãe. Eu não era para ser açougueiro, bé-bé benzadeus. Meu irmão era oito centímetros mais baixo e mesmo assim ele pegou meu nome verdadeiro de direito. É um mundo cão. Butcher Bones teve a oportunidade de ficar com o negócio de família no Brejo Bacchus, mas quando o pai teve o derrame Butch conheceu o SOLTEIRÃO ALEMÃO que deu para ele os cartões-postais para ele pregar em cima da cama. Aqueles cartões viraram a cabeça dele. O Solteirão Alemão tinha licença para ser professor na Escola Secundária de Brejo Bacchus onde ensinava os filhos dos homens que tinham perdido a vida lutando contra os alemães na guerra. Não sei por que ele não estava na cadeia, mas meu irmão veio para casa e disse que o professor dele era um artista MODERNO e tinha estudado num lugar chamado BOWER HOUSE. Se o pai soubesse o efeito que aquela Bower House ia ter no filho mais velho dele teria ido até a escola e derrubado o Solteirão Alemão igual derrubou o sr. Cox depois que ele me bateu por causa de uma resposta errada. Blue Bones levou Coxy para fora da sala e até o outro lado da rua, atrás da van dele. Levantou os pés de Coxy a dois metros do chão. Foi só isso que a gente viu, mas sabia muito mais.

Foi meu irmão que herdou o apelido de Butcher e foi uma piada porque todo mundo sabe que foi ele que recusou a faca e a trinchadeira. Com o Solteirão Alemão ele pegou o costume de raspar a cabeça o BABACA também os cartões-postais de MARK ROTHKO e a idéia de que ARTE É PARA AÇOUGUEIROS AGORA. Ele aprendeu com o Solteirão Alemão que a arte antes ficava restrita aos palácios onde era vista por trás de altos portões por reis e rainhas, duques, condes, barões. De qualquer jeito, ele recusou o avental quando a coitada da nossa mãe implorou para ele vestir. O pai não conseguia falar nem se mexer, mas era óbvio que gostaria de dar um sopapo na orelha de Butcher uma última vez. Valsa do Adeus. Depois que o pai teve o derrame não teve mais ABATE (ou RISADA).

É trabalho pesado matar um bicho, mas quando está feito está feito. Se você está FAZENDO ARTE o trabalho não acaba nunca, sem descanso, sem *shabat*, só eterna bateção, xingamento, preocupação, agitação e não tem mais nada para pensar além daqueles idiotas que compram ou nos insetos destruindo o ESPAÇO BIDIMENSIONAL.

Nada é seguro ou certo parece, por mais que você raspe a cabeça ou se orgulhe da sua posição na ARTE AUSTRALIANA. Num minuto você é um TESOURO NACIONAL com uma casa em Ryde e no outro você já era e compra tinta Dulux com a PENSÃO DE INCAPACITADO do seu irmão. Você é um CRIMINOSO CONDENADO um empregado que vive numa fazenda mixuruca.

O cachorrinho era um pastor mas não tinha bicho nenhum para ele pastorear então ele nunca descobriu para que servia no mundo. Bendito seja. Eu lutava com ele antes de ele morrer. Subiu, coitado do vira-lata. Era um cachorro lambão. Gostava de um pega-pega, um bom tombo na grama. Por causa da brincadeira tinha um monte de carrapato tudo alinhado, fincados na beira das orelhas penduradas dele igual carros estacionados na frente do Kmart ou do Clube Sydney Leagues. No dia em que encontrei ele eu tirei os carrapatos, um por um, bendito seja ele. Meu irmão ouviu ele latindo para o Pato mas estava fazendo arte e nem ligou.

Seu cachorro MORREU Hugh. Butcher Bones estava CAGANDO E ANDANDO para o cachorrinho. Disse seu cachorro morreu e foi embora com a mulher no trator, me deixou aqui ouvindo o rio cor de vira-lata amarelo, fodido de cheio, puxando, rolando pedras da margem, debaixo dos pés da gente, tudo onde a gente pisa vai ser levado de enxurrada.

# 4

O telefonema que eu recebi essa noite de Dozy Boylan me faria rir durante vários dias.

— Meu amigo — ele disse, e eu sabia que ele estava escondido no banheiro porque dava para ouvir o eco. — Meu amigo, ela está me infernizando.

Está falando merda, eu disse para ele, mas não sem afeto.

— Cale a boca — ele disse. — Vou levar ela de volta para a sua casa agora.

Expressei ruidosamente o quanto achava engraçado, e isso foi brusco e bobo, não tenho desculpa mas é que o meu amigo nervosinho era um fazendeiro de 60 anos com sopa no bigode e a calça enrolada acima do cinto apertado. Ela estava infernizando? Deu uma grunhida no telefone e, quando ele apareceu em casa logo depois, não tive dúvida do motivo.

Num intervalo assustadoramente curto ele veio roncando pelo meu mata-burro. Eu já havia tomado um drinque ou dois e talvez por isso aquilo parecesse tão loucamente engraçado, o pânico audível nas arrancadas do off-road correndo pela ponte de madeira. Quando acabei de vestir uma camisa limpa, o velho já tinha feito uma conversão em U em alta velocidade e quando saí para a varanda os faróis traseiros do All Terrain Invention dele estavam desaparecendo na noite. Eu ainda sorria quando minha visitante entrou. O cabelo dela estava ensopado de novo, grudado na cabeça, pingando pelo rosto, acumulado numa poça adorável na clavícula, mas ela também sorria e, pelo menos por um momento, achei que estava a ponto de dar uma risada.

— Como foi a travessia? — perguntei. — Ficou com medo?

— Não pela travessia. — Sentou pesadamente na cadeira e soltou o ar, uma pessoa diferente agora, mais desarrumada, menos áspera. Das dobras do poncho emprestado, tirou uma garrafa de um litro e meio de Virgin Hills 1972 que levantou no ar como um troféu.

Depois, ela me contou que eu inclinei a cabeça, olhei o vinho como um cachorro mal-humorado, mas era um engano dela. Aquilo era uma garrafa preciosa da adega de Dozy. Não havia o que explicar, e o mistério ficou mais profundo por causa do jeito dela — de repente tão cheia de energia, chutou longe as botas de borracha, abriu uma gaveta —, esperou para pedir licença? Encontrou um saca-rolhas, arrancou a rolha, sacudiu a saia, sentou de pernas cruzadas na cadeira da cozinha e, enquanto me olhava servir o Virgin Hills, simplesmente sorriu para mim.

— Certo — eu disse. — O que aconteceu?

— Nada — ela disse, os olhos faiscando a ponto de carburar.

— Cadê seu irmão? Ele está legal?

— Dormindo.

Por mais sombrias que fossem as visões que ela conjurou então, talvez do cachorro afogado, não conseguiu que durassem muito.

— O bom — disse, levantando o copo — é que o sr. Boylan sabe que o Leibovitz dele é autêntico.

— Jacques Leibovitz?

— Esse mesmo.

— Dozy tem um quadro de Jacques Leibovitz?

Agora eu sei que a minha surpresa lhe pareceu insincera, mas o filho-da-mãe do Dozy tinha mantido segredo, nunca havia falado uma palavra sobre esse tesouro. Além disso, ninguém vai ao norte de Nova Gales do Sul para olhar grandes pinturas. E mais: Leibovitz era uma das razões de eu ter me tornado artista plástico. A primeira vez que vi *Monsieur et Madame Tourenbois* foi na escola secundária de Brejo Bacchus, ou, pelo menos, um reprodução em preto-e-branco em *Foundation of the Modern*. Nada disso eu estava disposto a confessar para uma americana que calçava Manolo Blahniks, mas fiquei realmente ofendido com Dozy, que se dizia meu amigo.

— Nós nunca nem conversamos sobre arte — eu disse. — Sentamos naquela cozinha miserável dele, ele vive lá, no meio daquelas pilhas de *Melbourne Age*. E ele mostrou o quadro para você?

Ela levantou uma sobrancelha, como se dissesse: Por que não? Eu só conseguia pensar que tinha dado para ele lindos desenhos da Mosca Vombate e da Vespa do Barro de Cintura Fina, que ele havia pregado na geladeira com uns ímãs de merda. Era difícil acreditar que ele tivesse olho.

— Você veio fazer o seguro do quadro?

Ela riu pelo nariz.

— É isso que eu pareço?

Eu dei de ombros.

Ela voltou para mim um olhar claro, avaliador.

— Se importa se eu fumar?

Dei um pires a ela e ela soprou uma fumaça com cheiro de bosta por cima da mesa.

— Meu marido — ela disse, afinal — é filho da segunda mulher de Leibovitz.

Se eu não gostava dela, gostava muito, muito menos do marido. Mas fiquei surpreso e impressionado ao saber de quem ele era filho.

— A mãe dele é Dominique Broussard?

— É — ela disse. — Você conhece a fotografia?

Até eu conhecia aquilo: a assistente de estúdio de cabelo loiro escuro deitada na cama por fazer, com o bebê novo ao peito.

— Meu marido, Olivier, é o bebê. Ele herdou o *droit moral* de Leibovitz — disse ela, como se tivesse de explicar uma história cansativa.

Mas eu não estava cansado daquilo, nem um pouco. Eu era de Brejo Bacchus, Victoria. Só fui ver uma pintura original aos 16 anos.

— Sabe como funciona isso?

— O quê?

— *Droit moral.*

— Claro — respondi. — Mais ou menos.

— É Olivier quem diz se a obra é verdadeira ou falsa. Foi ele quem assinou o certificado de autenticação do quadro de Boylan. O direito legal é dele, mas tem gente querendo enganar e nós temos de nos proteger.

— Vocês trabalham juntos, você e seu marido?

Mas ela não caiu nessa conversa.

— Conheço o quadro do sr. Boylan há muito tempo — ela disse —, e até os percevejos de zinco do esticador são autênticos, mas essa questão tem de ser comprovada sempre. É meio chato.

— E você sabe tanto assim sobre Leibovitz?

— Bastante — ela disse, seca, e olhei enquanto amassava o toco do cigarro ferozmente no pires. — Mas, quando dizem para alguém como Boylan que o investimento dele está correndo risco, a pessoa tende a ficar preocupada. Nesse caso, ele mostrou a tela para Honoré Le Noël, que o fez acreditar que tinha comprado não exatamente uma falsificação, mas quase. Pode me servir um pouco mais de vinho? Desculpe. Foi um dia infernal.

Servi o vinho sem dizer nada, sem revelar que eu estava completamente embasbacado de ouvir o nome de Le Noël pronunciado como se fosse um cobrador suburbano ou o dono de uma loja de ferragens. Eu sabia quem ele era. Tinha dois livros dele na cabeceira da cama.

— Honoré Le Noël virou uma piada — disse ela. — Ele era amante de Dominique Leibovitz, como você deve saber.

Essa conversa me incomodava de um jeito que nem consigo dizer. No fundo dessa história estava a idéia de que eu era um caipira e ela estava no centro da porra do universo. O que eu sabia podia ser lido na revista *Time*: Dominique havia começado como assistente de estúdio de Leibovitz; Le Noël era historiador e crítico de Leibovitz.

Agora que minha visita estava na metade do segundo copo, estava um inferno de falante. Revelou que Dominique e Honoré tinham passado quase oito anos, desde logo depois da guerra até 1954, esperando Leibovitz morrer. (Me lembro que a força do artista havia sido traçada com muita sensibilidade na monografia de Le Noël: uma força vital, baixa, de pernas grossas, grandes mãos quadradas.)

Só quando o bebê tinha cinco anos, sua nora agora me contava, quando o próprio Leibovitz tinha 81 é que a ceifadora veio atrás do bode velho, empurrando-o para a frente quando estava de pé junto à mesa de jantar com um cálice de vinho cheio na mão. Ele caiu para a frente e espatifou o nariz grande e os óculos de tartaruga no prato de queijo de Picasso. Foi assim que minha visita contou a história, fluente, um pouco sem fôlego. Ela terminou o segundo copo sem nenhuma observação sobre o caráter do vinho e por isso, claro, eu fiz dela um juízo severo.

O prato quebrou ao meio, disse ela.

Eu tossi, como você pode saber, porra? Não tinha nem nascido ainda, tinha? Mas eu não tinha familiaridade com a idéia de que alguém podia conhecer gente famosa, e é claro que ela era casada com a testemunha, o filho, um menino de pele olivácea, com olhos vigilantes muito grandes e orelhas de abano que não conseguiam estragar em nada sua beleza. Quando o pai caiu morto, parece que ele ia pedir licença para sair da mesa, mas aí olhou para a mãe e esperou. Dominique não o abraçou, mas acariciou seu rosto com o dorso da mão.

— *Papa est mort.*

— *Oui, maman.*

— Você entende. Ninguém pode saber ainda.

— *Oui, maman.*

— Mamãe tem de levar umas telas, entende? É difícil, por causa da neve.

Recentemente, eu havia observado crianças francesas, como elas sentam, tão comportadas com seus grandes olhos escuros e as unhas limpas repousando no colo. Que prodígio são. Acho que Olivier sentava assim, olhando o pai morto, mas guardando um terrível segredo pessoal: no momento exato em que seu pai caiu, ele estava indo fazer xixi.

— Não se mexa, entende?

Claro que não havia necessidade de ele ser torturado na cadeira. Mas a mãe estava a ponto de cometer um grande crime, que consiste em remover pinturas da propriedade antes de notificar a polícia.

— Fique aqui — ela disse. — Assim saberei onde você está.

— Então, ela foi ao telefone, convencendo o amante bacana a sair da frente de sua lareira em Neuilly, explicando que não podiam se dar ao luxo de esperar a neve derreter, que ele tinha de ir até a Bastille, pegar um caminhão e dirigir até a *rue* de Rennes. Em algum momento, na confusão e terror da noite, o menininho fez xixi na calça, embora essa desventura não tenha sido descoberta senão muito mais tarde, quando Honoré finalmente o notou, dormindo com a testa na mesa, e quando Dominique tirou uma maldita fotografia. Imagine! Depois, por alguma razão, talvez porque *Le Golem électrique* aparecesse na foto, ela a rasgou ao meio. A foto poderia ter fornecido a única prova daquela longa noite em que Dominique Broussard e Honoré Le Noël roubaram cerca de cinqüenta quadros de Leibovitz, muitos deles abandonados ou incompletos, obras que, muito depois, com o acréscimo da assinatura e algumas cuidadosas revisões, se tornaram realmente muito valiosas. Levaram as obras para uma garagem perto do Canal Saint-Martin, fonte daquela "marca-d'água" freqüentemente encontrada em todo um grupo de Leibovitzes duvidosos de períodos muito diversos. Desse dia em diante, ninguém nunca viu a pintura que Leo Stein e o mais feroz (e, portanto, mais confiável) Picasso, ambos, descreveram como uma obra-prima. Stein referiu-se a ele como *Le Golem électrique*, Picasso, como *Le monstre*.

Só na hora do almoço no dia seguinte foi que Dominique revelou a morte do marido aos gendarmes, e então, claro, o estúdio foi, conforme a lei francesa, interditado, e realizaram um levantamento completo das pinturas que ali permaneciam. Nenhum *Le Golem électrique*. Ah, não importa.

Dominique, filha de um contador de impostos de Marselha, tinha então Leibovitzes, quase-Leibovitzes e futuros-Leibovitzes suficientes para viver muito bem pelos próximos cinqüenta anos. Herdara também, claro, o *droit moral*. Isso lhe dava o direito de autenticar, o que era, por incrível que possa parecer, a lei, mas ela acabou escolhendo dar a sua reputação bastante duvidosa um caráter mais confiável, e então criou Le Comité Leibovitz e instalou o estimado Honoré Le Noël como presidente. Devia parecer perfeito de seu ponto de vista: eles podiam fundamentar suas declarações falsas com as daqueles ambiciosos galeristas e colecionadores do Comitê. A dupla podia passar o resto da vida assinando telas não assinadas e revisando obras abandonadas.

A contadora da história era bonita, falante, com sede de mais vinho. Servi para ela um terceiro cálice de Virgin Hills e comecei a me permitir algumas idéias.

— Então — disse ela, limpando cinza de seu lindo tornozelo —, Dominique encontrou Honoré na cama com Roger Martin.

— O poeta inglês.

— Exatamente. Ele. Você conhece?

— Não.

— Dê graças a Deus. — Ela levantou uma sobrancelha. Eu podia não entender exatamente o que ela queria dizer, mas tive uma sensação de cumplicidade.

— Então, eles se divorciaram, claro. Mas ninguém sabe exatamente como o acervo secreto de pinturas acabou sendo dividido — disse ela.

Mas Dominique, ao que parece, conhecia uma porção de *partisans*, valentões, e é quase certo que tenha ficado com a parte do leão. Então, a partir do momento em que Honoré foi roubado, cercado, superado e derrotado no Comitê, tornou-se um homem muito perigoso. Com certeza, odiava Dominique. Por seu filho inocente manifestava uma antipatia ainda maior.

Quando, em 1969, um de seus adoráveis companheiros

*partisans* estrangulou Dominique num hotel de Nice, Olivier já estava em Londres, perdendo o restinho de seu sotaque francês na escola St. Paul. Sabendo menos que nada sobre a obra do pai, ele herdou o *droit moral*.

— Se conhecer meu marido — disse Marlene —, vai achar que ele é muito delicado, e é, mas quando Honoré deu entrada em um processo judicial para tirar dele o *droit moral*, Olivier lutou como um tigre. Você viu as fotos? Ele era criança ainda, tão lindo, com belos cílios, 17 anos de idade, mas abominava Honoré. Nem dá para dizer quanto. Quando se pensa no processo judicial, foi realmente o único ponto que Olivier marcou.

Nós somos o país de Henry Lawson e das histórias em volta da fogueira, mas somos também muito precavidos contra gente que faz o que Marlene estava fazendo. Nossa tendência é pensar: Ela está citando nomes para se mostrar? Será que acha que é muita coisa? Ao mesmo tempo, ninguém nesta casa de campo nunca falou desse jeito, nunca, e eu estava, sem exagero, sentado na beira da cadeira, olhando com a maior atenção enquanto ela chupava o seu Marlboro até a pontinha brilhar.

— Quando tudo isso acabou, Olivier não conseguia nem tocar nenhuma pintura do pai. Ele odiava os quadros. Odeia até hoje. Diante dessas grandes obras de arte, ele fica doente, de verdade, fisicamente doente.

Isso era interessante, eu não disse que não era.

— Mas por que, meu Deus, Dozy escondeu de mim o quadro?

Ela encolheu os ombros.

— Gente rica!

— Ele ficou com medo de que alguém soubesse que tinha uma coisa tão valiosa?

— É um bem móvel — disse ela, decidida. — É assim que

eles pensam. Está lá para ser possuído, não para ser visto. Mas, se o mercado acreditasse na história de Honoré, que essa preciosa pintura foi, de alguma forma, manipulada, meu marido teria sido arruinado. Nós seríamos responsabilizados pela perda, 1 milhão de dólares americanos, talvez mais.

— Você e seu marido?

— É. — Ela quase sorriu.

— E é claro que Honoré é só um merdinha malicioso — disse ela —, mas tem de receber uma resposta, então eu procurei dois químicos forenses para fazer análises de pigmento independentes. Na verdade, acho que um deles encontrou com seu irmão no bar. Achou que ele era incrível.

— Às vezes, ele é.

— De qualquer forma — disse ela, depressa —, meus químicos independentes também confirmaram Honoré, agitados com a presença de dióxido de titânio no branco. Isso não era de uso geral em 1913, então para eles, isso é o que eles chamam de — ela fez uma cara gozadora — bandeira vermelha. Felizmente, Dominique vivia num chiqueiro, guardava tudo quanto era bilhete de bonde, conta de restaurante, então tínhamos um bom arquivo, graças a Deus. E lá, por fim, eu encontrei não só uma carta de Leibovitz para o fornecedor dele pedindo branco de titânio, mas também uma nota fiscal, datada de janeiro de 1913. Foi o que bastou. Não importa se não era de uso geral. Honoré pode se foder. Seu amigo tem um Leibovitz de verdade. Eu trouxe a documentação pessoalmente a ele para ficar com o quadro permanentemente agora. Cheguei a prender para ele, dentro de um envelope, na parte de trás do chassis da tela.

Ela estendeu o cálice e eu enchi.

— Daí a comemoração.

— E com vinho muito bom. — E eu estava então, depois

de esperar tanto, prontinho para fazer a ela um grande palestra sobre o que ela estava engolindo: obra de Tom Lazar e seu vinhedo em Kyneton, sobre aquele tesouro que crescia na porra da paisagem parda de minha infância, mas, no momento em que eu ia mostrar minha sofisticação, ela deixou escapar que o quadro de Dozy era *Monsieur et Madame Tourenbois*, a mesma obra que eu havia visto em reprodução pela primeira vez na Escola Secundária de Brejo Bacchus. Naquela noite, isso pareceu um vínculo tão doce e mágico, e aquilo que meu eu infantil teria visto como exibicionismo ou citação de nomes se transformou em algo que se poderia chamar de nobre, e ficamos ali sentados até de manhã, até acabar a terceira vindima de Lazar, a chuva tamborilando no telhado e eu relaxado, afinal, enquanto aquela mulher desconhecida e adorável descrevia a tela inteira para mim, falando com uma voz grave, macia e rouca, começando não pelo canto superior esquerdo, mas com a pincelada de amarelo cádmio que marca a beira da blusa da jovem esposa, uma réstia de luz.

# 5

O sol da manhã produziu uma camada de névoa cinzenta da altura exata para revelar o teto preto do carro da Avis que rodava devagar pela estrada de Bellingen. Olhando essa partida agradavelmente parecida com um sonho, minha cabeça estava quase toda ocupada com aquela intrigante criatura, a motorista. Era uma mulher excepcionalmente atraente e tinha me demonstrado, de forma inquestionável, que era abençoada com o Olhar, mas era uma estrangeira, americana, trabalhando para o outro time, o mercado, os caras ricos, os que decidiam o que era arte e o que não era. Estavam encarregados da história, então fodam-se eles, sempre, para sempre.

Foi isso, e não o casamento dela, que me fez dobrar e redobrar o cartão de visitas dela até partir no meio. Ela era, será sempre, minha inimiga.

O quadro de seu falecido sogro também estava na minha cabeça, e eu planejava telefonar para Dozy Boylan, na verdade, minha mão estava no aparelho, para me convidar para uma apreciação particular. Mas então Hugh pulou em cima de mim e na luta atravessamos a porta de tela e aí, você nem queira saber, se passaram dias sem que eu entrasse em contato com Dozy.

Além disso, eu tinha a minha tela me esperando. Sei que eu disse que não tinha dinheiro para comprar material decente, e era verdade. Eu não gastei um centavo. Em vez disso, liguei para Fish-oh, meu velho fornecedor de telas em Sydney, e ele finalmente confessou, muito relutante, o puto, que tinha um caixote ainda sem abrir, recém-chegado da Holanda, que continha — e era dificílimo para ele admitir isso — um rolo de cinqüenta metros de lona de algodão nº 10. Não importa por que Fish-oh agia como um pão-duro filho-da-puta, apenas que eu o convenci a despachar os cinqüenta metros inteiros para pagamento contra-entrega aos cuidados de Kev na Cooperativa dos Granjeiros de Bellingen. Isso iria direto para a conta de Jean-Paul. Não adianta nada ficar velho se você não fica esperto.

A tela holandesa chegou a Bellingen pouco antes de Marlene. O tempo todo em que conversei com ela, estava com a tela na cabeça. Ficava vendo aquilo quietinho na plataforma de carga da cooperativa, no meio dos sacos de fertilizantes, e assim que minha visitante foi embora, fui correndo, não para Dozy Boylan, como seria de se esperar, mas para a cooperativa, e trouxe a minha tela para casa e desenrolei no chão do estúdio, mas sem um corte, nenhum corte, tudo aquilo, toda aquela *possibilidade* acumulada ali na minha frente.

E então, cerca de meia hora depois, o adorável adenoidal Kevinzinho telefonou de novo, dessa vez para me informar que meus pigmentos feitos sob encomenda tinham chegado, e aí nem mesmo a porra do Leibovitz podia parecer importante. Essa tinta era do Raphaelson, uma pequena empresa de Sydney que está entre os melhores fabricantes de pigmento do mundo. Durante os cinco anos em que fui realmente famoso, não usei nada além disso, e agora eles tinham uns verdes acrílicos novos, muito sérios: verde permanente, verde terra, verde Jenkins, verde de titânio, verde da Prússia, um verde *phtalo* tão putamente intenso que uma lágrima daquilo era capaz de colonizar uma bolota de branco. Claro que materiais artísticos não fazem parte da linha normal de mercadorias da cooperativa, mas Kev e eu já tínhamos feito muitos negócios e houve troca de presentes, uma paisagenzinha, um desenho a carvão, de forma que a tinta foi para a conta de Jean-Paul.

Minutos depois da ligação de Kevin, os meninos Bones estavam de volta à caminhonete Holden, se arrastando pela estrada, um submarino deslizando por um mar leitoso de neblina. Meu período de tinta de parede estava terminado. Não ia me ver mais reduzido a acrescentar areia ou serragem para encorpar nem usar pincéis duros de cerdas curtas com Dulux de alto brilho que secava depressa demais.

— Que puta calor — disse Hugh.

— Pegajoso, cara.

— Quente de torrar, pode crer.

Nenhum de nós dois gostava dessa estação úmida, mas para Hugh, cuja atividade principal era andar todo dia até Bellingen, ida e volta, o calor era uma preocupação sem fim e, sendo um temível respirador bucal, precisava de vastas quantidades de água para não morrer no caminho. Agora mesmo ele estava bebendo na latinha que levava com ele para toda parte. Depois, quando estava no meio da caminhada, sumia no meio do mato até um riacho aqui, uma represa ali, conhecia todos.

De volta à cooperativa, peguei minha linda caixa de madeira de tubos de meio quilo — coisa da Raphaelson, tudo tão bem apresentado — e fiquei contente como um menino na manhã de Natal. Todos aqueles verdes eu havia encomendado puros, mas também misturados com pó de pedra-pomes e flocos de aço inoxidável, receita destinada a dar ao verde uma luz espelhada secreta que me daria, eu sabia disso antes de abrir qualquer coisa, arrepios nos dedos dos pés.

É difícil fazer um leigo entender o que essa nova paleta e esse rolo de tela sem cortar podiam significar para mim, mas eu planejava mergulhar numa porra muito séria, e nesse ponto não me enganava. Depois, é claro, Jean-Paul diria que eu obtive meus materiais ilegalmente. Mas ele tinha a coragem de ser um patrocinador ou ia querer que eu continuasse gastando a pensão de Hugh com maldita tinta de parede? O que ele queria quando começou isso tudo?

Hugh disputou quedas-de-braço com Kev e ganhou quatro dólares com suas vitórias, então ele também estava feliz. Acrescentei uns dois sacos de fertilizantes à conta. O saco custava 18 dólares na cooperativa e a sra. Dyson, a vizinha do lado, ficava feliz de comprar da minha mão por 15. Depois, Jean-Paul resolveria que isso também era roubo mas, pelo amor de Deus, eu não era um pintor de domingo. Podia ter razoáveis esperanças de pagar minhas contas. Era só uma questão de fluxo de caixa e, se não tivessem me atrapalhado de um jeito tão pouco consciencioso, eu poderia ter vendido as telas particularmente, o tribunal nunca precisaria saber.

A estrada de volta à casa de Jean-Paul faz curvas pelo meio do mato até começar a descer para o longo vale verde de Gleniffer. Desse ponto, normalmente se podem ver a serra de Dorrigo e, novecentos metros abaixo, no vale, a Never Never, que hoje estava coberta por um manto de neblina tão densa que era, de uns cem metros acima, de um cinza-ostra estriado. Eu estava dirigindo muito muito devagar mesmo quando vi um outro par de faróis vindo em nossa direção.

— Dozy — disse Hugh —, a porra do velho Dozy.

Ele tinha um olho, o Hugh, embora não fosse preciso nenhum talento especial para reconhecer os faróis de nosso vizinho, porque ele havia, talvez por causa da natureza imprevisível do riacho dele, transformado o seu Land-Rover de eixos distantes num carrão excêntrico meio monstruoso, cujos faróis ficavam juntos e bem altos em relação à estrada. Ao ver o brilho amarelo de olho de orca eu diminuí a marcha, encostei bem debaixo da testa da encosta de onde, com a janela abaixada, podia ouvir o raspar de diesel descendo em primeira. Pelos costumes daquela região, ele teria parado para conversar, mas passou por mim, muito perto, e tão devagar que não havia como não notar seu olhar de implacável hostilidade.

Eu conhecia Dozy Boylan fazia seis semanas, mas logo ficamos amigos, passando muitas vezes duas ou três noites bebendo na adega dele, discutindo não arte, nem literatura, mas plantas e insetos que eram sua grande paixão. Foi ele, meu vizinho, que descobriu tanto a rara mosca vombate (*tr. Borboroidini*) como a mosca sinaleira de olhos saltados (*Achia sp.*). Ele era esperto, tão entusiasmado, tão cheio de vida e informação. Nada em minha experiência havia me preparado para a reserva desse homem rico e, pior ainda, para aquele olhar realmente muito cheio de ódio que me lançou.

Bom, eu gostava de meu vizinho, e se o tinha ofendido de alguma forma, eu pediria desculpas. Pensei, vou telefonar para ele daqui a uma hora e pouco. E então comecei a pensar naqueles tubos da Raphaelson e naquele pedaço liso, grampeado, de tela que eu já havia preparado. Assim que chegamos em casa, me pus a trabalhar, e Hugh encheu a latinha de água e voltou para a estrada, bebendo e derramando ao caminhar.

Eu devia ter telefonado para Dozy essa noite, e de fato pretendia fazer isso, pois ainda não tinha visto o Leibovitz, nem conversado com ele sobre a maravilha da bendita existência daquilo, mas estava organizando as belas tabelas de cor da Raphaelson quando topei com uns papéis que ele tinha me dado assim que cheguei. Dozy tinha uma história rica e interessante e, além de uma muito lucrativa criação de cavalos brâmanes em Bellingen, tinha, anos antes, em Sydney, fundado uma empresa agora famosa daquilo que se chamava então design escandinavo. Entre os velhos catálogos que ele mostrara, à guisa de apresentação, havia um relatório da empresa em papel brilhante que continha um retrato dele, ao lado de reproduções em preto-e-branco de mobília moderna dos anos 1950. Isso de início me fez sorrir, porque ele havia claramente tomado por modelo o ator Clark Gable, embora houvesse, por trás daquele bigode aparado e da boa aparência de artista de cinema, alguma coisa que não estava muito de acordo, um pouco tortuosa, um pouco pesada no queixo, e embora isso não fosse um defeito em nenhum sentido costumeiro, virava defeito simplesmente por ele não conseguir ser realmente Clark Gable, e o que restava era alguma coisa bem vaidosa e tola. Eu nunca me deteria nisso se não servisse para explicar de modo maravilhoso a raiva meio louca que vi nos olhos dele aquela manhã na estrada. O velho era vaidoso. Isso nunca havia me ocorrido. Mas ele havia dito que Marlene tinha sido infernal e eu tinha caçoado da bobagem dele. Porra, sinto muito ter ofendido.

Então não telefonei para ele. Faria isso depois. Ia superar aquilo. Ele ia superar, ou foi o que pensei. Eu estava errado, errado sobre quase tudo, e ficaria perdido, cego, durante as semanas seguintes, até finalmente descobrir a verdadeira fonte da zanga de Dozy e, nesse ínterim, ter desenvolvido um desses estranhos silêncios entre amigos que, como um músculo do ombro tensionado e deixado sem cuidar, endurece e contrai até acabar se travando num nódulo compacto de ofensa que nenhuma massagem consegue desmanchar.

Ele falava com Hugh, eu sei, e às vezes lhe dava caronas em seu Land-Rover, mas embora eu visse Dozy muitas vezes na estrada e embora ele tenha devolvido minha roçadeira uma noite, depois de escurecer, nunca mais falei com ele. Eu veria aquele Leibovitz um ano depois, mas então Dozy estaria morto.

# 6

Não perdi tempo com os verdes não diluídos, mas nos outros mergulhei como um porco de focinho grande: imensos potes deliciosos, verdes escuros pra cacete, satânicos, buracos negros que podiam sugar seu coração para fora do peito.

Verde não seria minha única cor, mas sim meu teorema, meu argumento, minha árvore genealógica, e logo eu estava com todas as minhas dez benditas furadeiras ocupadas de um jeito ou de outro, misturando meu escuro demoníaco com gesso, com óleo de flor de cártamo, querosene, com amarelo cádmio, com vermelho *madder*, os nomes são bonitos, mas não interessam — não existe nome nem para Deus nem para luz, apenas matemática, a escala angstrom, vermelho *madder* = 65.000 AU.

Hugh levantava e saía, pela casa toda, como merda de uma mulher louca, galopava pelo meio do betume, xingando as moscas em línguas inventadas, mas ele, Dozy, Marlene, meu filhinho — estavam todos mortos para mim. Descansem em paz, então sinto muito, porra.

Eu estava pintando.

Anos depois, quando bateu seus olhos pálidos e entediados nesta tela no loft da Mercer Street, o marchand Howard Levi teve a gentileza de explicar o que eu havia feito naquele dia quente em Bellingen: "Você é como Kenneth Noland" e "Suas palavras não importam, suas palavras são uma armadura, uma coisa na qual você pendura a cor."

Isso não só era idiota, como não era nem o que ele pensava. Ele disse: "Que estimulante." Mas pensou: "Quem é esse bosta que não ouviu falar da porra do Clement Greenberg?"

Levi já morreu, então posso dizer o nome dele. Sobre os outros, eu pretendo calar um pouco mais. Esses marchands de Nova York tinham seu tipo particular de ignorância, bem diferente da de Jean-Paul, embora efetivamente tivessem em comum uma inacreditável suposição de que eu precisava aceitar o que já havia sido decidido por Dickberg e outros. Jean-Paul dizia isso quase diretamente. Levi, por outro lado, me achava estimulante.

Mas era a mesma coisa em toda parte: todo mundo que me adorava estava tentando me atualizar. Às vezes, parecia que não havia um único lugar na Terra, nenhuma cidadezinha com moscas andando do lado de dentro da vitrine da padaria, onde não houvesse também estudantes graduados com gravata-borboleta Corbusier que não estivessem agora, neste instante, lendo a plataforma de idéias na *Studio International* e na *ARTnews*, e todos eles estavam se empenhando muito em me atualizar, me libertar não só da pincelada antiquada, mas de qualquer referência ao mundo em si.

Havia questões de peso, mas a primeira pergunta que os marchands de Manhattan me fizeram foi de outra ordem: "Qual o nome e número de telefone de seus colecionadores?"

E a pergunta seguinte seria: "Quando foi a sua última venda em leilão?"

E então, quando efetivamente olhavam a tela, eles se perguntavam em silêncio: que porra é esta aqui?

Tudo escuridão e desconforto. Eles não tinham olho, apenas um nariz para o mercado, e eu lhes cheirava como algum demente idiota fiel de Jesus morando numa fazenda de algodão em Bentdick, Mississippi.

Mas eu sou Butcher Bones, um homem esperto para danar, e fiz este belo monstro de 2,10m de altura com meus verdes e minha tela holandesa, e quando estava pronto e eu recortei, o resultado tinha seis metros e meio de comprimento e seus ossos, suas costelas, vértebras, tristes dedos quebrados, eram feitos de luz e matemática.

EU, O PREGADOR, FUI REI SOBRE ISRAEL EM JERUSALÉM. E APLIQUEI O MEU CORAÇÃO A ESQUADRINHAR, E A INFORMAR-ME COM SABEDORIA DE TUDO QUANTO SUCEDE DEBAIXO DO CÉU; ESTA ENFADONHA OCUPAÇÃO DEU

DEUS AOS FILHOS DOS HOMENS, PARA NELA OS EXERCITAR. ATENTEI PARA TODAS AS OBRAS QUE SE FAZEM DEBAIXO DO SOL, E EIS QUE TUDO ERA VAIDADE E AFLIÇÃO DE ESPÍRITO. AQUILO QUE É TORTO NÃO SE PODE ENDIREITAR; AQUILO QUE FALTA NÃO SE PODE CALCULAR. E APLIQUEI O MEU CORAÇÃO A CONHECER A SABEDORIA E A CONHECER OS DESVARIOS E AS LOUCURAS, E VIM A SABER QUE TAMBÉM ISTO ERA AFLIÇÃO DE ESPÍRITO. PORQUE NA MUITA SABEDORIA HÁ MUITO ENFADO; E O QUE AUMENTA EM CONHECIMENTO, AUMENTA EM DOR.*

E um preto de Marte se intrometeu naquele primeiro "eu", que ficou tão alto como meu irmão com suas meias de futebol e um campo de estranho cinza esverdeado, a superfície polida lisa como vidro, fluía como um exército invasor do "CÉU". Esqueça. Esse tipo de coisa não pode ser falado, nem visitado, nem *recolhido* do registro de leilão. Esses são os ossos de minha mãe, o pau do meu pai, a carcaça fervida de Butcher Bones, borbulhando como um caldeirão de tripa, e durante dez dias e noites eu retorci, estapeei e areei, com a enchente ainda correndo por dentro de minha cabeça, até a tela meter o medo sagrado de Deus em mim, fazer a porra do cabelo de minha nuca se arrepiar e, se me apavorou, eu que era seu criador, assassino, congregado, ia aterrorizar Jean-Paul, que era uma forma de vida mais generosa, mas no fim das contas ainda mais baixa do que Howard Levi e a gangue da 57th Street.

Ele não me disse isso quando veio me buscar na minha cela de prisão, mas eu já sabia que ele, o marchand e o advogado estavam preocupados de eu estar ficando *sem estilo*.

---

*Eclesiastes 1:1-18. Tradução de João Ferreira de Almeida. (*N. do T.*)

Ah, meu Deus. Nossa, que desastre. O que eu podia *fazer*? Eles não sabiam que eu tinha nascido sem estilo e ainda estava *sem estilo* quando entrei no trem em Brejo Bacchus. Minha calça era curta demais, minhas meias, brancas, e eu vou continuar cometendo esse tipo de pecados de estilo quando estiver morto no caixão, meus ligamentos acabados, osso por osso, minha carne misturada com terra.

De qualquer forma, o problema não era estilo. Era a queda dos meus preços nos leilões e o valor da coleção de Jean-Paul. O mercado é uma fera nervosa que entra em pânico com facilidade. E é assim que deve ser. Afinal, como você pode ter idéia de quanto pagar quando não faz a mínima idéia do valor da obra? Se você paga 5 milhões de dólares por um Jeff Koons, o que você diz quando o leva para casa? O que você *pensa*?

Mas o que eu podia fazer a esse respeito, mesmo que quisesse fazer alguma coisa? Nada além do que eu já havia feito, como bajular o Kev e conseguir material fiado. Devia ter telefonado para Jean-Paul primeiro? Pedido a opinião dele? É absolutamente irrelevante o que pensam galerias, críticos e pessoas que compram quadros. Claro que eu sabia quem era Greenberg. No meu entender, ele era um técnico, um consertador de rádio. Ele só falou uma coisa que vale a pena: o problema com arte são as pessoas que compram.

Durante algum tempo às margens do Never Never fiz pinturas diferentes de qualquer uma que já tivesse visto ou pintado. Dia após dia, noite após noite, eu me apavorava, sem saber o que pensar.

E no meio disso tudo tinha o Hugh, tinha de fazer compras e cozinhar, de cagar e cortar as pragas, sem mulher, sem gotas de lavanda borrifadas em seus seios sem nome à noite.

Porque cada homem tem de aceitar o seu fardo, como dizia

nossa mãe, e no meio disso tudo o meu era Hugh, e seus profundos olhinhos de elefante, toda noite e manhã, até o fim daquele verão úmido e mofado, até a grama no jardim da frente começar a ficar pintada de marrom como um tweed Harris, e Hugh continuava saindo para Bellingen com a latinha na mão.

As pessoas eram boas com ele, eu nunca disse que não. Reza a sabedoria da cidade grande que essas cidadezinhas australianas são intolerantes, mas não era esse o caso na minha experiência, e eu esperava realmente que um lugar do tamanho de Bellingen fosse ter o seu Cavalheiro Solteirão e o seu Médico de Senhoras Machão com botas de ponteira metálica e calça de sarja rústica a ponto de lixar as paredes. Havia espaço para o Slow Bones também, espaço para todo mundo meio de qualquer jeito.

Enquanto eu misturava tinta, Hugh ficava sentado no Hotel Bridge e fazia a sua única cerveja durar das 10h às 15h. Eu deixava tudo combinado. O sanduíche de frango e alface entregue para ele no canto dele, no mesmo lugar todo dia, ao lado do rádio.

Eu não fazia idéia de que estava vivendo um momento perfeito. Tudo o que eu via eram irritações: telefonemas de Jean-Paul, de meu advogado, e depois aquele longuíssimo, longo silêncio de Dozy, que realmente começou a me roer por dentro. Eu queria ver o Leibovitz. Era meu direito, mas eu não ia telefonar para ele.

Sempre haveria alguma crise.

Eu achava essas perturbações ruins pra cacete. Hugh sumia, Hugh brigava, Hugh preocupava, então você pode imaginar uma manhã do fim do verão, eu estou pintando e tudo que posso ouvir são as cacatuas fazendo o maior estardalhaço nas árvores acima da minha cabeça, e os gritos das pegas, dos martins-pescadores, dos papa-figos, dos papa-méis, das corruíras-do-campo, dos pássaros-açougueiros, o doce roçar do vento nas casuarinas junto ao rio — posso ouvir um grande grito rugido, não um bezerro, mas parecido com um bezerro a ponto de virar touro, e embora continue pintando sei que é o meu irmão voltando para casa — ombros largos caídos, braços carnudos, se arrastando pelo asfalto estreito com as fraldas da camisa para fora e a latinha vazia na mão, a cara barbuda amassada feito um saco de papel e aquele nariz estranho, romano, com ranho escorrendo, e é por isso que, mesmo vivendo no Paraíso, eu não fazia idéia de onde estava.

# 7

O careca raspada brilhante Butcher Bones disse olhe as minhas obras etc. mas em nenhum lugar ele confessou que Hugh Bones era seu ajudante. Ele assinava todos os quadros como MICHAEL BOONE teria sido mais verdade botar o CROSSED BONES. Todo artista é um pirata como ele mesmo sempre dizia. Mas desculpe eu pensei que todo artista era uma porra de um rei hoje em dia devo estar errado como sempre.

Crossed Bones conseguiu o rolo de tela usando mentiras e eu levei o rolo nas costas e coloquei com delicadeza na caminhonete enquanto ele me enchia o saco o VEADO NERVOSO. Em casa eu fui de escravo com a tela nas costas pela escada até o estúdio e desenrolei no chão. Sem testemunha nenhuma. Tudo particular, ele e eu.

Ele pega e fala: Olhe isso Hugh! E então Hugh! Vamos fazer um quadro grande pra caralho aqui Hugh! É uma beleza! Você corta para mim, cara? Aqui, aqui, você é um gênio do cacete, cara!

Mas só tem um Gênio na VERSÃO DOS FATOS dele. Todo mundo fica besta de uma criatura como Michael Boone nascer em Brejo Bacchus que eles acham que deve ser uma fossa, pronunciam errado Brejo Buckus ou Pântano Bacchus e com isso mostram que não sabem do que estão falando porque a melhor costeleta de cordeiro do hemisfério Sul é lá que produzem. Talhador, serra, cepo de madeira. Queria que essas coisas fossem minhas.

Quando ele me pediu para cortar a tela holandesa eu estava cansado pra caralho, depois de andar até a cidade e subir a represa dos Guthrie onde eu peguei uma família inteira de carrapatos grudada embaixo das bolas do meu saco. Eu estava cansado e coçando, mas ele tinha de FAZER ARTE. Benzadeus, nunca zanguei com ele por mais que ele fale de mim. Por exemplo, de noite eu deito na cama e cubro a cabeça com o travesseiro para ver se não escuto ele falando com o RICAÇO DORMINHOCO. Ah que bosta de grande fardo parece que eu sou, todo cochicho e aflição Deus me livre.

Pode cortar para mim, Hugh?

Alguma vez ouvi ele dizer para o Ricaço que o irmão dele prega um prego que seja na tela, vai atrás dele feito uma formiga preta pela grama do verão, deitado de bruços eu O MICROSCÓPIO HUMANO? Não, nunca. Benzadeus, e eu reclamo? Alguma vez eu falei como é esquisito eu agora ganhar o controle da LÂMINA MORTAL porque nunca, mas nunca, os caras que diziam que eram minha família me deram uma TALHADEIRA, nunca me deixaram enfiar a lâmina na sagrada pele viva. Segure a bacia Jason, mas nunca pegue uma faca. Mas agora eu que uso a ARMA

ASSASSINA e posso deitar no chão do estúdio e ir seguindo um único fio da trama da tela holandesa — ele não nasceu com esse talento, nem com a minha força superior. Ele fica muito feliz de me ver separar um fio do fio vizinho por três metros quase e nem um erro o pedaço inteiro. O meu corte perfeito é uma MARCA SECRETA DE GRAÇA foi o que ele me disse e não tem nada a ver com acreditar em Deus e ele escreve as PALAVRAS SAGRADAS sem parar, cabo longo, cerda dura de sete centímetros. Ele paga dez dólares por pincel e em fúria fica escrevendo as palavras de Deus para sempre. QUAL É SEU PROBLEMA? como se diz.

Eu era Slow Bones. Eu sei o que isso quer dizer apesar de tudo o que eu disse antes. Eles não me davam a faca, o aço, a talhadeira. Em vez disso eu tinha de levar a carroça e o cavalinho pegando pedidos. Deliciosas costeletas de cordeiro hoje sr. Puncheon. E aí, seria meio quilo de carne para gato outra vez? Nunca pude aceitar que me proibissem de pegar a faca quando eu ia saber matar os bichos com mais delicadeza benzadeus aqueles olhos grandes refletindo a minha cara de volta para mim. Assim Deus em sua misericórdia vê o nosso rosto.

Durante muito tempo, culpei minha mãe por não me defender. Ela era só uma coisinha pequena, um pardalzinho cockney com grandes olhos pretos e fundos, sempre esperando o último dia, a hora final, nossa vez há de chegar. Tinha terror de faca, a mãe querida, coitada da mãe, e quem podia dizer alguma coisa quando se via Blue Bones ou vovô Bones entrarem pela porta de trás? Homens grandes sempre com muita raiva. Toda noite minha mãe pegava as facas e escondia dentro do cofre marca Chubb. Ela teve de amputar o seio esquerdo. Que Deus a tenha. Daí é o seguinte. Esconde as facas. Mas o futuro a que me condenaram era trancado toda noite.

Mas quando estava tudo perdido e sumido, anos mais tarde, nossa loja e nossa casa tinham virado uma videolocadora, toda esperança perdida, então eu fui indicado homem da faca para as telas do meu irmão. Explique essa crueldade se puder. Nisso e noutras coisas eu virei um CRIADO. Por exemplo, no estúdio tem uma bandeja de sorvete cheia de pinças dentro, igual àquilo que tem no dentista antes de ele machucar a gengiva da gente. Essas pinças não são mencionadas quando Michael Boone está externando suas opiniões: Clement Greenberg é um técnico de rádio etc. Posso aconselhar você a perguntar para ele, Ah, o que é aquela porra daquela tigela grande cheia de pinças? A resposta é: Para que Hugh o idiota possa ajoelhar na minha frente e tirar da tinta molhada todos os pedacinhos de pontinho e pintinha os corpos dos mortos as partes de matéria pelinho gosma e ranho da vida que atrapalham a pureza do ESPAÇO BIDIMENSIONAL.

Fui informado que não tem mais ninguém na Terra capaz de separar aqueles fios por mais de dois metros sem erro. Mas eu estou pouco me lixando, é tudo vaidade e muitas vezes eu penso que eu não sou nada além de uma grande abóbora mecânica chiando e gorgolejando, andando para trás e para frente na estrada para Bellingen todo dia, primavera, verão, moscas, mariposas, libélulas, todas maquinismos treme-tremendo, uma neblina de relógios, cada momento mais perto do esquecimento. Impedimentos à arte. Quem vai remover a gente com as pinças?

Eu nunca quis morrer aqui em cima no norte de Nova Gales do Sul com sanguessugas, carrapatos e a porra da enchente chupando a margem, tudo úmido, mofado. Eu nasci debaixo do ABRIGO DE CHUVA EM WERRIBEE então me dêem um túmulo num lugar seco, um solo duro amarelo onde se possam ver as marcas de alavancas como trilhas de larvas na rocha das idades. Eu nunca quis morrer aqui porque meu verdadeiro lar foi transformado numa videolocadora, mãe, pai eu perdi todos, então eu sou o pobre Hugh, a porra do Hugh, o maquinismo humano. Não gostam de Butcher Bones em Bellingen. Era a mesma coisa no Brejo. Quem pode gostar de um homem que raspa a cabeça para impedir que o pai corte o cabelo dele? Ninguém gostava dele como não gostava do SOLTEIRÃO ALEMÃO e aí ele foi para a cidade grande e só voltou rapidinho quando Blue Bones teve o derrame e a própria mãe dele chorou implorando para ele pegar o aço e a talhadeira, e ele não quis se bem que voltou para Melbourne e trabalhou em segredo na fábrica de carne William Angliss. Ele disse eu só tenho uma vida o que é uma mentira. Agora ele está sofrendo de AMNÉSIA claro esqueceu o quanto ofendeu a casa e a família e aqui em Bellingen está sempre dizendo Ah, eu sou um MENINO DO CAMPO ou eu sou do Brejo mas eles vêem ele lá com aqueles olhos pretos rápidos brilhando, enganando, mentindo e pondo coisas na conta de Jean-Paul Milan e ele só se dá bem porque eles também roubam de Jean-Paul.

Foi um dia desses aí. Ele estava amassando as tintas dele, eu estava chegando à cidade, a estrada subindo acima do rio Bellinger e a última enchente tinha baixado e deixado a grama mais achatada que homem morto e alguma coisa como vômito triste ainda sem limpar. Nos pilares da ponte ainda tinha os velhos gravetos empilhados restos de naufrágio propositais e involuntários, um horrível caramanchão de casca, lantana, todo tipo de vegetal e mineral, inclusive um mourão de cerca com um rastro de arame flutuando feito tripa de peixe do buraco de cima. Foi quando eu observei, vi de longe, azul e cinza, não muito maior que uma salsicha de café-da-manhã. Naquela hora um tronco grande sujo esquivo veio depressa pela esquina, derrubando coisas, espalhando casca, levantando poeira, espantando moscas e mosquitos tudo respirando vida, na maior confusão. Acabou o mundo, pensou a mosca. Meu coração estava pulando, mandando sangue de uma sala para outra. Carne e música, duas batidas por segundo, eu desci sulcando o declive, por fora do ombro da estrada descendo o aterro para o rio. O que eu tinha visto era o rabo seco do meu cachorrinho, a cocheira dele apagada, Deus o tenha. Foi um choque, benzadeus, mas lá estava ele, o lábio revirado para trás, alguma coisa ruim tinha mordido ele. O traseiro estava metade arrancado. Deus ajude, puxei o corpinho dele leve como pluma com o meu bastão de ponta afiada e não sabia o que fazer na hora. Subi para a estrada, minha camisa nova rasgada na cerca. Eu estava pensando em pegar um saco de trigo para botar ele dentro e levar para casa, ia ser um último repouso lamacento, enfiado dentro da ANTIGA PLANÍCIE DE ALUVIÃO com as pedras do rio. Eu devia ter ido até a cooperativa eles me ajudavam, mas o bar era mais perto e eu fui lá. Eu tenho o meu canto de sempre perto do rádio. Não coloquei ele no bar, tudo higiênico.

Nada era igual sempre só que a Merle me trouxe meu caneco e eu comecei a beber, querendo mesmo naquela hora ser bem-educado. Normalmente eu fazia a bebida durar horas mas agora eu acabei imediatamente. Era aquela hora do dia com cheiro de cinzeiro molhado, quer dizer, antes de o Kevin da cooperativa peidar e acender o cachimbo. No começo não tinha mais ninguém além de um viciado em heroína sem bunda na calça, mas aí os Guthrie entraram. São dois Guthrie, o grande é o Evan mas o irmão dele é geralmente muito bem-humorado. Eu sabia que os Guthrie tinham arrumado um contrato para construir cerca durante três semanas e como tinham acabado de descobrir que o cheque deles voltou eles não estavam lá de muito bom humor. O Gary Guthrie anunciou que ele ia levar o D24 dele até a linha de cerca e destruir o trabalho das últimas três semanas. Ele estava amargurado. Como não tinha mais ninguém além do viciado em heroína no bar, e esse estava completamente calado, eu não pude deixar de ouvir a conversa. Eles também observaram o meu cachorrinho. O Evan não falou para mim mas falou para a Merle que tinha de me denunciar para o inspetor de Saúde. Eu perguntei alto se a Merle tinha uma caixa porque qualquer coisa em que coubessem 12 garrafas cabia meu cachorro também. Ela disse que tinha acabado de queimar todo o papelão. O viciado em heroína levou a cerveja dele para a calçada.

O Evan então deu a opinião de que eu era uma besta de beber com um cachorro morto. Ele era um filho-da-puta grande, as pernas iguais aos mourões de cerca que ele passou a vida fincando na terra. Eu não respondi, confiando no irmão, mas o irmão estava murcho, a cabeça cheia de vingança tipo botar abaixo cinco quilômetros de cerca e jogar dentro do riacho. Nas sombras amargas de lúpulo do bar o plano dele floresceu igual a BORRAGEM. O Evan disse alguma coisa sobre a causa do machucado no traseiro do cachorrinho, eu virei a outra face, mas quando ele tentou confiscar o corpo com tamanha violência, eu fui mais rápido que MARTIM-PESCADOR-GRANDE voando feito um raio pela pele amarelo-mostarda da enchente. Peguei o dedo mindinho dele, crocante feito uma libélula dentro do bico.

O Evan era o que se chama de uma ANTIGA FAMÍLIA na região. Tinha a foto dele na parede, uma multidão na Bellingen XVIII mas ali ele foi forçado a baixar até o nível da prancha do piso, uivando, apertando o METACARPO QUEBRADO no peito.

NUM PISCAR DE OLHOS ele estava no chão.

Gary veio para cima de mim. Eu pus o cachorro com todo cuidado em cima do bar e o defensor do Evan entendeu o perigo muito bem.

Escute Num-num, ele disse, diga para o bosta do ladrão do seu irmão que ele não é mais bem-vindo na região.

Então eu entendi errado que foi por causa do metacarpo quebrado do Evan Guthrie que meu irmão e eu íamos ser expulsos. Eu não agüentei aquilo. Tudo aquilo que eu botava a culpa em Butcher Bones eu agora tinha feito eu mesmo. Fui indo para casa muito aflito, uma mosca, uma vespa, um INIMI-GO DA ARTE.

# 8

Não posso pôr a culpa em Hugh, seria ridículo, nem posso me comparar com Van Gogh. Ao mesmo tempo, tenho todo o direito de achar que foi Theo, o irmão santificado de Vincent, quem acabou com os sessenta dias de pintura em Auvers-sur-Oise. A gente encontra 3 mil livros de arte cheios de reproduções ruins e outras tantas opiniões chochas de que os sessenta quadros desses sessenta dias foram uma "florada final" e que os corvos no campo de trigo de Vincent eram um "claro indício" de que ele estava a ponto de se matar. Mas puta que me pariu, meu Deus, um corvo é só uma ave e Vincent estava vivo, e havia corvos e trigo na frente dele e ele estava produzindo uma tela por dia. Era mais louco que uma escova de privada, como não, e tão chato como um pintor, e o dr. Gachet pode não ter realmente *convidado* o paciente para ir morar com ele, mas pintores fazem esse tipo de coisas, então foda-se.

Quando o sol se pôs, quando a luz se perdeu, a casa de Gachet devia estar recendendo a falta de Vincent. Sinto muito, por todo mundo. Ao mesmo tempo, ele estava falando por telefone com Deus, e depois de sessenta dias foi lá visitar Theo no trem para Paris, não planejando uma porra de um *suicídio*, mas para conversar sobre a venda de algumas dessas pinturas. Por que não? Não resta a menor dúvida de que ele sabia o valor do que havia feito. De Auvers-sur-Oise a Paris é uma viagem muito curta. Eu mesmo fiz esse trajeto recentemente, e é difícil imaginar uma viagem menos romântica, mesmo nos subúrbios da zona oeste de Sydney. No meu caso, ainda pior devido a meus companheiros, um dos quais tinha horríveis feridas no lábio e um forte desejo de que eu bebesse na mesma garrafa de Pernod. Noventa minutos depois de passear pelo famoso caminho do jardim do dr. Gachet, eu estava em Paris. A mesma coisa com Vincent. Theo era o marchand dele, seu famoso mantenedor, seu irmão, o homem em cujos braços ele logo iria morrer, mas mesmo assim Theo Van Bosta Gogh fez exatamente o que marchands sempre fazem, isto é, disse para ele que o mercado estava uma merda, que a moda ainda não tinha mudado na direção dele, que o colecionador que tinha prometido comprar havia acabado de morrer ou ido embora ou perdido o dinheiro num divórcio etc. Theo, Deus lhe perdoe, estava *deprimido*. Achou que era hora de Vincent encarar a "realidade", que foi o que Vincent fez então, porque voltou para Auvers-sur-Oise e dois dias depois deu um tiro no próprio peito.

Quando escutei Hugh urrando e vociferando na estrada, eu tinha tido só 47 dias e ninguém ia conseguir me fazer parar nem com corda, nem com tiro. Tinha oito telas imensas guardadas numa porra de *manjedoura* e uma nona deitada e nua no chão.

Hugh estava com a cara espancada até virar papa, já inchando, uma película de sangue e ranho por toda a grande tela de suas faces, uma parte pingando em cima do corpo ressecado que ele levava com tamanha ternura que podia bem ser um bebê recém-nascido. Levei uma hora para arrancar a história, mas mesmo assim continuei confuso, imaginando que o sangue fosse resultado de sua briga com Evan Guthrie. Levaria uma semana mais para eu descobrir que ele havia sido visto na estrada acima do rio batendo a cabeça contra uma barcaça de ferro, e todas as abrasões e hematomas do rosto dele, todo o tecido rompido que logo incharia e o deixaria amarelo, vermelho, roxo como uma *terrine* de *foie gras*, tudo aquilo ele próprio tinha feito a si mesmo porque ele, assim como eu, havia entendido errado a situação.

Não era o primeiro mindinho que ele quebrava, e o anterior tinha causado mais dor e perda do que eu até agora podia compreender. Hugh e eu pensamos que estávamos ambos num apuro semelhante, mas, como você logo vai saber, nada era bem como parecia ser. De qualquer forma, eu não abusei de meu irmão essa segunda vez. Ele estava acabrunhado, mas não demonstrava. Eu o estimulei a levar em frente seu plano imediato, que era encontrar um lugar seco e alto para enterrar o cachorro, cujo corpo estranhamente leve eu ajudei a colocar no meu melhor saco de aniagem. Assim ele partiu, com o cachorro no saco, pá e pé-de-cabra na mão, e eu voltei para a minha tela. Porque eu sabia que o relógio estava correndo, que logo os anões da oficialidade estariam enxameando à nossa volta, como uma ninhada de formigas brancas ameaçando se colar na superfície perfeitamente sagrada da tinta viva.

Com falta de suprimento e tendo encontrado resistência em Kevin na cooperativa, eu não tinha nenhum trabalho planejado para aquele dia, mas o tempo é precioso, passando a cada respiração, e eu resolvi que eu ia tocar a coisa que eu mais temia, o bordado emoldurado que nossa mãe tinha pendurado em cima de sua cama horrenda: "SE JÁ VISTE MORRER ALGUÉM, PENSA QUE PELO MESMO TRANSE HÁS DE PASSAR. PELA MANHÃ PENSA QUE NÃO CHEGARÁS À NOITE; E À NOITE NÃO CONTES CHEGAR AO DIA SEGUINTE."* Eu não queria tocar naquilo, como não queria pôr minha mão num ferro chato, chiado de pele, cheiro de carne. Passei uma boa hora limpando o estúdio, esfregando o linóleo, estendendo papel e um pedaço de lona de algodão sem dobras. *Se já viste morrer alguém* eu tirei os misturadores da furadeira e comecei a limpá-los. Não era realmente preciso fazer isso, mas devagar eu fui removendo as películas de tinta acumulada que tinham criado o seu próprio planetinha na armação em forma de X das lâminas. "PENSA QUE NÃO CHEGARÁS À NOITE" e todo o passado pintado ali estava em camadas como alcaçuz variado, rochas sedimentares, verde, preto, belo amarelo, mica cintilante, ouro de tolo como chamam no Brejo. Eu não queria começar. Areei as lâminas com palha de aço até ficarem polidas e depois apertei os olhos e mergulhei o eixo giratório no coração do preto de Marte, negro de carvão, grafite, 240 volts, 100 rpm, verde *phtalo* com carmesim alizarina, e tinha começado. Estava dentro. Sacudi os respingos dessa última mistura, que preto mais frio e leve estava ali, uma coisa perversa adorável presa numa lata. No maldoso coraçãozinho dele tinha carmesim de alizarina. Eu já conseguia calcular como eu ia contornar aquelas formas ainda não nascidas — aquele carmesim alizarina ia fazer uma margem quase tão preta quanto o preto, mas também, no cabeço de "CONTES" igual à borda ardente de uma folha numa tempestade de fogo. Depois eu in-

---

*Capítulo 23 de *Imitação de Cristo*, tradução de Leonel Franca. (*N. do T.*)

vadi o azul ultramarino com a força da doce sombra queimada, dando assim nascimento a um novo preto quente como um cobertor de inverno para um cavalo de 20 mil dólares, e depois manchei minha lona de algodão com um púrpura dioxane diluído pra caralho, tão aguado que era um cinza perolado, uma pele secreta que a gente ainda consegue ver por trás da mancha da, digamos, *Manhã*, e nesse ponto, e em outros lugares também onde o horrendo medo de minha mãe se dobrava e retorcia, a gente hoje pode observar o pentimento, os apagados, os esmaecimentos, as mudanças de idéia à medida que eu avançava, às vezes como Sísifo, com as letras resistentes que agora têm de ser forçadas a me servir — não o cinzel romano nem a linguagem dos poetas — até "NÃO CONTES CHEGAR" era feio e nobre como o incêndio da fábrica de leite em 1953, dez homens mortos no meio das latas retorcidas e da fumaça. No último dia, muito cedo numa manhã brilhante de orvalho, fiz uma série de aguadas, 9/10 gel, e essas apliquei, mais leves que uma névoa de rio sobre o asfalto. Quanto à obra em si, você pode ir ver, finalmente, anos depois, num museu sério, e não vou tratar você como algum babaca viajante comercial num avião que quer saber "Devo conhecer você?".

Mas deixe eu dizer apenas que esfreguei, poli, raspei e areei aquilo até virar um argumento tanto em si mesmo como contra si mesmo. Meu Deus, aquilo punha o temor de Deus dentro de você, ver as tramas de preto secreto, sufocava e fodia você, punha os dedos dos seus pés no fogo.

Esse trabalho continuou por três dias. E ficou pronto. Como um presságio, não houve visitas. E então Hugh já tinha dado um fim ao seu cachorro e seus olhinhos estavam fundos e ocultos e ele muito quieto pela propriedade, o tempo quase todo cortando os cardos. Eu mantive distância de Bellingen, achando mais inteligente evitar completamente a cena do crime e dirigir uma meia hora a mais até Porto Coffs. Já havia dificuldades — suprimentos limitados, nada de verde de *phthalo*, uma mudança de paleta que eu preferia não ter de fazer. No quarto dia depois do metacarpo veio o primeiro atacante, um idiota do Conselho de Bellingen com meias brancas compridas, um inspetor de construção com uma prancheta na mão. Andou pela propriedade com uma fita de avaliador, medindo a distância da margem do rio até a fossa séptica. É assim que uma cidade pequena se livra de você. Declaram que sua casa está transgredindo os regulamentos. E por que eu iria me importar, porra? Não era minha casa.

Dinheiro muito curto. Eu cozinhava legumes até eu mesmo não agüentar mais, e Hugh — bendito seja — nunca reclamou. Mas esse tempo todo ninguém nos disse efetivamente por que nós agora éramos odiados. Estávamos lutando a guerra errada, pelas razões erradas, e foi só 11 dias depois do dedo quebrado que a polícia veio chacoalhando até o mata-burro, não os locais, mas dois caras à paisana com um motorista de Porto Coffs. Ao ver o carro, Hugh fugiu da prisão, disparou de cabeça pela planície de aluvião e não o encontrei até o anoitecer, quando, ao ouvir que o carro de polícia finalmente tinha ido embora, ele surgiu, de olhos arregalados e enlameado, de dentro de um buraco de vombate.

# 9

A Polícia da Arte são guardas, só isso, e eles pegam e procuram você tão inesperadamente como Testemunhas de Jeová, e por razões tão idiotas quanto. Porém, naquele dia enevoado em Bellingen eu ainda ignorava essa raça, e concluí erroneamente que meus visitantes eram típicos.

Havia um homem mais velho, de uns 50 anos, alto e de constituição pesada como um espancador da velha guarda, mas com um passo estranho quase lânguido e uma grande cabeça quadrada sempre virando para cá e para lá como se estivesse tentando enxergar a porra da torre Eiffel. Ele usava um suéter cinza-rato Fair Isle e fumava um cachimbo fedido do qual continuamente chupava globos de alcatrão que cuspia no meu pasto. Esse detetive Ewbank exsudava a boa índole desleixada de um empacotador a duas semanas da aposentadoria enquanto, ao mesmo tempo, mantinha alguma estranha ligação aérea com seu parceiro de aspecto cerebral.

O homem mais jovem, Amberstreet, não tinha muito mais que 25 anos, mas já havia gravado na cara umas rugas em forma de V que apontavam como setas de diagrama para seus olhos cinza-pálido. Barry, o parceiro o chamava, tinha a boca fina, virada para baixo, e talvez por ser tão curvado e espetacularmente desprovido de músculos me fazia imaginar que a Polícia da Arte devia ser uma porra de uma casta muito especial mesmo, e do mesmo jeito que a bela esposa de Jean-Paul podia sugerir qualidades ocultas em seu muito comum marido, a estranha aparência de pássaro de Amberstreet dava ao cachimbo e ao suéter Fair Isle do parceiro um valor que não podia ser mais inflacionado, nem mesmo pela Sotheby's.

Esses policiais me pegaram desprevenido, como não? Não disseram que eram de Sydney. Achei que tinham vindo de Bellingen, atrás de Hugh. Em vez disso, queriam inspecionar meu trabalho, e eu os levei ao barracão para que vissem. Sim, eu havia obtido tinta e tela por meio do que se poderia chamar de falsos pretextos e o que eles iam fazer? Me enforcar? Sim, eu tinha vendido uma tonelada de fertilizante para a sra. Dyson, e Jean-Paul, acho, tinha ficado chateado. Os ricos são desse jeito, dominados por ataques de pânico diante da idéia de poderem estar sendo *usados*. Deus, que espécie de animal faria isso com eles?

Acompanhei Ewbank e Amberstreet até o barracão como se eles fossem colecionadores da Macquarie Street numa visita a estúdio, e devo confessar que Ewbank era gentil pra caralho nesse estágio, mesmo tendo me informado que eu tinha uma ficha ou, conforme disse, era "conhecido da polícia". Por outro lado, estava cheio de perguntas sobre a horta e sobre o gado brâmane que Dozy tinha soltado para pastar no meu jardim do lado da estrada. Amberstreet, por sua vez, era muito sossegado, mas nem isso era de forma alguma ameaçador. Conforme Ewbank me apontou, seu parceiro parecia mais preocupado com o perigo de sujar de bosta de vaca o seu sapato Doc Marten novo.

O barracão era um barracão, o terço de trás, uma rampa de carga cheia de pilhas de feno da sra. Dyson, os dois terços da frente com piso de terra. Ali eu estacionava o trator, guardava a serra elétrica, a roçadeira e as ferramentas de jardim que não havia deixado ao ar livre. Ali também eu guardara "enroladas" minhas nove telas, dentro de longos tubos de papelão. Estavam bem encostadinhas na parede, igual ao ancinho, à pá, à foice e por aí vai. Claro que não era o ideal, mas evidentemente eu não podia ficar com elas no estúdio gritando no meu ouvido.

— Certo, Michael — disse o detetive Ewbank —, está na hora de mostrar e explicar.

Eu fiz alguma piada — esqueci agora — dizendo que ele precisava de um mandado.

— Está no carro — disse Amberstreet. — Depois eu mostro.

Isso me deu um tranco, mas eu superei. Qual era a pior coisa que podia acontecer? Eu ser acusado de estar fazendo arte à custa de Jean-Paul? Foda-se ele. A paciência dos ricos se esgota depressa. Mas eu me mantive como um cidadãozinho obediente e desenrolei a primeira pintura, *Eu, o pregador, fui rei sobre Israel*, estendi por cima de uma macia almofada de quase dez centímetros de pasto tratado.

Então veja só isto aqui: a 12 quilômetros de Bellingen, Nova Gales do Sul, eu de bermuda e descalço e Amberstreet como se fosse uma garça ou cegonha com o corpo atarracado e as pernas longas e finas, cinto apertado, seu esqueleto inteiro projetando toda a força nos olhos enquanto examinava a minha tela. A obra tinha um quê de "foda-se", o processo todo aparente. Eu já havia, espero ter contado antes, começado a colar retângulos de tela em cima do campo maior. Mesmo sob aquele sol quente e enevoado a tela era mesmo boa pra caralho.

Os policiais não disseram nada ao longo da primeira inspeção, nem mesmo quando descobrimos o ninho de camundongos morando no centro do rolo. Para dizer a verdade, fiquei quase feliz. Não podia ir para a cadeia e o trabalho parecia tão bom, em nada diminuído pelo cheiro dos camundongos, nem pela ondulada linha de água marrom-clara que corria, como o *hamon* de uma espada japonesa, por toda a margem inferior da tela.

Amberstreet quis olhar o *Eu, o pregador* de novo. E eu era o artista. Por que não iria querer mostrar? Fiquei observando o estranho criticozinho, de braços cruzados, ombros encolhidos. Ewbank, por seu lado, começou a assobiar *Danny Boy*.

— Quanto valeria isto aqui? — Amberstreet me perguntou. — No mercado, em leilão.

Eu achei que ele estava tentando pensar em como recuperar o custo dos tubos de meio quilo da Raphaelson, então disse que no momento não valia exatamente nada. Eu estava fora de moda. Não podia vender uma pintura para salvar a porra da minha vida.

— Sei, entendo isso, Michael. Cinco anos atrás, você podia conseguir 35 mil por isto aqui.

— Não.

— Não adianta mentir, Michael. Eu sei por quanto você costumava vender. O negócio é que agora você está em queda livre. Não é mesmo?

Eu dei de ombros.

— Eu pago cinco — ele disse, de repente.

— Ah, meu Deus — disse Ewbank e avançou para investigar os chiqueiros de concreto, batendo neles com um pedaço de cano de irrigação. — Jesus — gritou —, Maria e José.

— Sem imposto — disse Amberstreet e eu vi os olhos dele brilhando. — Em dinheiro.

Enquanto isso, Ewbank estava se mijando de rir, enfiando punhados de fumo negro picado em seu cachimbo. A cara do colega mais novo, em contraste, estava amassada como papel de seda protegendo as pedras brilhantes de seus olhos.

Não digo que eu não tenha ficado seriamente tentado.

Ewbank voltou, pitando seu cachimbo. Ele tinha um jeito excepcional de fazer isso, subindo as grandes sobrancelhas pretas toda vez que dava uma tragada, e o resultado é que parecia estar num estado de ativa perplexidade.

— Não posso pagar tudo de uma vez. Pago ao longo de um ano.

Se fosse uma quantia mais polpuda, eu teria dito sim, mas não era o suficiente para me salvar, então recusei. Até hoje não sei se o que aconteceu em seguida teve ligação com minha recusa, mas acho que não. Foi mais como se tivéssemos feito uma pausa agradável e voltado ao trabalho.

Amberstreet franziu a testa e balançou a cabeça.

— Entendo — disse. E virou-se para o parceiro: — Está com a fita, Raymond?

Ewbank tirou do bolso um lenço que parecia sujo e depois uma trenazinha ultramoderna de um tipo que eu nunca tinha visto, como se ele fosse um cirurgião com instrumentos desenhados em Tóquio para uma tarefa tão especializada que não tinha nome em inglês. Meu saco encolheu ao ver aquilo.

— Meça o pedaço colado — Amberstreet disse, uma palavra feia para o retângulo que mostrava uma única palavra "DEUS" com todo o seu cinza esverdeado e verde de *phthalo* espalhado, puxado em luta com o resistente "E".

Fiquei olhando Ewbank medir, como se olha um acidente com o próprio carro.

— Setenta e cinco por 54 centímetros — ele anunciou.

Amberstreet me deu um sorrisinho angelical.

— Ah, Michael — ele me disse, apertando mais um furo do cinto. Eu de repente entendi que ele era um merdinha medroso.

— O quê?

— Setenta e cinco por 54 — disse. — Ah, Michael.

— O quê?

— Não lembra alguma coisa?

— Não.

— As mesmas dimensões do Leibovitz do sr. Boylan.

Pensei, O que é isso? Cabala? Numerologia?

— Michael, achei que você era um homem inteligente. Nós sabemos as dimensões exatas. Estão no catálogo *raisonné*.

— E daí que tem as mesmas dimensões?

— Daí — disse Amberstreet — que, como você sabe, a casa do sr. Boylan foi assaltada e uma obra de Jacques Leibovitz foi roubada.

— Bobagem. Quando?

Ao ouvir isso, Ewbank deu uma grande e forte tragada no cachimbo de tal forma que suas sobrancelhas sumiram no cabelo.

— Ah. — Amberstreet estava sorrindo, incrédulo. — Você não sabia!

— Do mesmo jeito como se sabe que John Lennon morreu — disse Ewbank.

— Você devia espiar um jornal — Amberstreet sugeriu. — Devia ligar o rádio.

— John Lennon não morreu, seu babaca.

— Não mude de assunto, Michael. Estamos aqui para investigar um roubo.

Foi só então, parados ali olhando a minha pintura, que eu me dei conta de que alguma coisa muito séria estava acontecendo.

— Alguém passou a mão no Leibovitz dele?

— Há três semanas, Michael. Você era o único que sabia que o quadro estava lá.

— Ele nunca me mostrou. Pergunte para ele — eu disse, mas estava revendo o olhar de ódio na cara de Dozy quando passou por mim na neblina.

— Mas você sabia que ele tinha. Sabia que estava indo viajar, passar a noite em Sydney.

— Ele está sempre indo para Sydney. Acha mesmo que sou tão burro a ponto de colar um quadro de 2 milhões de dólares na minha tela e depois cobrir com tinta? É isso que pensa? É fácil perceber que você não é um artista, porra.

— Não estamos dizendo que o quadro está aí embaixo. Estamos dizendo que temos de levar a obra para fazer um raio X e uma espectrografia infravermelha.

— Seu filho-da-mãe. Está querendo é afanar a porra do meu quadro.

— Calma aí, cara — disse Ewbank. — Nós vamos dar um recibo direitinho. Você mesmo pode escrever a descrição.

— Quando vão devolver?

As sobrancelhas do homem mais velho subiram de maneira alarmante.

— Isso depende — disse Amberstreet.

— De quê?

— Talvez a gente tenha de ficar com ele para o julgamento.

Eu de fato não sabia o que estava acontecendo. Uma parte de mim achava que os filhos-da-mãe estavam me roubando. Outra parte de mim pensava que eu estava numa puta encrenca. Não sei qual era pior ou melhor, e, no fim, depois de passar três horas fazendo um engradado, tempo que eles usaram para fotografar meu pé-de-cabra e minhas outras ferramentas, e depois de eu ter ajudado pessoalmente a carregar a van deles, me mostraram um imenso arquivo de imprensa sobre o roubo do Leibovitz. Eu li a manchete de primeira página à luz do farol deles, ainda sem a menor pista sobre John Lennon, mas aliviado por saber que eu, ao menos, não estava sendo roubado.

# 10

Claro que o bostinha do Michael Boone ignorava qualquer coisa que não fosse para o benefício pessoal dele e na história do vombate ele usou incorretamente a expressão MIOLO MOLE que podia ser título de um livro mas que estava errada porque o vombate é um cara esperto que consegue, benzadeus, girar e se torcer dentro do túnel dele, coçar a orelha, se achatar como se fosse massa debaixo de um rolo de pastel e eu sabia disso porque tinha VISTO COM MEUS PRÓPRIOS OLHOS. Claro que nunca contei para meu irmão e ele não fazia idéia dos planos que eu tinha feito como preparação para a visita da polícia, se bem que na hora em que eu quebrei o metacarpo de Evan Guthrie eu já esperava UÓ-UÓ-UÓ luz azul piscando A FÚRIA DA LEI e aí não ia poder contar com Butcher Bones para me salvar. Muitas vezes ele tinha ameaçado me botar sob CUIDADOS E VIGILÂNCIA onde poderiam tirar o tártaro dos meus dentes.

Os guardas eram mais LENTOS QUE UMA SEMANA DE CHUVA e me deram uma boa oportunidade de abrir mais um bom pedaço do túnel de vombate. A primeira vez que entrei naquele labirinto foi um dia depois de enterrar meu cachorrinho e levei minha picareta, lanterna e a tampa de um barril de quatro galões de melado para usar como escudo, mas nunca tive nenhum problema com os vombates, aprendi depressa a fazer um grunhido amigo para chegar perto. O menor de todos eu chamei de PARCEIRO, benzadeus. Ele às vezes farejava meu cabelo mas não no dia em que a polícia finalmente veio visitar quando deitei ali dentro da entrada com as botas na boca, o nariz apontado para o escuro, nenhum mau cheiro, só terra e raízes e quando

eu tinha de peidar sentia muita pena. Depois de QUARENTA PIS-
CADAS eu saí e descobri o céu preto misturado com ultramarino
e o loureiro em silhueta e uma grande poça de luz amarela em
volta do barracão onde dava para ver Butcher Bones ocupado
com uma serra e um cavalete, cortando pranchas de pinho.
Benzadeus, eu pensei, estão fazendo o meu caixão.

O Butcher era grande com culpa, nada melhor para fazer os
olhos dele mexerem da esquerda para a direita. Era a ESPECIALI-
DADE DA CASA no caso de ele saber sempre exatamente quem
estava errado. Quando a polícia finalmente foi embora e eu revelei a minha presença, fiquei assombrado de o dedo não apon-
tar para mim.

— Aquela vaca, aquela vaca filha-da-puta! —, ele gritava, e
eu fiquei bem contente de não ser mulher. Logo entendi que
ele estava falando da Marlene, uma admiradora de *O pudim
mágico*. Ele tinha ficado com tanto tesão por ela mas agora me
explicou que ela estava POR TRÁS DAQUILO TUDO e de repente
ela era um MESTRE DO CRIME completo. Eu sabia por experiência própria que não havia melhor prova de inocência do que ser
culpado por Butcher Bones e dessa vez, como em todas as outras, ele logo, sem pedir nenhuma desculpa, ia modificar a toa-
da com uma CONTRADANÇA. De qualquer jeito, eu não era O
CULPADO e fiquei muito aliviado porque não ia ter de ficar cantando sozinho na minha cela solitária mas fiquei preocupado de
eles pegarem uma mulher inocente no meu lugar. O que eu
podia dizer? As lindas orelhas de menininha do meu irmão estavam cheias de cera e ele berrou comigo porque tinha sujado
minha camisa e depois telefonou para Dozy Boylan para se ga-
bar de que tinha resolvido o CASO.

Dozy respondeu: Se me telefonar de novo eu vou aí e meto
uma bala na sua bunda.

Depois disso, o Butcher sentou na mesa e ficou quieto um tempão. Então começou a olhar para as vigas e eu temi que ele tivesse ficado louco e perguntei se queria uma xícara de chá. Sem resposta, mas eu fiz assim mesmo. Quatro colheres de açúcar, como ele gostava. Nada de obrigado, quem é que esperava isso?, mas ele juntou as mãos manchadas de seiva em volta da caneca velha e lascada que a coitada da nossa mãe um dia segurou PELA MANHÃ, PENSA QUE NÃO CHEGARÁS À NOITE, coitada da mãe, Deus a tenha. Eu estava com a nuca VULCÂNICA então perguntei para ele, O que a gente vai fazer agora, Butcher? Se ele esbravejasse, berrasse e me xingasse eu ia me sentir EM BOAS MÃOS mas em vez disso ele me deu o que chamam de SORRISO AMARELO e ficou claro que ele tinha perdido o fogo e ele então me deixou sossegado, se enfiou na cama sem nem tirar a roupa. O que eu ia fazer? Estava proibido de tocar nos interruptores e em outros aparelhos elétricos, de forma que meu quarto ficava claro a noite inteira como se eu fosse uma galinha de pilha e eu sonhava que era verão no Brejo, eu me perdia com meu cavalo na Lerderderg Street depois era capturado pelos católicos, que porra de pesadelo. Acordei na manhã seguinte e ouvi um grande uivo, corri para fora de pijama para ver que NOVA TRAGÉDIA tinha acontecido com Butcher Bones. Encontrei ele ainda vestido como na noite anterior e na mão estava com o batedor, a lâmina pingando aquele mau carmesim alizarina de merda.

O que foi, Butch?

Não está vendo? Os filhos-da-puta desligaram a força.

A primeira coisa que pensei foi que aquilo era um castigo da COMISSÃO ESTADUAL DE ELETRICIDADE porque a gente deixava a luz acesa a noite inteira mas depois que ficamos sem força três semanas e a gente tinha de levar água do rio e cavar buracos para fazer nossas necessidades, entendemos que os cidadãos de

Bellingen tinham mandado desligar como se a gente fosse seqüestradores que têm de ser postos para fora do buraco. Ainda por cima, veio uma ORDEM DE DESPEJO e um COMUNICADO DE DEMOLIÇÃO porque a casa de Jean-Paul estava muito perto do rio. Claro que o conselho tinha aprovado a construção anos antes então ela deve ter andado para mais perto da margem. De qualquer jeito, era tudo um MONTE DE MENTIRAS e, quando a gente foi finalmente retirado de lá, a casa deve ter voltado andando para a posição aprovada no terreno.

Quanto ao próprio Jean-Paul, como disse o Butcher, ele devia ser condenado pelo Conselho Ryde por ter a bunda construída muito perto da calçada pública e na nossa longa fuga de volta para Sydney, uma viagem de oito horas de carro, ele estava cheio de comentários sarcásticos desse tipo sobre os BURGUESES COLECIONADORES DE ARTE, mas eu gostei da viagem. Ele nos levou pela Dorrigo, benzadeus, e depois pelas terras altas de Armidale onde os verões são secos, os gramados dourados e as janelas da caminhonete abaixadas e os cintos de segurança batendo — flap, flap, flap — contra a moldura das portas. A velha caminhonete não tinha ar-condicionado, só um DUCTO que abria com uma manivela de trinta centímetros e que soltava a poeira presa ali dentro faz tempo. Nossa que perfumes: mel, flor de goma e mangueira de borracha. A gente era Boones, homens grandes, apertados ali, bunda a bunda, nossas cabeças batendo no teto quando passava nos buracos. Meu irmão era um motorista tenso e assustador, mas se recusava a viajar a menos de 140 por hora, porque abaixo dessa velocidade o eixo propulsor entortado provocava uma terrível vibração. Ele dirigia igual ao pai dele dirigia antes dele, com os cotovelos abertos, empurrando o peito para fora, os olhos bravos olhando bem à frente. Então nós voamos feito demônios hora após hora pelo ouro e azul como se a gente fosse o maldito SIR ARTHUR STREETON ou FREDERICK McCUBBIN, dois pintores que Butcher amava mesmo quando torcia o nariz para eles.

Eu peidei e gritei Fogo! Se você conhece a pintura de Streeton você pega a piada.

Quando a gente entrou nos arredores de Sydney, a gente estava duro, o restinho do dinheiro do fertilizante, gasto em gasolina. Na Epping Street nós saímos da Rodovia do Pacífico, aquela conhecida estrada cheia de curvas que foi usada um dia pelos negros e aí fomos para Lane Cove e East Ryde. Os dois olhando o mostrador de gasolina, muito calados e pensativos quando entramos no velho terreno conhecido de DIVÓRCIO e PATRONATO as duas coisas situadas exatamente na mesma rua. Benzadeus. Antes da ponte Gladesville viramos para a Victoria Street e depois à direita na Monash Street e quando entramos na Orchard Court já estávamos na contravenção de uma ordem judicial que dizia que nenhum de nós dois tinha permissão para chegar a sete quilômetros do LAR MATRIMONIAL. Meu saco estava todo encolhido. O que ia acontecer com a gente agora? Meu irmão fez a velha virada para a direita, bem conhecida, passou na frente da loucura marital e seguiu direto para o gramado de Jean-Paul. Aí, Butcher Bones abriu o porta-luvas e tirou um martelo, benzadeus, o que ele estava pensando?

# 11

Como eu conhecia o beco sem saída tão bem como conhecia meu próprio pijama, rodei pelo gramado perfeito de Jean-Paul com cem por cento de certeza, isto é, eu sabia que podia contar que os vizinhos iam telefonar para meu patrocinador antes que eu desligasse o motor.

Eu já havia vivido uma vida inteira na Orchard Court, onde tinha sido não apenas uma celebridade, mas um famoso bobo apaixonado. Foi para ali que levei minha noiva. Construí uma maldita torre onde ela podia meditar — acredite se quiser —, e uma incrível casa na árvore do tipo que um menino pode sonhar mas nunca ver na vida, três plataformas, duas escadas, tudo abrigado dentro dos galhos de um lindo jacarandá antigo cujas gloriosas pétalas roxas, caídas dois meses antes, estavam então apodrecendo como um coração ferido no teto cinza-ardósia. Eu era um homem diferente naquela época, tão ingênuo que advogados e polícia depois resolveram que meus próprios quadros eram bem familiares, isto é, não minha propriedade. As telas estavam lá, obra de uma vida inteira, com as quais, havia o tribunal "determinado", como diz o termo, que a queixosa podia fazer o que quisesse.

Não sobrara espaço na caminhonete para nada além de tinta e tela e não era por acaso que a grande obra-prima de carmesim alizarina estava apoiada em cima da carga toda. Removi a tampa do capô e ataquei o engradado com o martelo, e enquanto os parafusos de aço inoxidável guinchavam como vítimas de assassinato, eu já escutava o telefone gritando na casa de piscina de Jean-Paul.

Usei os lóbulos das orelhas de Hugh para convencê-lo a descer da caminhonete, e ele deu várias guinadas até cair a ficha: com ordem repressora ou não, era interesse dele desenrolar aquela tela no gramado do nosso patrocinador.

Jean-Paul era um filho-da-putazinho sem coração, mas era o pior caso de paixão pela arte que já se conheceu, e embora seu olho não fosse nem um mínimo EDUCADO, era facilmente excitável e isso o fazia comprar uma enorme quantidade de merda e, em algumas ocasiões, apostar contra os registros dos leilões. Admito que eu havia acabado de vandalizar sua CASA DESPOJADA, provocando alvoroço na Terra Prometida, roubando fertilizante e, segundo diziam, enganando Jean-Paul de outras maneiras, mas tudo isso seria esquecido se, ao olhar para o gramado, ele entendesse um pedacinho daquilo que eu tinha feito. Ele então ia se transformar de uma bolota de cocô de cachorro em um esplêndido objeto de prata.

As nuvens do anoitecer lançavam um tom rosa-cacatua sobre a cena; não importava. Essa pintura era capaz de engolir o dano causado pelo rosa, pelo gramado exibicionista, pelas piscinas secretas e tudo o que eles envolvem. Era como uma porra de um *stock car*, indestrutível. Enquanto esperava com impaciência meu patrocinador aparecer, eu estava tão profundamente confiante, oscilando nos calcanhares ao lado do pobre e medroso Hugh, que estava com o nariz escorrendo, a boca torcida num sorriso de come-merda, um ricto de esperança e terror, e juntos nós esperávamos o perfeito cabelinho secado a secador e penteado para trás, que, se você quiser mesmo se surpreender de verdade, de repente lembraria — meu Deus, eu fui desagradável na minha época — que Jean-Paul era a cara de JFK.

O plano de batalha funcionou muito bem de início: carro no gramado, telefonema para a casa da piscina, pintura estendida bem ali na frente e, finalmente, a cabeça de meu patrocinador aparecendo na janela do estúdio.

Só que não era a cabeça de meu patrocinador. Meu Deus, eu mal a reconheci. Era a queixosa, a vizinha dele, a mulher que eu tinha comido pela frente, por trás e de lado, abraçado na noite, a criatura mais linda jamais nascida. E lá estava ela, a mãe de meu filho, com sua boquinha afetada, o nariz fino inquisidor e o bronzeado caro, e eu não podia nem ver a parte realmente dispendiosa dela, os sapatos. Ela ficou visível apenas um segundo, por trás do vidro. Hugh gemeu, subiu na caminhonete e bateu a porta.

A bomba estava armada, tudo bem. Esperei por Jean-Paul. Ele também apareceu e o senti engolir a isca e em menos de dois minutos eu tinha acertado o alvo, o patrocinador na porta, de sunga pequenininha, pernas lisas bronzeadas, suéter de tricô de algodão, óculos escuros na mão. Ao descer para o gramado, ele não perdeu tempo me reconhecendo, foi direto para a pintura, girou em torno dela, olhando para baixo, a besteirada da pose do conhecedor. Mas eu conhecia Jean-Paul havia muito tempo, então vou lhe contar o que ele estava realmente pensando enquanto batia as asas do Ray-Ban dele: Que porra é essa? e Qual o mínimo que eu posso pagar?

— Pago mil dólares — disse ele. — Em dinheiro. Agora.

Eu sabia que estava com ele na minha mão, *sans* dúvida, *sans souci*, *sans* nenhuma dúvida, então comecei a enrolar a tela. Vá se foder, pensei. Uma merda de mil dólares.

— Vamos lá, cara — disse ele. — Eu sei o que está acontecendo nos leilões.

Ele era um bobo de pechinchar com um açougueiro. Pior, ele me chamou de "cara", primeiro sinal de seu desejo e não ajudou nada a chegada do carro de polícia cuja luz azul era um espasmo ao vir em defesa da Orchard Court.

Enquanto Hugh estava escondido no chão da caminhonete, o policial estacionou o carro e então, eu notei, trancou a porta. Aí o meu filho, meu enorme e vigoroso filho de 8 anos de idade, saiu correndo da casa de Jean-Paul. Com um grande grito horrível como o de um corvo ou de um burro, ele subiu em mim, uma coisinha coleante sarnenta feroz ossuda linda. Passou os braços em volta do meu pescoço, eu olhei para ele, ele berrando e Jean-Paul, no meio disso tudo, o verme, estava me oferecendo 2 mil, e o guarda vinha chegando para mim com um ar decidido na cara e então Hugh, ah bendito seja, saiu do carro, correndo abaixado pelo chão, tão pesado e rápido como um vombate na noite. O guarda não era nem jovem nem de aparência violenta e soltou um grande grito quando Hugh pulou em cima dele de lado e os dois foram rolando e rolando descendo até a rua.

— Dou 5 mil — disse Jean-Paul —, mais o advogado.

Meu filho cheirava a cloro e ketchup. Era um garotão grande e corpulento de peito largo e estava com todos os seus membros pesados enrolados em mim. Beijei o braço dele e esfreguei o doce cabelo macio em minha face.

— Não vá embora, papai — ele disse.

— Aceito 10 mil — eu disse a Jean-Paul. — Em dinheiro. E você acerta com o guarda. Isso ou pode esquecer.

Jean-Paul entrou correndo na casa. Olhei os sérios olhos castanhos de meu filho e enxuguei as lágrimas de seu rosto sardento de Butcher.

— Não sou eu que resolvo — eu disse —, você sabe disso.

— Meu Deus do céu, por que nossos filhos têm de carregar todo esse peso?

Então Jean-Paul reapareceu de dentro da casa com um envelope conhecido. Não era a primeira vez que ele revelava seu segredo: as pilhas de notas de cem que mantinha presas com fita adesiva debaixo das gavetas da cozinha.

— Conte — ele disse.

— Vá se foder.

Ele estava com um copo de uísque e me lembro de pensar que era muito ingenuidade dele achar que podia comprar a polícia com um simples drinque e tão convencido eu estava da ingenuidade dele que, embora tenha assistido ao que aconteceu em seguida, não entendi na hora. Jean-Paul mandou Hugh se levantar e então, quando o policial começou a se pôr de pé, ele jogou o copo de uísque inteiro em cima dele.

— Você está bêbado — ele disse —, como ousa!?

Tinha alguma outra coisa acontecendo, então não sei o que disse o policial, mas me lembro de ver o pobre babaca lavando o rosto na torneira do jardim. Enquanto isso, eu mostrava ao meu filho o jeito certo de tratar uma tela não esticada. O que mais eu podia fazer? Sair passeando? Nos ajoelhamos juntos no gramado, em contravenção à lei judicial, e enrolamos o melhor trabalho da minha vida em volta de um tubo de papelão.

E foi assim que, enquanto eu estava sangrando, ferido, Jean-Paul Milan tomou posse de *Se já viste morrer alguém* por 10 mil dólares. E eu devia ficar feliz com a apropriação indébita?

# 12

Você nunca vai ouvir isso do Butcher, mas nosso patrocinador foi nosso salvador muitas e muitas vezes. Nessa hora, ele emprestou para nós os quatro andares inteiros de um DESENVOLVIMENTO PROMISSOR na Bathurst Street, um ponto bem situado, perto da George Street, o bairro de entretenimento e de transporte. Claro que meu irmão era um gênio então não era preciso agradecer a Jean-Paul. Esse PADRÃO DE COMPORTAMENTO eu já tinha observado antes. Por exemplo, nossa mãe tinha vendido os vinte acres que ela possuía em Parwan para o Butcher prosseguir os estudos na Footscray Tech mas em todos os mil PERFIS DE MÍDIA dele meu irmão nunca mencionou a bondade da família. Ele pintava a sua partida do Brejo como uma ASCENSÃO de uma fossa, com fogo sagrado soprando da sua bunda peluda.

Na propriedade de Jean-Paul na Bathurst Street ele imediatamente atacou a porta da frente com furadeira e martelo, prendeu um cadeado do lado de fora e um fecho galvanizado por dentro, toda essa ATIVIDADE IRRACIONAL destinada exclusivamente a impedir ao proprietário legal o acesso e suposto roubo das OBRAS-PRIMAS PÓS-COMEÇADAS ali contidas. Tendo sido usado antes como uma ESCOLA DE DANÇA ARTHUR MURRAY o prédio já estava bem equipado com luzes e espelhos 150 METROS QUADRADOS por andar e portanto um bom lugar para produzir artes plásticas. Mas agora meu irmão não queria saber de pintar. Eu devia ser burro de achar que ele ia querer. Em vez disso, ele resolveu recuperar a obra confiscada pelo detetive Amberstreet porque na sua cabeça confusa essa tela enorme estava agora pendurada na parede do quartel-general da polícia de Nova Gales do Sul. Imagine. O ESQUADRÃO DE DROGAS inteiro indo lá com seus pauzões para dar uma olhada.

Na primeira noite ele rangeu os dentes e me deu um chute no saco por acidente, Deus nos livre, ele se debatia, dando ordens, em fúria. Noite e dia meu irmão estava numa aflição por causa do lugar na história que tinha sido dado para ele e depois tirado de volta. Que felicidade ele tinha conquistado saindo de casa?

Logo de manhã cedo, nada conseguiria impedir, ele tinha de ter uma conversa com a polícia e fazer eles devolverem a pintura o mais depressa possível. Será que tinha esquecido que ele era SUSPEITO de apropriação indébita cúmplice de ATAQUE e contraventor de uma ordem judicial para não se aproximar mais do que sete quilômetros da RESIDÊNCIA MATRIMONIAL? Será que tinha esquecido que em julho passado mesmo tinha estado DOENTE DE MEDO quando foi mandado para Long Bay por ARROMBAMENTO E INVASÃO? Ele me disse que a polícia pode fazer o que quiser com você. Ele tinha de ser cego para não ver os enxames de guardas nas ruas em torno da Escola de Dança Arthur Murray, surdo para não ouvir as sirenes na noite quando perseguiam as chamadas GANGUES ASIÁTICAS. Por causa do tempo úmido e abafado de março a gente era forçado a dormir com as janelas abertas e assim dava para ouvir os PERVERTIDOS na rua e os DROGADOS discutindo e os passos das pessoas fugindo das gangues asiáticas. Durante a noite, eu ficava contente de ter a proteção das trancas. Ao mesmo tempo, nunca gostei de ficar fechado em casa, então quando ele saiu para a polícia eu LEVANTEI E SAÍ feito um cachorro de corrida atrás do coelho eletrônico.

Sempre em movimento, a vida inteira, fosse na cadeira na frente da nossa loja, fosse na carroça com o cavalinho pegando pedidos. Em Bellingen, sempre na estrada, o ar no verão grosso de sementes de cardo voando e aranhas viajando quilômetros como balonistas nas suas teias, e na cidade também, eu preferia ficar ao ar livre durante as horas em que era seguro ficar, e eu levava uma cadeira de armar para a calçada e ficava olhando todos os maquinismos humanos passando por mim, ofegando, se arrastando, um ali, outro lá, e cada um o centro do mundo. Dá para ficar meio louco de olhar para eles, como olhar as estrelas de noite e pensar no infinito. Que cansativo que é. Nossa mãe sofria com isso, sempre olhando a eternidade com os olhos líquidos dela, coitada da mãe, Deus a tenha.

Não fazia muito tempo que eu estava sentado na minha cadeira quando veio um policial moço me dizer que eu não podia sentar ali sem uma licença da municipalidade de Sydney. Como a SEDE DO GOVERNO ficava logo atrás da catedral de St. Andrew eu fui lá TOMAR INFORMAÇÕES, mas ninguém me entendia e então eu fiquei andando pela rua e quando cansei abri a minha CADEIRA ILEGAL mas não durante muito tempo. Tinha policial para todo lado em Sydney. A ameaça que isso representava Butcher nunca conseguiu definir. Num momento, ele gritava por causa da despesa com as multas de estacionamento e no momento seguinte estava rasgando os cartões de multa como confete e dizendo que se não se pagasse eles acabavam perdidos no sistema. Muitas vezes ele parava além da hora ou parava em fila dupla, até na frente do quartel da polícia em Darlinghurst, um lugar onde ele estava sempre voltando. Primeiro ele me deixou dentro da caminhonete enquanto ia localizar o quadro dele. Quando voltou, não quis contar como a polícia reagiu, mas nessa noite o PROBLEMA DE BEBIDA apareceu outra vez.

Pouco depois, nós recebemos a visita de um certo Robert Colossi, um MACONHEIRO magro de cabelo crespo que foi contratado para tirar fotografias das pinturas de Butcher para as galerias. Mas meu irmão logo tinha razões para lamentar ter pagado mil dólares em dinheiro para uns slides INÚTEIS, jogou tudo no lixo e imediatamente foi para um endereço em Redfern e eu esperei na caminhonete. Quando Butcher saiu correndo eu entendi que aquela devia ser a residência de Robert Colossi porque ele estava carregando uma câmera HASSELBLAD muito pesada que valia mais de 2 mil dólares sendo isso JUSTA COMPENSAÇÃO pelo prejuízo dele. Depois disso, essa propriedade ficou guardada em cima do aparelho de água quente e Butcher não abria a porta fosse quem fosse que tocasse a campainha. Para mim ele deu uma batida de código SOS mas não me deu uma chave para o caso de eu ser roubado pelo fotógrafo. Logo ele deu uma chave para uma completa estranha, uma mulher que trabalhava numa livraria no edifício Queen Victoria. É fácil adivinhar que ela era baixa e tinha seios grandes, mas como ela nunca usou a chave não tenho o direito de dizer isso.

Como os slides do Colossi tinham sido um MONTE DE MERDA meu irmão resolveu que nós dois íamos visitar as galerias e mostrar as pinturas AO VIVO. Na semana seguinte, segunda-feira de manhã, ele estacionou a caminhonete num local proibido na Bathurst Street e então tivemos uma BRIGA com um guarda de trânsito que acabou numa ameaça de prisão imediata e multa de cem dólares mas Butcher disse que isso não importava porque a multa ia se perder no sistema. Enquanto a gente carregava a caminhonete meu coração estava disparado como um RELÓGIO DE DOIS DÓLARES mas logo a gente estava em Paddington na frente da PINAKOTHEK e paramos na porta de entrada e levamos o primeiro quadro engradado para dentro, uma sala grande feia igual a WATSON MOTORS com piso de concreto brilhante e o que chamavam de obras de arte penduradas das paredes. Eram umas pinturas em vermelho, azul e verde e tão malfeitas que as cores piscavam e pulavam feito pulgas num lençol criavam uma sensação de ANSIEDADE além da capacidade do VALIUM.

O VEADINHO novo atrás da mesa achou que a gente era da FEDEX ou da DHL e estava louco para nos colocar no nosso lugar que ele achava que era a rampa de carga.

Onde está o Jim? Butcher Bones disse e pôs o nosso engradado no chão.

Aqui não tem nenhum Jim, disse o veadinho. E você não pode entrar aqui com esse engradado.

Mas o Butcher estava usando o largo sorriso do nosso pai. Jim Agnelli, ele diz.

O sr. Agnelli faleceu, disse o sujeito.

Se Butcher ficou triste, não teve tempo de demonstrar. Bom, ele disse. Eu sou Michael Boone.

Esse nome pareceu não ter o efeito que ele desejava. Ele disse mais: E vim mostrar para Jim o que eu ando fazendo.

Ele não disse, Que pena, senti falta dele, mas o tom era esse.

Nesse caso, disse o rapazinho, terei prazer em olhar seus slides. Talvez possa deixar comigo.

Sabe quem sou eu?, o Butcher perguntou mas claro que o rapazinho nunca tinha lido números da *ART & AUSTRALIA* de cinco anos antes. Bom, não importa, disse ele, vai me conhecer daqui a pouco. Hugh, ele mandou, pegue a furadeira.

Sim senhor, não senhor, mas assim mesmo eu queria que meu pai Blue Bones pudesse ter me visto quando peguei a furadeira LETAL e o adaptador de chave de fenda, mostrando a inteligência de voltar com uma extensão de nove metros para chegar até as tomadas de 240 volts. Num piscar de olhos, eu tinha acabado o serviço. Ninguém me disse para não tocar nos interruptores.

O rapazinho não gostou de ver a furadeira e nós logo fomos alvos de um ATAQUE DE GRITOS só que nada conseguia deter o Butcher quando se tratava da ARTE dele e a furadeira logo estava gritando e os parafusos estavam fora do engradado e nós desenrolamos a tela dele uma blasfêmia horrenda OBRA DE MALUCO na minha opinião.

Eu achei que o veadinho ia ter um ATAQUE HISTÉRICO, mas em vez disso ele cruzou os braços no peito, inclinou a cabeça linda e um sorrisinho se fez presente no canto de sua boca.

Ah Michael BOONE, disse ele. Claro.

Isso mesmo, disse o Butcher, mas ele não se inchou. Ao contrário o queixão dele tremeu e os olhos ficaram menores que antes. Ele estava fora de moda. Até eu via isso. Ajudei ele a enrolar a tela e ele mal podia esperar para ir embora. O veadinho deve ter sentido pena porque ele abaixou e pegou os parafusos que a gente tinha largado na pressa.

Slides seriam realmente tão melhores, ele disse colocando os parafusos na minha mão.

Você pode pensar que o Butcher ia ficar destruído mas ele comprou 12 garrafas de vinho a quarenta dólares cada e de manhã estava inchado de novo. O que ele precisava era de um terno ARMANI e essa noite quando eu voltei para casa com a minha cadeira ele estava parecendo um leão-de-chácara de algum clube de strip-tease. Não perguntei para ele quanto dinheiro a gente ainda tinha mas ele imediatamente resolveu que nós íamos a uma INAUGURAÇÃO juntos e me aconselhou a comer e beber o que viesse nas bandejas porque nossos fundos estavam ficando baixos e daquele dia em diante não ia mais ter jantar em casa. Acabou que não tinha nada sendo oferecido além de queijo Kraft e pepino em conserva e eu sabia que ia ficar bem EMBRULHADO se aquilo continuasse. Depois ele deve ter sentido uma necessidade urgente de fazer CONTATOS porque me levou de volta para a Bathurst Street e me trancou por QUESTÃO DE SEGURANÇA, benzadeus. Subi e desci a escada muitas vezes e durante um bom tempo fiquei sentado na minha cadeira atrás da porta da rua. Uma hora, alguém tentou entrar e fui bem-sucedido fingindo que era um CACHORRO NA COLEIRA bem bravo.

Na manhã seguinte, cedo, Butcher estava de volta e nós mais uma vez carregamos a caminhonete e depois que ele raspou a cabeça outra vez partimos como HOMENS DA ELECTROLUX para apresentar nossos produtos. O terno Armani agora estava com um cheiro de cervejaria de Melbourne Leste e eu não fiquei nada surpreso de meu irmão precisar TOMAR UMA PARA REBATER antes de enfrentar as galerias. Era um negócio horrível para ele, dia após dia, sem descanso, NEM UMA XÍCARA DE CHÁ, nem tempo livre para passear pela George Street e armar minha cadeira na sombra debaixo do Viaduto Cahill. Alguns proprietários eram bons com Butcher e uma vez nos levaram a um restaurante chinês mas muitos da nova geração estavam CAGANDO E ANDANDO para Michael Boone e no terceiro dia ele estava mais BÊBADO QUE UM GAMBÁ desde o café-da-manhã e foi assim que ele bateu a caminhonete num Jaguar estacionado na pista do lado da Galeria Watters. Como sempre ele não podia admitir o erro e aí deu ré e bateu mais duas vezes, acelerou para a frente no beco sem saída, batendo em tudo quanto era lata e carro deixando para trás um pára-choque inteiro que podia facilmente ser usado como prova contra ele.

Isso foi quarta-feira de noite. Não tinha nenhuma inauguração e ele comprou uma garrafa de CLARETE McWILLIAMS a 8,95 dólares e aí me levou ao templo Hare Krishna em Darlinghurst onde até meu irmão parecia um gigante de REGRAS AUSTRALIANAS. Não tinha filé nem costeleta nem mesmo uma salsicha decente. Comendo aquela comida estrangeira horrorosa eu pensei que eu próprio ia ficar louco de ver aonde a gente havia chegado. Resolvi pegar minha cadeira e partir para o Brejo de novo e podia ter feito isso se conseguisse encontrar a estrada. Às vezes sinto não ter feito isso. Teria sido de longe uma vida melhor se eu não tivesse tido medo.

# 13

Na hora em que você acha que deixou o desgraçado feliz, ele está na merda: acontece uma briga, um acidente, bate-boca, apropriação indébita, incêndio, um desentendimento sobre peixinhos tirados do aquário. Cada novo bairro, rua ou cidade é um problema, e foi por isso que, na Bathurst Street, eu fiquei muito contente de encontrar, no meio da antiga pista de dança de Arthur Murray, uma cadeira de aço de vinte dólares capenga, suja, escurecida, velha, não mais muito própria para se sentar, mas útil para algo mais que esconder maconha ou trocar lâmpadas.

— Porra de cadeira — Hugh disse. — Benzadeus. — E se apossou dela com sua grande bunda quadrada.

Meu irmão foi criado numa cadeira, passou a sua vida depois da terceira série numa cadeira, balançando para frente e para trás na porta da loja. Então quando ele se levantou e dobrou seu tesouro, eu não tive de perguntar aonde pretendia ir. Estava tão feliz, porra, que eu tive de sorrir.

Fora, havia uma calçada de largura decente e, embora perto das multidões da George Street, era sossegado o bastante para o que Hugh precisava, a chance de assistir educadamente ao mundo passar. Logo o instalei, batata frita de um lado, Coca-Cola do outro, e quando eu estava entrando ele virou para mim, franziu o nariz para os olhos semicerrados, sinal ou de que estava muito contente ou estava a ponto de peidar. Beleza, pensei, está resolvido. Mas é claro que não estava resolvido nada e meia hora depois, quando desci para olhar, descobri que ele não estava mais lá.

Queria poder dizer que essa merda vai ficando mais fácil com a prática. Não ajuda nada ele ter braço de presunto, ombros caídos, ser loucamente forte — toda vez eu acho que ele morreu, se afogou, foi atropelado, raptado por tarados numa van de porta corrediça. E não tem nada que eu possa fazer senão esperar, então aquela tarde toda enquanto eu estava sem nenhum sucesso tentando organizar uma linha de crédito, subia e descia a escada como alguma cabeluda reencarnação de nossa mãe esperando Blue Bones voltar do futebol em Geelong. Toda vez ela achava que ele tinha morrido, nos declarava órfãos, e toda vez ele voltava bêbado de cair e nós, meninos, o ajudávamos a atravessar o hall, com os cem quilos dele. "Vai Butcher, vai menino, seja bonzinho e vá no chinês para mim." No chinês eles não podiam ver a cara de minha mãe, então era fácil para eles gostar de meu pai.

Quase do mesmo jeito eu agora esperava meu irmão, e quando ouvia ele martelando na porta eu me transformava na raiva viva dos olhos de minha mãe.

— Seu babaca idiota, onde é que você estava?

Bom, ele e a cadeira tinham rodado por aí. Pode soar bem, mas é uma bosta — ele gostava de sair vagando, mas não se podia confiar uma chave a ele e teria ficado puto se eu não estivesse em casa quando finalmente voltava. Foi assim que comecei a levar Hugh e a cadeira pelas galerias, mas não importa, havia problemas piores do que ele. Por exemplo, logo ficou muito claro para mim que eu nunca conseguiria uma exposição sem minhas duas obras mais persuasivas. Uma dessas tinha sido roubada pelos guardas; a outra, por Jean-Paul. Fácil. Você pode pensar, Simplesmente peça emprestadas. Mas Jean-Paul não ia cooperar porque — ai meu Deus — não podia mais confiar em mim.

— Vou mandar fazer uma foto — disse ele —, se isso ajuda.

— Vou precisar de uma 18 por 24.

— Relaxe, meu amigo.

Seu babaca, pensei, não me diga para relaxar, seu ladrão de merda.

— Você receberá sua 18 por 24.

Quando ele fala "receberá" ou "não receberá", está fingindo que ele e o pai não vieram de Antuérpia com passagem de imigrante de dez libras, que nunca construíram abrigos de tosa e comeram cacatuas no jantar. Então de onde vem toda essa merda de "receberá" e "não receberá"? De repente, ele parecia *lady* Wilson contratando seus tosadores: Você tosou aqui no ano passado? Não? Então não tosará aqui este ano.

Perguntei a Jean-Paul:

— Quando *terei* minha 18 por 24?

— Amanhã — ele respondeu, os olhos apertados.

Esperei um dia e apareci no escritório dele e é claro que ninguém tinha ouvido falar da 18 por 24 e Jean-Paul estava em Adelaide fazendo uma conferência sobre Remoção Cirúrgica dos Bens de Idosos e Enfermos.

Três vezes eu havia visitado a polícia, quatro vezes telefonado para o número no cartão do detetive Amberstreet, mas ele era um policial de Sydney e então nunca ligava de volta. Então, foda-se — joguei a cadeira de Hugh na carroceria da caminhonete e fomos até aquele bunker horrendo que a polícia construiu em Darlinghurst. Era já o fim de março, mas ainda muito quente, então eu já estava levando as batatas e a Coca-Cola e tinha planejado instalar a cadeira na sombra do lado oposto ao Ginásio Oxford. Mas Hugh tinha medo da polícia, e quando viu o bunker não queria sair do veículo: trancou a porta e tapou as orelhas de abano com as mãos.

— Seu babaca idiota — eu disse —, vai cozinhar aí dentro. Ele respondeu com um peido. Que florzinha ele era.

Eu entrei no quartel de polícia tentando apenas localizar

Amberstreet, mas logo entendi que se continuasse andando nenhum desgraçado ia me impedir, e foi assim que, dez minutos depois, saí do elevador no terceiro andar e vi a palavra "ARTE" pregada na parede. De todos os milhares de pessoas que já viram aquele horrível edifício, quem poderia pensar nessa crucificação específica? Ao lado havia uma porta dupla que dava para um grande espaço sem janela no fundo do qual havia uma gaiola de ferro do tipo que se podia esperar que construíssem para macacos num zoológico. Ali estavam guardados engradados, telas, uns 32 bronzes daqueles Rodins que são sempre objeto de processos legais e que parecem se reproduzir como coelhos na primavera. A porta dessa gaiola estava aberta, mas o meu inevitável passo seguinte foi interceptado.

— Quem é você? — Era uma minúscula mulher fardada com o mais magnífico nariz reto e comprido.

Perguntei por Amberstreet.

— O detetive Amberstreet não está aqui — respondeu. Tinha uma porção de tranças e pratas e penetrantes olhos azuis brilhantes.

— Então o *detetive* Ewbank.

— Ele faleceu.

Meu Deus, da última vez que vi o idiota ele estava com o meu quadro.

— Ah, não — gritei. — Não!

Os olhos dela ficaram úmidos e ela pôs uma mão na minha manga.

— Ele estava em Porto Coffs — disse ela.

— O que aconteceu?

— Teve um infarto, eu acho.

Mas e a minha tela? Podia ainda estar no Hospital Distrital de Porto Coffs. Se o engradado tivesse caído, podia ter quebrado e ela estaria agora, pior do que no hospital, em algum escritório da Charters Costeiros no aeroporto de Porto Coffs, toda amassada e dobrada, como um menu de comida delivery no fundo da gaveta de uma escrivaninha.

— O detetive Amberstreet foi ao enterro — disse ela, as narinas dilatadas de compaixão. — Lá em La Perouse.

Se não fosse a intimidade das narinas, eu podia ter perguntado a religião do falecido. Isso certamente teria ajudado, porque o cemitério de La Perouse era extenso pra cacete, e quando Hugh e eu entramos pelos presbiterianos e seguimos pelos judeus nos vimos detidos pelo muro de uma fábrica que fazia a fronteira do lado norte, e nossa única saída era por uma estradinha estreita pelo meio de um ninho de mausoléus chineses. Abaixo de nós estavam os católicos e lá no finalzinho, onde o cemitério faz fronteira com os jardins do mercado chinês à margem do riacho, enxerguei os remanescentes de um único enterro. A gente não tinha a menor chance, mas eu tirei a caminhonete da grama e estacionei. Hugh tirou a cadeira dele. Eu fui descendo para o enterro.

Estava na metade da encosta, seguindo dentro do asfalto estreito, quando ouvi um grande urro atrás de mim e quando olhei para trás vi Hugh apontando, excitado, eu não sabia para qual território religioso, mas na direção geral do aeroporto e do Terminal de Contêineres da baía Botany.

Será que ele tinha visto Barry Amberstreet?

Eu hesitei, naturalmente. Mas aí Hugh e sua cadeira vinham descendo a encosta, pulando túmulos, caindo, rolando, levantando outra vez, pelos presbiterianos e metodistas, arremetendo na direção da sombra da central de energia de Bunnerong. Havia uma figura solitária de terno lá embaixo, quase no fim. Parecia magro o suficiente para ser o nosso homem. Eu estava usando meu mocassim de couro que era inútil para aquela hora, mas Hugh calçava tênis e corria com grande segurança, a cabeça para frente, o braço esquerdo bombeando como se fosse um prisioneiro no Ginásio Oxford.

Atrás de mim, os carros estavam indo embora depois do funeral católico, e o que eu achava que estava fazendo, afinal? Por que não podia esperar para ver Amberstreet amanhã? Porque não conseguia suportar a porra do fato de a minha pintura estar desaparecida. Porque era minha última chance. Porque, se essa obra estivesse em Porto Coffs, eu pegaria o primeiro avião. Porque eu era uma criança, um idiota compulsivo, ansioso, aflito que agora estava correndo paralelo ao meu imenso irmão demente, ligados e espelhados como uma porra de uma dupla hélice e aí, depois de perder meu sapato mais macio, eu estava nos níveis mais baixos do cemitério, ali com os anabatistas e as testemunhas de Jeová, e podia ser um cachorro correndo atrás de um pauzinho, porque não conseguia mais ver o sujeito de terno, nem nada além da cerca de alambrado que eu vi Hugh escalar, puxando brutalmente a cadeira quando uma perna dela enganchou. Foi a praia que me pegou, fez meus olhos arderem, minha garganta doer, o tipo de praia, em comparação com outras praias — a lembrança de Hugh carregando meu filhinho na espuma perolada das ondas da praia Whale. Lá estava ele marchando por aquela areia poluída da porra de La Perouse e tirou a camisa do Kmart e, com a pele que era um desastre cor-de-creme e cor-de-rosa, sentou para observar os contêineres enferrujados no cais distante. Atrás de nós, como num anfiteatro, os mortos nos pressionavam em fileiras cerradas, e eu enganchei o dedo no arame e chorei.

# 14

O carequinha ficou furioso com a areia de La Perouse e, como sempre, era uma coisa pessoal, isto é, montanhas nasceram e se fragmentaram, a porra das rochas, a porra das marés, peixes morreram, conchas esvaziaram, corais se quebraram como ossos, portanto os grãos de areia que estavam agora no banco da caminhonete Holden deviam ter viajado pela eternidade com a INTENÇÃO EXCLUSIVA de irritar a bunda perebenta dele. Nosso pai Blue Bones era igualzinho e nós, os irmãos, a gente fugia da raiva dele quando aparecia AREIA SOLTA nos tapetes do carro VAUXHALL CRESTA e aí vinham ameaças como bater com couro de afiar navalha, fio elétrico, cinto de couro, Deus me livre, ele tinha aquela boca, cruel como um corte na pele. Quando menino eu não conseguia entender como uma boa areia limpa podia causar tanto terror nos olhos congestionados de meu pai, mas eu nunca tinha visto uma ampulheta e não sabia que eu ia morrer. Ninguém será poupado e quando chegou a hora do meu pai então o vento eterno cheio de areia soprou nas entranhas dele e inflamou tudo, Deus perdoe os seus pecados. Ele não teve nunca paz nem em vida, nem na morte, nunca entendeu como podia virar um grão de areia, caindo a sussurrar com a graça das multidões, por entre os dedos do Senhor.

Na Bathurst Street, meu irmão disse que eu tinha ENCHIDO DE AREIA o ex-Estúdio Arthur Murray e quando ele demonstrou SINAIS DE INSTABILIDADE igual a nossa mãe, coitada da mãe, sempre varrendo, sempre arrumada para o caso de ser chamada. É O SENHOR. O fim de tudo *uh wop bop da*. Os olhos do Butcher estavam brilhando de culpa então eu peguei a vassoura como ele mandou e quando ele atirou a câmera do maconheiro e espatifou na calçada lá embaixo, entendi que não tinha de perguntar nada porque sabia que ele estava fora do eixo por causa das rejeições e não conseguia agüentar mais. Ele logo acabou com a garrafa de McWilliams de 8,95 dólares e anunciou que a gente ia sair para comer. Ele até que tinha grana então podia me convidar para um grelhado misto de verdade, rins, bacon, costeleta, filé, salsicha de porco, mas estava economizando os fundos dele para a IMORTA-LIDADE e eu sabia que ele estava para nos fazer enfrentar a agonia de uma INAUGURAÇÃO e foi com o coração pesado, benzadeus, que observei os olhinhos dele cheios de culpa, vi ele passar uma esponja no terno, senti o perfume de lúpulo molhado, igual a um bar, benzadeus, me fez pensar em Bellingen.

Vamos, moleque, disse ele, e traga a porra da sua cadeira.

Eu queria recusar mas não tive coragem, droga, Deus sabe o prejuízo que eu ainda posso dar para ele. Fomos até a Galerias Australianas em Paddington sem trocar uma palavra. O gato tinha comido a língua de meu irmão e não soltava, nem quando eu peidei MELHOR FORA QUE DENTRO como nosso pai gostava de dizer, e também: CAVALO QUE PEIDA NÃO CANSA. Ele estava num estado bem alterado quando entrou no LOCAL, todo pasta de dentes e óleo de cabelo com um único capilar vermelho aparecendo no nariz. Ele era o ex-famoso Michael Boone e localizou o ARTISTA DA NOITE e bebeu três cálices de Pinot noir da Tasmânia enquanto elogiava o sujeito na cara dele. Este quadro estraçalha! Aquele ali é bonito pra caralho! Só eu conseguia identificar a raiva secreta, o MAR TURBULENTO entre as presas e o pelame do Butcher. O destinatário de sua falsa declaração era um RAPAZ BONITINHO de cabelo loiro comprido e encaracolado e sem saber de nada ele mergulhou no desdém do Butcher e eu não consegui agüentar, benzadeus, fiquei com medo pelos dois, por mim também, porque se eu perdesse meu irmão eu me perdia. Por causa do meu DESENTENDIMENTO anterior ninguém mais me aceitava. Eu tentava distrair meu irmão mas ele estava suando perigosamente nas bolsas debaixo dos olhos escuros de vinho então tirei minha cadeira da região do Pinot noir e sentei na alcova onde nem os garçons iriam me procurar. Estava com muita fome, mas com mais medo, então fiquei me balançando na cadeira, para frente e para trás, um relógio humano, o sangue todo espirrando esguichando circulando e eu respirava fundo para OXIGENAR o sangue e ele ficar carmesim forte, forte, e se você tivesse de cortar meu pescoço batia nas paredes, benzadeus. Que sujeira que ia ser. Nisso que eu estava pensando quando uma voz de mulher falou. Ela disse: Homem com o nariz entupido não pode cantar *Deus salve a rainha*.

Isso era uma CITAÇÃO de um grande livro do horrível pintor Norman Lindsay.

Não me conhece?

A que falava era bonita e muito magra, o que se chama uma MOLECA de peito pequenininho e um vestido de seda que dava para guardar no bolso junto com o lenço.

Como vai seu irmão?

Benzadeus, era Marlene Leibovitz se bem que estava muito diferente daquela vez em que o carro alugado dela atolou. Ela agora fazia mais o TIPO ARTÍSTICO com o cabelo estilo DORMI ASSIM mas foi muito simpática e abaixou a meu lado e me deixou comer os canapés do prato dela. Acho que eu devo ter parecido MEIO TONTO de ficar tão contente quando vi que o Butcher tinha botado nela a culpa de roubar o quadro e arruinar nossas vidas. Contei para ela que ele tinha tido problema com a polícia e tinha sido obrigado a mudar de lá sem nada além das pinturas e do material que cabia na caminhonete. Ela pôs a mão no meu braço forte e disse que a vida dela também tinha sido destruída pelos mesmos acontecimentos. O marido dela não tinha conseguido agüentar o peso da responsabilidade e desde a época do roubo eles estavam ABALADOS.

O cabelo dela era muito especial, amarelo-milho, nunca tingido, então ela não precisava pagar o RESGATE DE UM REI todo mês para sustentar uma mentira. Os olhos dela muito azuis e brilhantes. Achei que devia ser holandesa ou mesmo alemã como o solteirão. Ela logo encontrou uma cadeira e nós dois juntos fizemos um piquenique e os garçons de rabo-de-cavalo e ternos pretos se inclinavam para nos servir enquanto a gente falava de *O pudim mágico* e eu contei para ela como o Butcher tinha construído para o filho que ele teve uma casa de árvore no jacarandá, quase idêntica ao QUINTAL DE PUDIM da página 63, ela sabia bem.

Isso me levou a confiar a ela a perda tanto do menino como do quintal de pudim e todas as outras infelicidades que tinham se abatido sobre os irmãos Bones. Contei para ela com muita franqueza como a gente estava numa MARÉ BAIXA, como a polícia não tinha devolvido a obra-prima e as galerias não tinham nenhum tempo para o meu irmão.

Ele é um grande pintor, ela disse. Como ninguém expressava essa opinião desde 1976, eu fiquei surpreso. Ela disse mais, Ele não devia passar por isso.

Bem nessa hora eu enxerguei o Butcher Bones que tinha dado falso testemunho contra ela. Ele estava ocupado puxando o saco de mais alguém e tinha um brilho horrendo, sacudindo a cabeçona e o charme a 45 GRAUS de forma que a vítima pensaria que ele era o homem mais interessante do mundo. Quem poderia adivinhar que os adesivos vermelhos redondos na parede eram como espetos quentes enfiados debaixo das unhas quebradas de meu irmão. Me levantei para tirar minha cadeira da linha de visão dele mas claro que o meu movimento chamou a atenção e ele virou, um grande bêbado brilhante, estendeu os braços, uivando.

Meu Deus! ele gritou. A desaparecida sra. Leibovitz.

Eu quase me caguei.

# 15

Eu era quase um homem decente na noite em que Marlene e eu conversamos em Bellingen. Mas na nojenta exposição de Stewart Masters eu estava caindo de bêbado, e tudo em que eu punha os olhos parecia falso, prostituído, perverso como lantejoulas numa porta de banheiro, mas aí, lá estava ela, olhos apertados, lábios cheios, e aqueles dois poços gêmeos cor de mel formados pelas clavículas. Ela sorriu e seus olhos viraram fendas quando ela me estendeu a mão e eu pensei: Você roubou aquela porra de Leibovitz.

E Hugh — filho-da-mãe — *piscou* para mim.

Ah, eu pensei, foda-se. Acha que é tudo oba-oba?

Mas ele estava dobrando a cadeira para viagem, mandou o copo deslizando, batendo, se estilhaçando contra a parede da galeria.

Marlene Leibovitz levantou-se para desviar dos cacos.

— Vamos! — Meu irmão chutou o vidro para debaixo de uma mesa. — O Buchanan — disse ele. — Bo-bo-lula. — Resumi para poupar você, não se preocupe, não tem tradução a não ser que quando ele disse "o Buchanan" ele queria dizer "o Balkan" um restaurante na Oxford Street onde ele pretendia que eu distraísse a sra. Leibovitz enquanto ele, um grande carnívoro gordo, enchia a cara com carnes croatas grelhadas. E sabe de uma coisa? Cinco minutos depois nós três estávamos na caminhonete, trovejando pela Oxford Street, a cadeira de Hugh batendo na carreta atrás e a ladra de quadros — porque era assim que eu a considerava então — leve e sedosa como um desejo ao meu lado. Meus passageiros estavam ambos falando, Hugh dizendo que era preciso bater a carne dos bezerros nonatos com um martelo de madeira, brutalidade sobre a qual ouvi claramente Marlene Leibovitz dizer para ele que estava tendo problema com a polícia. Essa notícia interessante atravessou todo o Pinot noir, mas aí tive de passar um farol vermelho ao lado da Ormond Street, e quando estávamos embicando na praça Taylor eu começava a me perguntar, meus colegas bêbados hão de entender, se eu tinha imaginado aquilo.

Eu ia perguntar para ela da polícia, mas tinha de estacionar, e quando baixei as janelas para permitir fácil acesso aos junkies, ela me contou de qualquer jeito. A Polícia de Arte, disse ela, tinha assaltado seu apartamento.

— Mas você sabe disso tudo — disse ela.

— Acho que não. Não sei.

Ela franziu a testa.

— Alertaram a Interpol por causa dele.

— Quem?

— Olivier, meu marido. Ele fugiu. Você não lê jornal?

Meu irmão estava marchando no meio da multidão com a cadeira balançando tão perigosamente que não havia tempo para responder.

— Você se lembra — ela insistiu — correndo atrás.

Eu estava preocupado com meu irmão e ela insistiu:

— Nós conversamos sobre meu marido.

— De certo modo.

— Não. — Ela me agarrou pela manga. — De um modo muito específico. Ele fica doente com a obra do pai. Disso você lembra?

Eu não sabia o que dizer ou para onde olhar e com certeza não perguntei como alguém podia ficar doente com um grande quadro.

— A polícia está perseguindo o único homem na Terra que não pode ter feito isso.

Por que ela queria tanto me contar?

— Ele é fisicamente incapaz de *tocar* num Leibovitz.

Eu encolhi os ombros.

Ela cruzou os braços, avaliou o trânsito e mantivemos um rígido silêncio até nossa mesa estar pronta e Hugh ter conseguido armar a cadeira. Olhando para ele, os olhos de Marlene Leibovitz ficaram surpreendentemente ternos, e quando ela sorriu — não muito, um minúsculo enrijecimento do músculo do lábio superior — pensei por um momento equivocado que ela fosse chorar.

— Você acha que eu roubei, não acha? — ela perguntou, partindo um pedaço de pão e colocando, bem indelicadamente, na boca. — Você disse para mim "a desaparecida Leibovitz". Foi realmente grosseiro, Michael.

— Seu nome é Marlene Leibovitz. Você estava desaparecida.

— Claro — disse ela.

O vestido rosa-pêssego caía como uma folha de seda sobre seu lindo corpo bronzeado, e eu não conseguia sustentar seu olhar brilhante.

— Desculpe se fui grosseiro — disse eu. — A coisa toda realmente fodeu com meu trabalho. Para começar, perdi meu estúdio.

— Tudo bem — ela disse, calma. — Se quer saber a verdade, foi Honoré Le Noël quem roubou o quadro do sr. Boylan. Mas aí o garçom chegou e Hugh tinha pedidos especiais a fazer, e vi Marlene assoar discretamente o nariz.

— Agora escute — ela disse enquanto o vinho era servido. E me contou de novo como Honoré Le Noël foi encontrado na cama com Roger Martin. Dominique o tinha expulsado da *rue* de Rennes 157, coisa que ele aceitou prontamente, porque tinha um lugar muito mais bonito em Neuilly. Mas, quando ela pediu que ele se demitisse do Comitê, ele não quis sair do posto. Até aquele momento, Dominique pensava que o Comitê era dela. Ela o tinha montado, afinal. Porém, quando pediu que o Comitê o dispensasse, disseram-lhe que *monsieur* Le Noël era o grande perito em Leibovitz e seria prejudicial para todo mundo fazer uma coisa tão ridícula. Por fim, ela encheu o Comitê de seus aliados, mas isso levou anos de conspiração e Honoré teve todo o tempo do mundo para foder completamente com ela.

Em 1966, Dominique, estando curta de dinheiro, como sempre, trouxe à luz uma obra-prima do último período. *Ampère* era o título. Ela pôs em leilão em Nova York, mas a Sotheby's, conhecendo um pouco a fama dela, quis que o Comitê endossasse o quadro, e então a pintura foi engradada e despachada de volta para Paris. Devia ser isso que Honoré estava esperando e, quem sabe, talvez ele tivesse cochichado para a Sotheby's, e ele então convenceu um bom número de integrantes do Comitê de que aquela era uma tela que Dominique havia adulterado. Isso se provou completamente inverídico, mas ele era um perito e, é claro, um homem ruim de se ter como inimigo, pois conseguiu fazer o Comitê duvidar do próprio bom senso. Isso não aconteceu numa única noite, mas ao longo de semanas e meses. No ápice da disputa, Dominique entrou no La Coupole e jogou uma jarra de água em cima de Honoré, mas isso enfraqueceu ainda mais a sua causa e o Comitê se recusou a endossar *Ampère*. Uma vez isso ocorrido, com *droit moral* ou sem ele, a Sotheby's não aceitou mais o quadro.

— Depois de declarar que a obra era uma falsificação — Marlene disse-me —, o Comitê mandou destruir *Ampère*.

— O quê?

— Eles queimaram.

— Está me gozando.

— Isso é a França. Você tem de acreditar. É a lei. Por isso é que você não deve nunca querer que um quadro chegue perto desses comitês. Fizeram isso com a supervisão da polícia. Depois, claro, tudo veio à tona. Eles incineraram uma obra-prima. E foi um grande *scandale*.

— Queimaram um Leibovitz!

— Sou capaz de chorar — disse ela.

— Então por que ele iria roubar o quadro de Dozy?

Ela mastigou mais pão e balançou a cabeça vigorosamente.

— Vai aparecer na França. Espere só.

— Como? Por quê?

— Ele é rico e não tem mais nada para fazer. É igual a algum maluco rei deposto que imagina que pode conseguir o trono de volta. Está obcecado com "o caso Leibovitz". Viajou ao lado de Boylan num avião, ambos de primeira classe, começaram a conversar. Boylan tem um Leibovitz. Honoré é um sanguessuga que encontrou uma veia. Imediatamente, fica-se sabendo que ele foi para a Austrália. Removeu amostras de tinta, e ele não é alguém famoso pela habilidade manual. Voltou a Paris e escreveu um relatório sobre o estado da pintura. É um documento maluco. Ele diz que é uma obra do período intermediário, maquiada para parecer um quadro valioso da primeira fase. Como ele sabe? Que direito tem? Porque ele sente que é dono de Leibovitz. Porque é um perito. Diz ele que tem radiografias para provar sua tese, mas ninguém nunca viu essas radiografias. Acredite, Michael, eu não tenho nada a ganhar com isso. Jamais suportaria danificar uma obra de arte. Por favor, não pense mal de mim. Eu não agüento isso.

Nesse momento, para minha surpresa, Hugh pousou a mão engordurada no braço nu de Marlene e, como notei uma gorda lágrima presa brevemente nos cílios inferiores de seu olho esquerdo, eu também peguei sua mão. O que fazer então com minhas emoções? Deviam ser queimadas ou pregadas na parede?

# 16

A Marlene ia ser a garota do meu irmão, aquilo me rasgou por dentro quando eu vi, mas não era novidade eu entender isso antes do próprio homem. Às vezes eu quis surrar bater esmagar ele por causa da crueldade dele e ele nunca entende que eu estava mais apaixonado do que ele por aquela que chamam de Puta da Pensão Alimentícia. Desse jeito nós somos gêmeos, a melhor parte de nós idêntica. No Buchanan, eu pus a mão no braço magrinho da Marlene e fiquei olhando toda a água triste escorrer dos lindos olhos dela você nunca viu um azul igual — fios de cabelo ultramarino, os azuis de uma opala, benzadeus, organizados na forma de um olho humano.

O Butcher sempre disse que Deus não existe, nem milagre, ele tinha julgado e concluído que a Marlene era uma ladra culpada mas então eu vi aquele feio ar malicioso na cara dele e fiquei enojado de pensar no que ele ia fazer, o pauzão dele em nada embaraçado por ter condenado ela sem julgamento. O artista é sempre para si sozinho, um MONGE, um SACERDOTE ou um REI, apesar do que ele estava sempre procurando uma mulher que deixasse ele deitar com a cara de INSETO IRLANDÊS entre os peitos dela. Quem não consegue dormir com o cheiro de lavanda subindo da pele de uma mulher?

Quando residente em Sydney, antes, meu irmão me levava no UM TOQUE DE CLASSE em Surry Hills, não sem antes me apavorar pra caralho com camisinhas e instruções de onde eu podia pôr a boca. Eu sabia mais que ele e sempre soube. As meninas lá eram muito boas DISPENSA O USO DE BATERIAS, VOCÊ É MEU BRINQUEDO DE AMOR BABY pelo menos três delas economizando para fazer os filhos estudarem na Sydney Grammar, mas o Butcher ficava sempre lá fora me esperando acabar. Ele disse que não se importava com o tempo, estava só pensando e quando eu toquei o braço da Marlene meus sentimentos ocuparam um país fechado para ele, entrada proibida, RIACHO DE MERDA ACIMA sem remo.

Em Brejo Bacchus a gente conhecia muitas meninas com nomes que a gente pronunciava Ma, ou Wah, ou Lah. Era uma brincadeira. Fazer-o-queh! Era outra.

MAH-LIN e não MAH-LENE — isso servia para Marlene Warriner, Marlene Boatwright, Marlene O'Brien e Marlene Repetti de forma que não fiquei surpreso de descobrir que Marlene Leibovitz era na realidade Marlene Cook e tinha nascido em Benalla, uma cidade muito bonita no nordeste de Victoria, não muito maior que Brejo Bacchus.

Isso deixou meu irmão muito surpreso porque ele tinha rotulado ela de NOVA-IORQUINA. Mas ela era Marlene Cook e a mãe dela era dona do COFFEE PALACE. E ela era a garota que sempre ESCREVIA pedindo informação sobre a HISTÓRIA DO AÇÚCAR ou a história do CARRO PRÓPRIO DA AUSTRÁLIA. Quando eu soube disso fiquei triste e entendi que ela servia bem para meu irmão porque ele sempre tinha arranjado problema na nossa caixa postal número 46, fazia ela ficar entupida de FOLHETOS e AMOSTRAS GRÁTIS em detrimento de coisas mais importantes.

Escrever tanto foi que separou os dois de sua própria família, no caso dela se transformando numa AMERICANA IMAGINÁRIA, uma perita na obra de Leibovitz quando sua única formação tinha sido ser expulsa da Escola Secundária Benalla por insubordinação, ela própria admitiu isso, quem iria duvidar dela? Nunca eu esqueceria que eu também fui expulso da quarta série. Me escondi embaixo da cama uma semana inteira desenhando nos lençóis. Eles nunca entenderam que quadros eu via, como chegavam perto da morte violenta, Deus me livre. Sangue jorrando pelos olhos e narizes deles.

E aí está você também, Hugh, disse ela, comendo cévapi, bolinhos de carne de porco, na Taylor Square. Quem poderia imaginar uma coisa dessas em Brejo Bacchus?

Eu não concordava com a opinião dela, mas não liguei porque era muito bom estar com ela. Ela aquietava o Butcher, acalmava aquela FÚRIA LOUCA que tinha sido provocada pela obra do pintor bonitinho e o problema geral de estar FORA DE MODA. Ela pediu panquecas de ameixa e TRÊS GARFOS e quando eu estava completamente MARAVILHADO nós todos fomos para a Bathurst Street, não sem antes o Butcher comprar duas garrafas de D'ARENBERG DEAD ARM SHIRAZ a 53 dólares cada, o preço unitário indicando muito bem que ele planejava fazer ela gostar mais dele que de mim. Assim é a vida. Quem sabe o que ele lembra da noite em que a vida inteira dele começou a mudar? Tudo o que ele menciona é que nós deixamos a minha cadeira no restaurante e tivemos de voltar e explicar para o garçom que era legalmente nossa propriedade. Não é minha culpa existirem tantos bêbados e criminosos agressivos em Darlinghurst a essa hora da noite.

Finalmente a gente chegou à escada da Bathurst Street, sem nem parar no primeiro andar, fomos direto para o segundo. As luzes da escola de dança eram melhores do que a gente podia esperar, e o Butcher tinha antes afinado e virado todas para a parede mais comprida e então, apesar do machucado que sofreu ao recuperar minha cadeira, ele pôde me ajudar a pregar as telas no lugar. Dou-lhe uma, dou-lhe duas. Ele parecia uma porra de um tordo exibindo conchas de caracol e aranhas mortas para a fêmea, estufando as penas para parecer maior, correndo para frente e para trás, benzadeus chuk-chuk-chuk.

Até ali a sra. Leibovitz tinha estado VULNERÁVEL, mas então os olhos dela perderam todo sinal de sentimento e ela revelou o que é conhecido como caráter profissional parando EXATAMENTE DO MESMO jeito que o detetive Amberstreet numa data posterior, apoiando o cotovelo esquerdo com a mão direita enquanto a esquerda segurava o queixo e encobria a prova de sua linda boca. Esse não era, com certeza, o resultado que meu irmão queria?

Ela não disse nem uma palavra, preferiu balançar a cabeça depois de ver o suficiente, e a pedido dela nós dois homens grandes enrolamos uma tela e prendemos a próxima. Benzadeus, eu não entendia direito o que estava acontecendo. Ninguém tocou no Dead Arm Shiraz mesmo ele tendo sido oferecido junto com as conchas e as aranhas.

Aí, ela disse, posso conseguir uma exposição para você em Tóquio.

Benzadeus.

Não era isso que eu esperava. E ele? Não sei dizer. Se fosse comigo eu tinha saído gritando e correndo pela sala, a DANÇA DO BUTCHER na Arthur Murray. Mas os olhos-Boone dele continuaram escuros e miúdos como os do meu pai quando considerava a possibilidade de um animal a bom preço poder sofrer de alguma DOENÇA NOTIFICÁVEL.

Onde?

A boca do homem era só um risco, um contraste com a da mulher que estava aberta de surpresa. As janelas estavam abertas para a rua e dava para ouvir gritos, talvez os do OESTE tivessem vindo dar uma surra nos CARAS FROUXAS como eram chamados. A mulher coçou o braço bronzeado e perguntou se ele conhecia Tóquio. Ele a tratou como se estivesse tentando bater a carteira dele.

Como dá para fazer uma exposição em Tóquio? A cara dele era um ovo ou uma pedra de rio, sem nenhum lugar para abrir.

Na Mitsukoshi, disse ela, sorrindo e franzindo muito a testa que ficou corrugada como areia na maré baixa — bicho da areia em pânico secreto debaixo dos pés.

Mitsukoshi?

A loja de departamentos.

Uma loja de departamentos, disse ele, como se pudesse ser desagradável comprar um par de meias ou como se não tivesse vivido 15 anos nos fundos de uma porra de uma loja que tinha sido a herança e obrigação dele.

Marlene não podia saber que corríamos o risco de um sermão com base nas idéias que o Solteirão Alemão botou na cabeça dele. Mesmo assim ela CORTOU O BARATO DELE, primeiro abrindo o Shiraz de cinqüenta dólares e servindo numa xícara de café, depois explicando a meu irmão, enquanto ele andava para cima e para baixo feito um cavalo numa corda de treinamento, que todas as mostras mais importantes do Japão eram em lojas de departamentos. Eu não conseguia entender por que ela tolerava ele mas claro que essa é a liberdade dada aos que chamam de gênios de forma que eles têm licença de agir como idiotas totais. Marlene Leibovitz insistiu, e finalmente tirou da bolsa um caderno dentro do qual ela enfiava papéis grandes e pequenos entre eles um cartão com borda prateada. Nesse cartão havia três coisas importantes. A primeira era o nome da loja de departamentos Mitsukoshi e a segunda era o furioso pingador de Duco Jackson Pollock mas só quando apareceu uma PRINCESA COROADA foi que meu irmão finalmente FICOU ESPERTO.

Bom isso é que vai ser foda, disse o Butcher.

Para mim é um puta mistério que um homem sempre tão contrário à RAINHA ELIZABETH DA INGLATERRA pudesse ficar tão louco por causa da princesa real do Japão, mas ele logo ficou todo tesudo, pulsando como uma meia cheia de gafanhotos. E quem sou eu para entender o segredo da cabeça torta dele? Só sei que o Butcher viu os caracteres japoneses prateados nas costas e a partir daí se converteu tão completamente à Mitsukoshi que não conseguia pensar em outra coisa, nem quando descobriu que a exposição do Jackson Pollock tinha sido inaugurada por uma PERSONALIDADE DA TELEVISÃO.

Nessa noite, começou o entusiasmo dele por peixe cru de todo tipo e o resultado de comer ATUM DIRETAMENTE DO BARCO foi que ele se contaminou com um parasita que produzia diarréia inchaço cólica e estranhos movimentos intestinais. Essa não foi a menor das novidades dos meses seguintes.

# 17

Tem sempre o Hugh, a cadeira dele e o sanduíche de galinha com alface, e não dá para dar uma mijada nem estacionar a caminhonete sem pensar nele, e tem sido assim desde, para ser de uma precisão do cacete, o aniversário de 20 anos que ele comemorou tentando afogar o pai na banheira. Blue Bones era um filho-da-puta chocante, tão forte e escorregadio quanto um velho lagarto goana e derrubou Slow Bones de costas e ajudado sem dúvida pela horrível gritaria, quase encheu os pulmões dele com água e sabão antes de a mãe botar abaixo a porta com um machado. Se você contar com o Hugh para saber as histórias da família, nunca ouviria falar desse incidente, porque ele amava o pai à loucura e nós quatro armamos um ruidoso e violento melodrama no dia em que eu cheguei para levá-lo para Melbourne. Coitada da nossa mãe. Tinha sido uma garota bonita.

Hugh e eu desde então ficamos ligados pelo maldito quadril e eu não vou me deprimir lembrando dos arranjos de vida daqueles anos em que vivi meio louco de raiva e decepção me vendo reduzido a cortar carne para William Angliss numa fábrica perto de Williamstown e meu irmão sempre sofria bastante, abandonado dentro de carros na noite, em bares depois de fechar, aos cuidados de ladrões de carros, de junkies, de estudantes da Monash. Quando eu conheci a Queixosa, como ela prefere ser conhecida agora, ele não tolerava ser deixado com outros e não havia escolha senão ele continuar ao que se podia chamar de meus cuidados.

Eu tinha comprado uma casa em East Ryde quando meus preços em leilão estavam lá em cima, isto é, em 1973 a Galeria de Arte de Nova Gales do Sul finalmente condescendeu em fazer uma retrospectiva minha. Nem sei dizer como as ruas eram bonitas na época, quando ainda existia indústria leve, antes de Jean-Paul, antes das casas de piscina, dos BMWs. A terra fazia um declive para o norte e o jardim era uma coisa viva e selvagem com narcisos secretos e tomates-cereja embaraçados com a grama, além de retorcidas macieiras geriátricas, das variedades Ribston Pippin e Laxton's Fortune, hoje eliminadas pelos gerentes de produtos, compradores de cadeias de loja, todos pragas maiores do que a mariposa-das-maçãs.

A Queixosa era alta e graciosa como um gato, e eu era tão vaidoso e bobo como pode ser um cara de 28 anos, abrindo caminho entre os flashes das câmeras com uma tigresa do cacete pelo braço. Quem não teria inveja de mim? Ela era linda como uma estrela de cinema, cor de mel, seu histórico genético, uma charada sem fim, embora as pessoas dissessem sempre que ela era uma rainha. Desde a primeira noite em que nos conhecemos minha casa com cheiro de lúpulo de cerveja começou a despejar perfumes: cominho, cardamomo, manjericão, alhoporro cozinhando em minha velha frigideira. Era verão e o jardim estava bêbado de frutas fermentadas, grama recém-cortada, e num cantinho humilde do meu estúdio ela armou uma mesa onde desenhava imagens muito pequenas de objetos naturais imaginários, completamente originais, como ninguém mais, e isso ela depois entalhava em blocos de madeira e imprimia. Eu adorava a escala deles, a aparente modéstia, e ficava muito furioso de ver que eram descartados em favor da grande besteira arrogante da arte de Sydney. E, sim, eu estava apaixonado por ela e brigava por ela, talvez embaraçosamente. Com toda certeza eu intimidei minha galeria a mostrar o trabalho dela e meus amigos a comprar a obra dela. Quem não conseguia enxergar a fissura fina como um fio de cabelo no pedestal? Eu, meritíssimo, para não salvar minha maldita vida.

Claro que a gente brigava. Mas, se você cresceu numa casa em que sua mãe esconde 27 facas toda noite, as contusões desses conflitos pareceriam mais mordidas de amor. Brigávamos violentamente quando ela queria relegar meu irmão a um abrigo de jardim, mas ela também o chamava de irmão Hugh, *frère* Hugh, mano Bones. Beijava a grande bochecha gorda dele. Fazia-o ficar vermelho. Preparava cévapi para ele, só para ele, carne de vaca, carneiro, porco, alho, pimenta-caiena, mas por outro lado — quando o encontrou vagando com sua triste e imprópria cueca, de repente ela entrou numa horrível aflição, me mandou trancá-lo no quarto à noite. Perguntei se ela estava louca, sem uma única vez pensar que realmente estivesse. Ela dizia ter terror de seqüestradores e eu pensei, Ah, só isso, e — por favor, não riam — instalei um grande cadeado sujo do lado de dentro da porta do quarto.

Agora eu sei que todo mundo via que o casamento era um desastre, mas na época eu estava trepando até ela ficar zonza três vezes por dia, e esse cadeado parecia uma espinhazinha, uma imperfeição humana na face de sua perfeita bunda de deusa. Eu não imaginei as mariposas-das-maçãs, as larvas que logo viriam.

Quando Billy Bones nasceu, ela mantinha o adorável malandrinho em nosso quarto e eu ficava muito emocionado com ela, até descobrir que ela tinha medo que Hugh arrombasse a porta e devorasse o bebê durante a noite. Ela estava em guarda, atrás do cadeado, e talvez nós todos ainda estivéssemos juntos, eu e a Queixosa, com Billy Bones no meio de nós dois raspando nossos queixos com as unhas dos dedos do pé de menino sujo, se ela conseguisse agüentar os aromas que emanavam das fraldas sujas. O cheiro de merda a sufocava. Então Billy Bones logo foi posto em seu quarto guardado por um alarme Fisher-Price. Quem comprou o alarme? Eu comprei.

O suspeito de canibalismo, por sua vez, mantinha uma espécie de cautelosa distância do bebê, bem parecido com um gato que assiste à chegada de um cachorrinho na casa — ele observava bem, ficava distante, em seu canto. A mãe, porém, continuava em guarda, vigilante enquanto eu roncava satisfeito no ouvido dela. E adivinhe só. O pobre e velho Hugh foi imediatamente pego com a boca na botija. O velho vombate esperto tinha engatinhado pelo corredor e removido as duas pilhas AA do alarme da porta, mas parece que não existe nada que consiga escapar aos ouvidos de uma mãe. Fui levado à cena do crime, debaixo de todos os móbiles que eu havia orgulhosamente pendurado no teto do quarto do bebê. Ali, à meia-luz, debaixo dessa grande sombra de bandos de águias, cacatuas, cacatuas-rosa, pássaros cujas asas de madeira subiam e desciam sonhadoramente no ar cálido de Sydney, estava a grande forma recurvada do Comedor de Carne, inclinado sobre nosso filho.

Hugh!

Ele se sobressaltou loucamente, com o bebê no colo, e estava claro, à luz da lanterna de emergência, que algo além do alarme Fisher-Price havia ocupado a atenção dele. Uma fralda cagada havia sido trocada e o jovem Bill Bones fora transformado em uma trouxinha perfeita e limpa, como um quilo de costeletas e lingüiça. Prontinho, madame. Mais alguma coisa hoje?

A Queixosa, é preciso dar-lhe o crédito, riu.

E assim *frère* Bones, imediatamente, sem demora e por um período de quase sete anos, se tornou o adorado tio Bones, lutador, baby-sitter. E quando, mais tarde, em Bellingen, eu o vi com seu cachorrinho, todo enrolado dentro do casaco, isso quase me partiu o coração, porque o idiota de merda segurava o cachorro, vivo e morto, como um dia havia segurado meu filho. Meu filho adorava meu irmão, como não adorar? Cresceu correndo atrás dele pela grama, comendo maçãs aromatizadas com anis, brincando com barcos de madeira no tanquinho verde. Eles adoravam lutar, os dois. Mesmo quando Bill tinha seis meses, era a coisa que o deixava mais feliz, rolar o corpo para frente e para trás quase violentamente. A partir do minuto em que começou a andar, era um touro atacando nossas pernas de homem e não passava um dia sem que me pedisse uma luta no momento em que me via. É difícil acreditar agora, mas Slow Bones era feliz. Era como um cachorrão com filhotinhos sempre brincalhões permitindo todo tipo de mordidas, latidos, arranhões. Então não posso explicar o que aconteceu quando finalmente aconteceu. Talvez tenha sido só porque Bill não largou, ou agarrou uma parte pudenda por acidente, porque Hugh então fez com Bill o que eu sempre tinha feito com ele, o lance que eu fazia quando não conseguia vencê-lo por outros meios.

Eu estava no estúdio quando ouvi os uivos, o mugido de peito de Hugh, a trêmula lâmina metálica da dor de Billy. Ainda vejo os dois agora. Preferia não ver. Meu irmão estendendo meu filho para mim como se quisesse empurrá-lo para longe, ou jogá-lo de volta por um véu de teia do tempo. De início, eu não sabia o que estava vendo: o dedo mínimo do menino pendurado, balançando de uma dobra de pele, um pescocinho de galinha minúsculo.

Para saber mais a respeito, remeter-se à declaração da Queixosa, mas eu fui sempre absolutamente determinado a não abandonar nem meu irmão nem meu filho, embora a esse respeito eu tivesse uma idéia inflacionada dos meus direitos. Porque aparentemente eu não tinha escolha, mas sim um juiz com uma gravata Pierre Cardin que sujeitou os irmãos Bones a uma ordem de afastamento, e eu afinal vi o cadeado sob uma luz mais clara.

Então você agora talvez entenda que, quando a deslumbrante Marlene Leibovitz disse que conseguia para mim uma exposição em Tóquio, a primeira coisa em que pensei não foi no caráter moral dela, qualidade que nunca se deve procurar num marchand, mas pensei em Hugh. Tem sempre Hugh e o que fazer com ele.

# 18

Eu não ia achar ruim ganhar uma libra toda vez que Butcher achasse que era hora de eu me mandar para a minha cama, mas no caso de Marlene Leibovitz não foi preciso palavras, já que a DISCUSSÃO DE NEGÓCIOS deles era tão urgente que eu disse tchau antes de ficar com vergonha pelos dois, benzadeus. Quando levantei para sair ela me deu um beijo no rosto e disse alguma coisa numa língua estrangeira que devia ser boa-noite. Eu não tinha razão para ficar excitado apesar do que eu sentia.

Deixei os dois nas NEGOCIAÇÕES e sentei na escada entre o primeiro e o segundo andar mas aí Butcher saiu ventando como um CACHORRO que quebrou a corrente. O que eu pensava que estava fazendo? Eu podia dar um soco no nariz dele mas nosso pai tinha me ensinado direitinho a loucura que era brigar numa escada então eu desci até ouvir ele fechar a porta lá de cima e correr o ferrolho, a tranca, a chave, que me importava?

Desde que fui expulso da Escola Estadual no 28 POR FALHA MINHA NENHUMA ocupei uma cadeira cinza de aço comprada da AR-BEE Companhia de Suprimentos e aos domingos de noite no verão eu sentava e assistia à fila de trânsito que descia para cima da gente de Ballarat e de Pentland Hills, carros feitos de aço mas para todo mundo igual a carne e sangue, cachorros no cio, um cheirando o rabo do outro na frente, uma corrente ininterrupta de homens e mulheres, namorados, namoradas, as mulheres com a cabeça no ombro dos homens, às vezes um braço magro esticado por cima do encosto do banco. Um depois do outro eles viajavam na sua infinidade de formas de acasalamento, as luzes vermelhas de trás fazendo um colar luminoso no crepúsculo e na tristeza. Depois eu ia para o quartinho que era como a gente chamava a parte da varanda que Blue Bones tinha fechado com placas de amianto agora proibidas por lei em toda parte. Nada de mais lá depois que meu irmão fugiu: catres de aço, velha fita adesiva marrom a única prova dos desaparecidos QUADROS SAGRADOS de Mark Rothko aquele que tinha morrido.

Na Bathurst Street eu levava minha cadeira VAGABUNDA escada abaixo sempre sentindo uma grande CULPA do Butcher montada no meu pescoço e isso punha o motor para funcionar, bombeando, e todos os músculos nos meus antebraços começavam a ELETRIFICAR e então eu tinha de dar um passeio. Eu não gosto de escuro mas não tinha escolha. Passava no meio de rapazes e garotas, homens bêbados gritando chupa o meu pau. Anjos caídos, diabos e demônios do escuro da garrafa. Eu que inventei eles? Era culpa minha eles estarem lá?

Outro assunto — não sei o que o Butcher fez para a esposa dele mas quem pode censurar de ela ter cansado dele no fim? Ela não era alguém a quem você faria jus se fosse um Bones. Ela sempre foi boa comigo, ou foi até eu dar razão para não ser.

Também ela teve um magnífico menininho um MODELO MUITO MELHORADO de tudo o que o Butcher podia ter feito por vontade própria. E eu fui promovido a MORDOMO, o faz-tudo, o criado, o enfermeiro, o porteiro, o guardador de carros, o garçom, o lavador-chefe de mamadeiras e meu MANO sempre botava na cabeça que era um insulto a mim ser criado mas ele não fazia idéia de quem eu era, benzadeus, eu agora estava ocupado, de manhã à noite, continuamente ocupado num trabalho útil até que de repente EU QUE ME DANE. Bastou.

Então.

Nunca tão ocupado como quando fui tio Hugh.

E basta, se bem que eu queria que tivessem me cortado o pescoço e me enterrado isso, sim.

Como não era um homem valente eu estava vivo e então fugi dos fornicadores da Bathurst Street e fui andando pela multidão VINHO-ESCURA na direção do Quay e logo os passos eram mais solitários e eu gostava mais apesar de ter de ficar de olho aberto, como me ensinaram, por causa DOS HOMOS. Se eu tivesse cabeça eu teria voltado para o nosso Desenvolvimento Promissor mas eu consigo ser uma PORRA DE UM IDIOTA TOTAL e fui para a sombra criminosa da Via Expressa Cahill e daí para o molho de tomate e água fedida do Circular Quay onde o marujo estava a ponto de levantar a prancha do *Ferry* de Woolwich. Subi a bordo com tanta pressa que a prancha erguida no ar bateu feito uma bengala de palhaço no cais. O marujo era magro e feio com uma tatuagem no nariz mas sacudiu a cabeça como se fosse ALGUÉM IMPORTANTE. Graças a Deus o Butcher não estava ali para se ofender.

Eu não podia voltar para casa. Para mim, aquilo tudo estava perdido a novecentos quilômetros de distância. Antes mesmo de a gente virar a esquina de Dawes Point eu senti o cheiro oleoso da água do porão dos navios de contêineres atracados atrás da ilha Goat e as gaivotas estavam feito um enxame de formigas brancas em volta dos pilares da ponte, também o trânsito furioso travado numa barulheira acima da minha cabeça. Assim — o *ferry* — calmo e claro, e o vento nordeste levantando a camisa da minha pele como se eu fosse um varal humano, nenhum peso na minha alma. Por um momento eu fui feliz e aí, de repente, basta disso.

Basta.

Dobrei a minha cadeira e desci para o convés inferior os grandes motores a diesel sem parar debaixo dos meus pés, me mandando de volta para lugares conhecidos meus e de Bill Bones, para os nossos VELHOS ABRIGOS.

Melhor não pensar nisso.

Depois de embarcado eu não tinha mais escolha do que a água que lavou pratos escorrendo pelo cano. A primeira parada do *ferry* era no Cais da Darling Street em Balmain Leste e ali o CONHECIDO CRIMINOSO tinha sempre a sua mansão à beira da água com cortinas de lona. Antes da ORDEM JUDICIAL eu sempre vinha ali com o menino do Butcher e levantava ele para espiar do outro lado do muro se bem que ele nunca viu vivalma decerto não o criminoso em si. Dali a gente podia ir andando para o mercado da Darling Street ou voltar pelo cais e pegar um RAIO DE PRATA ou embarcar num *ferry* depois até PONTO LONG NOSE e dali visitar o estaleiro STOREY AND KEERS e se não tivesse nenhum DIRETOR DA COMPANHIA no escritório nosso chapa deixava a gente subir a bordo dos NAVIOS ESTRANGEIROS ou então nos BARCOS DE TRABALHO baixos e compridos e uma vez fomos como clandestinos até a ilha Cockatoo, Billy Bones e eu, onde a gente podia ter sido preso por INVASÃO. Ali, ilegalmente, a gente visitou a central de energia da ilha, faíscas e também um túnel SECRETO, cavado por homens de um lado da ilha até o outro. Billy tinha a constituição dos Bones não cansava nunca. Eu podia ser um criado mas estava feliz. Todo dia alguma coisa nova. A gente podia pegar o *ferry* até Greenwich e ir nadar nos banhos — BARRIGUDOS E MOLENGAS e as maravilhas de NADAR CACHORRINHO, porra. Não faz bem recordar. Melhor não. Bobagem minha ter ido ao Circular Quay.

Quando o *ferry* foi entrando no cais da Darling Street eu perdi a confiança de que o MARUJO ANTIPÁTICO fosse permitir a minha fuga. Pulei antes de ele colocar a corda no poste de amarração, nem olhei para a CASA CRIMINOSA mas em vez disso subi depressa o morro da Darling Street com a cadeira debaixo do braço. Sem dúvida eu parecia algum tipo de maluco subindo depressa o morro para Balmain, meu Deus, meu sangue devia estar vermelhão. As ruas estavam vazias de tudo a não ser BÊBADOS saindo dos bares como entranhas de uma ferida mortal. Não tinha uma rua que não guardasse uma lembrança de quando Bill Bones e eu construímos a maior casa de Lego já construída ali, no parque perto da ala de emergência onde eu levei ele quando queimou a mãozinha mas não foi culpa minha.

Na frente do Willy Walave estavam bebendo os CANECOS na calçada e eu disse, sim, desculpe, quando bati, mas aí fui embora depressa apertando bem a cadeira um ESCUDO CONTRA TEUS INIMIGOS. Eu sabia exatamente onde eu estava, bipop, shi-pop — o cheiro de gás, de mijo de gato e óleo da baía Mort a toda a volta — quando os bêbados me confrontaram eu estava perto do local do roubo dos pagamentos de 1972. Eu tinha levado o menino Billy ali mais de uma vez um LOCAL HISTÓRICO onde o homem da mala dançou com as balas RÁ-TÁ-TÁ.

Meu irmão diz que eu chamo problemas mas como eu podia atacar eu mesmo por trás? Tendo sido atacado, eu fui obrigado a bater nos meus assaltantes com meu escudo. NÃO AGÜENTO AS COISAS QUE ELES FAZEM COMIGO. NÃO VOU ESPERAR QUE JESUS VENHA ME DAR A PROVA. Os brigões saíram correndo mancando e gemendo pela rua feito vira-latas vombates gambás vencidos ladrões de pudim. Pelo que eu soube depois eles nunca registraram queixa nem acusação e não teria havido nenhum problema se não fosse pela atitude daquele mesmo marujo antipático — isso não está provado mas de que outro jeito podia ter policiais me esperando no Quay. Esses guardas queriam saber por que eu estava com tanto sangue na camisa e na cadeira.

Tudo está bem quando acaba bem à meia-noite eu estava em casa na cama. Foi Marlene Leibovitz que limpou minha cadeira com Windex. Na versão do Butcher eu era a cruz que ele tinha de carregar, benzadeus, eu devo ser um SÁBIO IDIOTA, uma porra de um desastre.

# 19

Eu não tinha nem um band-aid, mas não faltava uísque Corio para desinfetar o queixo de meu irmão que estava sangrando, e no ponto molhado de uísque o papel higiênico grudou, deixando para trás pequenas flores como lã de carneiro presa no arame farpado. Ao ver Marlene remover delicadamente e jogar fora essas flores, eu não podia me importar menos se ela havia roubado uma pintura ou o Banco Estadual de Victoria. Claro que já tínhamos feito "amor", mas o que estava acontecendo ali era sério — Hugh, no fim das contas, não era obstáculo para a felicidade, ao contrário, e ele puxava dela tudo o que era e ainda é admirável, isto é, sua apaixonada compaixão por todo mundo que é estranho, abandonado ou vive fora do padrão.

O fato de que esse inesperado coração mole pudesse beneficiar também o magoado Olivier Leibovitz foi coisa que não me ocorreu. A verdade? Eu não pensava nele nem um pouco. Eu era como um adolescente, sem rédeas nem restrições, sem nunca pensar onde meu ignorante coração podia me levar, sem entender que aquele fluxo de sangue podia afetar o que eu pintava, onde eu vivia ou mesmo onde eu morreria. Da mesma forma, não perdi nem um momento me perguntando sobre as conseqüências de me aproximar da venenosa órbita de Le Comité Leibovitz. Eu estava apaixonado.

Jean-Paul logo concluiria que meu caso com Marlene era "realmente por causa" de minha exposição em Tóquio. Os que se diziam meus "amigos" — tão argutos psicologicamente que dava vontade de morrer — todos achavam a mesma coisa, mas se tivessem visto de relance aquela adorável mulher de Rembrandt estendendo a mão para limpar as escuras escoriações de Falstaff, eles entenderiam tudo que ela fez depois, ou pelo menos uma parte.

Logo nós três estávamos dormindo no mesmo andar e eu abraçava Marlene junto ao peito enquanto Hugh, a um metro de nós, roncava como um cano meio entupido. Ela se encaixava no meu ombro a noite inteira, imóvel, calma, confiante, demonstrando, mesmo no sono, um doce afeto que jamais atrapalharia sua reputação pública. O vento oeste soprou até de madrugada, fazendo tremer as venezianas e levando nuvens correndo na frente da linda lua trêmula. Na manhã seguinte, o ar estava parado e eu vi primeiro azul-água, depois ultramarino —

os olhos claros muito abertos dela, o céu da suja Sydney, todos os seus venenos soprados para longe.

Não tínhamos chuveiro, mas minha amante se encharcou com água fria da torneira e ficou perfeita. Tinha 28 anos. Eu tivera essa idade um dia, a estrela de Sydney, muito tempo antes.

Descendo a Sussex Street havia um café barulhento que eu tinha riscado de minha lista devido à tendência ao pânico claustrofóbico de Hugh. Ali meu irmão machucado logo estava espalhando sua bunda larga num banquinho de falsa pele de leopardo.

— Panqueca — ele anunciou, tamborilando os dedos roídos no balcão. — Duas panquecas de chocolate.

Enquanto Hugh espalhava seu café-da-manhã pela camisa, eu comprei três xícaras grandes de café. Marlene era toda negócios.

— Me dê o telefone desse cara.

— Quem?

— O homem que está com o seu quadro.

— Por quê?

— Vou conseguir de volta para você, baby.

Tão americana.

— Droga — Hugh sussurrou quando ela foi ligar do telefone do proprietário. — Tome conta dela. Benzadeus. — E o malandro me deu um beijo na cara.

Marlene voltou, o lábio superior contraído de mistério.

— Almoço — disse ela. — Go-Go Sushi da Kellet Street.

Finalmente ela tomou o café, cobrindo o mencionado lábio de espuma açucarada. Mas então eu vi o triunfo secreto em seus olhos apertados e senti uma pontada de pânico, tipo: Porra, quem é você, a Mulher Maravilha? Onde está o seu marido fodido?

— Ah, Butcher Bones! — Ela passou a ponta do dedo pelo lábio superior.

— Você não tem emprego?

— Preciso pegar uns catálogos velhos da Mitsukoshi no meu apartamento — disse ela. — Você vai gostar deles, se quiser vir. Depois, se tivermos tempo, vamos até a polícia e conversamos com aquele merdinha cheio dos truques. Vamos conseguir seus dois quadros de volta hoje.

— Vamos?

— Ah, vamos.

O apartamento dela ficava num daqueles prédios pré-guerra perto do fim da Elizabeth Bay Street: sem elevador, apenas escada de concreto muito castigada ao fim da qual você era, afinal, recompensado com uma vista da baía lá embaixo. Se você fosse um pintor de Sydney já conheceria essa propriedade — Gotham Towers, Vaseline Heights —, baratas alemãs, cozinhas embutidas, cerâmica decô, arte ambiciosa, mas essa visita era muito diferente das minhas de sempre e, enquanto Hugh subia correndo, batendo a cadeira no corrimão verde lascado, eu estava finalmente esperando o marido corno que tinha sido, até aquele momento, o bebê nos braços da mãe de seios nus. A porta de entrada era de grosso metal cinza, mostrando sinais de recente arrombamento violento. Dentro, não havia sinal do homem, nem de nada que pudesse sugerir o filho de Jacques Leibovitz, nada que eu pudesse identificar como dele, a não ser um exemplar de assinante de *Car Rally* e uma metade de pêssego descascado comida pela metade largada para as formigas ao lado da pia da cozinha. Esta última coisa Marlene Leibovitz jogou fora e eu logo ouvi aquilo despencar como um gambá bêbado, deslizando pelas folhas da dracena, descendo pelas seringueiras lá embaixo.

— Era um pêssego — disse Hugh.

— Um pêssego — ela disse e levantou uma sobrancelha, como quem diz "eu não fazia a mínima". Hugh voou para a janela da cozinha e como a cadeira dele podia derrubar alguma coisa nós tivemos uma briguinha, tão vigorosa da parte dele que eu adivinhei que ele devia estar com ciúmes, e quando o instalei em segurança no meio da sala nossa anfitriã já havia recolhido uma pilha de catálogos de papel brilhante de dentro de um arquivo de aço todo retorcido que parecia ter sido atacado por alguém com um pé-de-cabra.

— Certo, podemos ir.

— Aqui é muito gostoso — constatou Hugh, as mãos machucadas apertadas entre os joelhos poderosos. — Muito limpo.

Limpo e estranho — quase nenhum indício do que se pode chamar de *arte*. Havia um único vaso de Clarice Cliff que havia sido quebrado e remendado bem brutalmente e, fora isso, apenas uma fileira de pedrinhas de rio cinzentas ao longo de uma estante.

— Quase todas as nossas coisas ainda estão no depósito.

Nossas?

— Viemos com muita pressa. Olivier foi despachado para salvar um cliente dos ladrões locais.

E onde ele estava agora? Eu não podia perguntar.

Meu irmão virou, excitado:

— Quem mora aqui?

— O quê?

— Quem mora aqui?

— Uns loucos — disse ela. — Depressa. Temos de ir.

# 20

No Brejo a vida era muito devagar pelo que me lembro se bem que nenhum MAR DE ROSAS, vento duro dos montes Pentland depois chuva fria o inverno inteiro, meu pescoço também quatro vezes machucado com granizo sem falar da geada no pára-brisas do Vauxhall Cresta igual diamantes moídos na luz gelada. Essa última observação foi do Butcher e nunca perdoaram a EXPRESSÃO POÉTICA dele que na mesma hora se achou que tinha vindo do Solteirão Alemão. Porra de diamantes moídos, nosso pai falou, como era costume dele, quero falar é do costume dele de ser sarcástico quando o bar fechava às seis da tarde. Para o aniversário de Blue Bones esse ano, o Butcher inventou um descongelador com ventosas de borracha chupando pelo lado de dentro do pára-brisas. Benzadeus esgotou a bateria do Vauxhall e aí ACABOU A LUA-DE-MEL como dizem. Porra de diamantes moídos, meu pai falou. Diamantes moídos o cacete.

A vida nem sempre é perfeita eu admito, mas relaxante de certo modo, espaços decentes entre uma coisa e outra como entre as formigas numa procissão pelo caminho. Entre Darley e Coimadai havia, de quando em quando, um gambá em decomposição ou um coelho mixomatoso na estrada. A mosca carniceira é a ampulheta da mata. A ampulheta da mata o cacete. A voz cochichada do meu pai nunca se cala mesmo depois de todos esses anos.

Então é isto: espaço para respirar entre as coisas, por pior que seja a coisa em si.

Mas Sydney, benzadeus, era como um BONECO DANÇARI-

NO CHINÊS no dia de Guy Fawkes* bang-bang-bang-bang sem parada e todas aquelas explosões deixavam eletrificados os meus músculos mais longos e eu sinceramente preferia aquelas tardes de domingo em Brejo Bacchus com a mãe chorando no quarto À NOITE NÃO CONTES CHEGAR AO DIA SEGUINTE. O tempo era muito lento naquela época, nada para fazer além de roubar gelo da câmara fria e sentir ele derretendo em segredo dentro do meu bolso. No amanhecer do domingo olhar as formigas atravessarem o caminho e entrar no ralo, quem sabe o que elas achavam do sol, da sombra, dos faróis na estrada para Ballarat?

Mas em Sydney, o Senhor nos guarde, assim que acabei de bater nos babacas estava interrompendo o Butcher EM AÇÃO com Marlene Leibovitz e depois que O SONO veio, era outro dia e a gente estava inundando o sangue com CAFEÍNA e era o gerbo correndo na roda.

Não se disse nada mas eu não tinha dúvidas de que o apartamento de Marlene tinha sido arrombado e dava para sentir o cheiro da ENTRADA FORÇADA mas o Butcher feito um IDIOTA circulou admirando pedras e vasos quebrados quando era claro para qualquer um com INTELIGÊNCIA MEDIANA que algum criminoso tinha danificado aquilo ali com um pé-de-cabra uma alavanca uma marreta e não é tudo. Até a porta de entrada parecia uma VÍTIMA DE ASSASSINATO. Eu fiquei muito preocupado com o jeito como a gente podia proteger a nossa nova amiga de olhos lindos, um sorriso tantas vezes escondido nos cantos deles.

Para ajudar Marlene a pegar os "GATÁLOGOS", como a gente chamava no Brejo, eu abri o armário. Esse também tinha sido assaltado, o ferrolho, removido, a coisa toda igual a um ACI-

---

*Conspirador católico que tentou explodir o Parlamento britânico em 5 de novembro de 1605. (*N. do T.*)

DENTE DE TRÂNSITO, uma caixa de correio virada pelo caminhão de lixo.

Muito arrumado, eu disse. Era MERA GENTILEZA. Foi assim que eu fui criado por exemplo quando meu pai atirou a perna de carneiro com tanta força que quebrou o painel de gesso e ficou lá espetada, coxa primeiro, osso da perna apontando direto para mim, ninguém falou nada. Coma e fique quieto.

Assim mesmo, minha infância normalmente muito sossegada e calma, nada alarmante para contar. Eu podia sentar na frente da artística placa pintada a cal do nosso pai CARNE DE ABATE LOCAL e olhar as árvores de Natal amarradas nos postes da varanda do Courthouse Hotel. Elas eram chamadas *PINUS RADIATA*, porque não havia termo mais próximo naquele tempo. Essas *Pinus radiatas* secavam no calor como prisioneiros executados, nada agradável de se ver, mas sem desespero também, nada para preocupar além da pulsação no pescoço e do estalo na nuca se bem que mais à noite que de manhã.

O Butcher não mostrou nenhuma curiosidade pelos gatálogos japoneses até empilhar nós todos na caminhonete cheia de areia. O motor estava ligado e meus ouvidos coçando por causa do assobio nitidamente agudo da bomba de água da Holden. A gente estava a caminho da PRÓXIMA COISA, socorro, uma poderosa DIFERENÇA DE OPINIÃO com a polícia que parece ter deixado Marlene e Butcher muito satisfeitos, explique se puder. O mostrador giratório estava tiquetaqueando numa velocidade horrível como o coração de um pardal ou de um peixe — como é que eles agüentam? Mas aí ele pergunta para a linda mulher se por favor pode ver os catálogos e o resultado é que de repente acontece um grande derrame nocivo de tinta estrangeira, um cheiro como o de gás mostarda, e se não isso alguma outra substância estranha sem nada a ver com o cheiro de arte que os gráficos estrangeiros dizem representar.

Marlene me perguntou, O que você acha, Hugh?

Eu disse que era muito legal e para falar a verdade podem não ter sido aqueles produtos químicos que me machucaram a cabeça. No apartamento eu tinha detectado o cheiro da .22 do meu pai depois de detonar — CORDITE — o coelho ainda esperneando no chão antes de eu esticar o pescoço dele. Como eu disse, havia no geral o perfume de uma INVASÃO mas se aquilo era legal ou não eu não sabia dizer. Sabia que os gatálogos eram o FIO DA NAVALHA para uma exposição no Japão e quando vi o jeito como o Butcher alisava as páginas ele parecia um cachorro lambendo o pau no meio da rua correndo o risco de ser atropelado por um caminhão.

Antes que se pudesse dizer JACK ROBINSON nós estávamos na área de recepção do Quartel de Polícia e o Butcher deve ter pensado que estava jogando a grande final em MADINGLEY PARK porque foi direto para o corredor imaginando que podia avançar para o gol mas estava fora de campo e em vez disso mandaram a gente preencher nossos nomes no balcão da frente. Eu não gostava de prestar atenção nessas coisas. O cheiro de desinfetante de piso muito forte.

O detetive Amberstreet não está mais conosco.

Foi essa a notícia que nós finalmente recebemos e toda a gentileza anterior do Butcher se revelou como leite azedo boiando numa xícara de chá gostoso, mas assim que ele começou o discurso, Marlene pegou o recibo do quadro da mão dele GRAÇAS A DEUS e mostrou para o SARGENTO BEM FALANTE no balcão. Ela disse que queria recuperar propriedade que havia sido retida num caso já resolvido.

O sargento bem falante se ofereceu para acompanhar Marlene.

Obrigada, ela disse, sei onde fica.

No elevador ela começou a ficar vermelha e a aparência dela era de uma ESCANDINAVA o que era muito atraente apesar de misterioso, não interessa.

No terceiro andar nós vimos "ARTE" escrito na parede como o Butcher já havia contado e lá dentro havia uma policial, também sargento com um imenso NASAL que parecia um tamanduá que ela levantou cheia de expectativa para nós. Benzadeus, socorro. NARINAS IMENSAS. Atrás dela havia uma grande mixórdia que parecia a troca de óleo de Eddie Tool ou o serviço expresso 24 horas de Jack Hogan que nosso pai usou uma vez para mandar carne para a América do Norte se bem que esse foi um SONHO FRUSTRADO como diz o ditado. Todo tipo de arte em engradados e caixas, e coisas soltas protegidas por papel, plástico-bolha e bolinhas de isopor sem fim indestrutíveis até os mortos despertarem. Também bem parecido com o departamento de peças avulsas da Mecânica Waltzer. Stewart Waltzer tinha correias de ventoinha, molas de espiral, mas também cobras em formol, letras magnéticas, suportes de livros manufaturados no torno da oficina dele. O Butcher não tinha nenhum interesse no Stewart Waltzer, nem no Jack Hogan. O Brejo tinha morrido para ele e ele entregou o recibo para a sargento que enfiou o nariz no conteúdo de uma caixa, revirando uma peça e outra, olhando tristemente as etiquetas. Eu já estava com os braços eletrificados mas quando vi o Butcher entrar na gaiola SEM PERMISSÃO fiquei com a cabeça girando como se diz.

O cérebro é uma coisa engraçada, o jeito como ele funciona, sempre procurando a explicação mais educada então quando vi o Butcher arrastando uma coisa preta e mole minha cabeça pensou que era um daqueles tapetes estrangeiros que ele tem o costume de levar de uma mulher para a outra. Ele parecia um cachorrão velho puxando um cobertor fedido mas quando ele e Marlene começaram a abrir a peça no concreto eu ouvi gritos de aflição e então vi uma obra de arte brutalizada de um jeito que não dá para acreditar. O SENHOR NOS PROTEJA. Era a pobre pintura do meu irmão. Eram as palavras da nossa mãe, pretas como os olhos dela e ali tinham sido tratadas como algum retalho de forração, benzadeus, jogado no lixo pelos assentadores de carpete e a mulher do nariz estava dizendo VOCÊS NÃO VÃO MELHORAR AS COISAS PARA SEU LADO GRITANDO COMIGO.

Ela era como uma atendente no correio uma PEQUENA HITLER conferindo o número do recibo com a etiqueta grampeada cruelmente no canto da tela preta. As palavras da minha mãe subindo da noite na Main Street. A Nariz conferiu a etiqueta com um REGISTRO mas ela não sabia com quem estava lidando. Ela não era um tamanduá mas a formiga que ele come, uma mosca carniceira na parede do palácio de um rei, e quando meu irmão alisou a tela que eu tinha um dia cortado para ele com tanta perfeição, ele estava FURIOSO e TERNO como tinha estado quando enterramos nossa mãe e colocamos as moedas nos olhos dela COITADA DA MÃE querida mamãe ela não podia imaginar o rumo que a vida dela ia tomar. Blue Bones tinha sido um HOMEM BONITO, CENTROAVANTE do Brejo Bacchus XVIII e como ela poderia ter previsto, não mais que um lindo colibri ou um *willy wagtail* na Darley Street. Meu irmão agora estendia a tela dele num tapete que era do mesmo MARROM NICOTINA do tapete que tinha no nosso motel fora de Armidale 28 dólares a noite TV COLORIDA. O DEUS que antes estava colado no meio da tela estava agora arrancado num grande pedaço solto. Meu irmão levantou essa blasfêmia com uma reclamação gritada, o rosto amassado como uma cama por fazer. A PORRA DO RECIBO DIZ CONFISCADO COM FINALIDADE DE REALIZAR RADIOGRAFIA.

VOCÊS NÃO ESTÃO COLABORANDO.

PUTA QUE O PARIU VOCÊ SABE O QUE FIZERAM?

Ela disse que ele seria multado em seiscentos dólares por obscenidade se não moderasse o linguajar. Essa ameaça fez meu irmão criar uma chuva de escorregadias notas de vinte dólares o que confundiu nós todos. Então, benzadeus, ele nos deu um sermão. O Resumo de Atos Ofensivos permite que um homem diga a porra que quiser, contanto que tenha uma desculpa razoável. E ele nunca tinha visto na vida uma DESCULPA MAIS RAZOÁVEL do que a atitude de croatas ignorantes — o que era isso? eu não sabia — croatas ignorantes que tinham rasgado a sua obra de arte. Seria aquilo resultado da radiografia? Ele deu um riso mau. Ia botar Amberstreet trancafiado na prisão.

Ela disse que Amberstreet estava no estrangeiro.

Ele disse que estava cagando. Planejava fazer raios X tão sérios nele que ia perder todos os rabinhos em movimento dentro dos testículos dele.

Se eu conseguisse encontrar a saída do edifício teria fugido mas em vez disso catei o dinheiro que ele estava desperdiçando e aí ajudei a Marlene, carregando a tela para o elevador enquanto a sargento ficava com o recibo. Meu irmão estava fora de si. Finalmente ele veio e arrancou a pintura de nós, jogou em cima do ombro e esse evidentemente não era o humor certo para começar um ALMOÇO DE NEGÓCIOS com Jean-Paul.

# 21

Já aos quatro anos de idade, meu filho era muito sério quanto a seus deveres no estúdio, e eu podia dar a ele uma pinça e o pôr para catar poeira e fiapos, ele acabava deixando a pintura lisa e imperturbada como gelo derretido. Crianças que crescem com Space Invaders e Battlezone cansam depressa desse negócio — nenhum inimigo para destruir, nenhuma moeda de ouro para pegar —, mas o meu Bill era um Bones até o fundo dos ossos e trabalhava ao lado do pai e do tio, solene, sardento, com o lábio inferior projetado para frente, a língua virada para o nariz, e houve muitos dias em East Ryde em que ficamos os três silenciosamente ocupados na doce monotonia desse trabalho doméstico, horas pontuadas por não muito mais que o canto dos melros no jardim ou um ruidoso pássaro-frade com suas barbelas penduradas como vergonhas sexuais em sua feia cara impertinente. Claro que meu aprendiz era também um menino com suas próprias ocupações, trepar no jacarandá, cair, uivar, enganchado por um galho enfiado na coxa, suspenso a seis metros do chão, mas Bill adorava a mim e a Hugh, e nós três podíamos trabalhar lado a lado sustentados por nada além de açúcar branco enrolado numa folha de alface fresca e nunca ir jantar senão quando o estômago reclamava, roncando como barco de madeira que finalmente recolhe a âncora para a noite.

No dia em que levamos a tela danificada para a Bathurst Street, Bill estava lá, e não estava lá — a dor fantasma normal dos amputados. A carne da minha carne havia sido amputada por ordem da maldita lei e a cidade inteira de Sydney, ruas, rios, ferrovias se encolhia em torno de meu filho ausente como limalha de ferro formando linhas em torno de um pólo magnético. Mas ele estava na residência, como uma sombra, como um espelho, e a merda era que, de uma forma muito particular, porque Marlene Leibovitz produzia a mesma forma no sonar de meus sentimentos, algo muito parecido com Bill, benevolente, generosa, abençoadamente necessitada de amor graças a Deus.

Entrei na Bathurst Street como um homem maluco, levando meu próprio cadáver sobre o ombro — *Eu, o pregador*, agora diminuindo como um Bugatti abandonado numa garagem da West Street, recuperado com poeira, penas e merda de pombo, a bateria arriada, um clique surdo enlouquecedor, luz nenhuma.

Marlene foi chamar Jean-Paul e Hugh para me ajudar a desimpedir o segundo andar, embora minha lembrança sem dúvida esteja cheia do todos os erros das testemunhas oculares, essa ficção usada para enforcar tantos inocentes. Quem sabe o que realmente aconteceu? Quem se importa? Os meninos Bones foram Marines no último dia da guerra, jogando helicópteros ao mar, arrastando colchões para o patamar, jogando-os aos trambolhões escada abaixo. Claro que eu destruí meu quarto particular, mas sexo não era o que interessava. Encontramos uma vassoura de palha tão descabelada quanto um bom pincel de Dulux e eu varri com urgência, abrindo as janelas tanto da rua quanto do beco, e o tempo todo a tragédia ali dobrada e amassada, tão morta como uma pedra de merda, no patamar.

Hugh tinha fama de ser calado e tímido porque o estado normalmente medicado do filho-da-mãe é de ruído tão contínuo como uma chaleira — bi-bop e shi-bop —, e quando nós — ftaaa — desdobramos a tela no chão, ele entrou numa espécie de vibrato. Meu irmão tinha se transformado num carro, Deus nos livre, um Vauxhall Cresta a 120 quilômetros por hora. Essas coisas dão nos nervos, mas nós suportamos, continuamos, e eu posso ter parecido azedo e ele pode ter parecido retardado, mas trabalhamos como uma equipe de assentadores de carpete puxando e esticando, lutando com a tela rígida não flexível, cada vitória celebrada com uma pequena explosão ao grampearmos aquela porra no resistente chão de madeira de lei da Arthur Murray. Hugh logo estava reduzido a meias fedidas e cueca cáqui, toda a sua venosa imperfeição rosada, um Rubens suado e brilhante desembreando nas curvas em S. *Eu, o pregador* tomava quase todo o comprimento da sala, mas a largura não se acomodava tão bem, e grampear do lado maior era como jogar tênis numa quadra coberta — com o fundo da quadra próximo demais, mas tudo bem.

— Bill — ele disse.

Não era uma coisa útil para me dizer embora não houvesse a menor dúvida de que — esqueça o idiota do guardião judiciário com três canetas no bolso da camisa — Bill tinha o jeito de usar um grampeador. Em vez disso, nós dois homens perigosos tínhamos de trabalhar sozinhos, dois passos para a frente, um passo para trás enquanto a tela — tendo sido muito criteriosamente umedecida — se submetia um milímetro aqui e um milímetro ali.

Eu inventei um vaporizador baseado numa chaleira Birko e fiz um bico esperto para dirigir o jato. Comprei uma seringa barata e, depois de enchê-la com GAC 100, levantei o retalho rachado exatamente, precisamente, como se estivesse controlando uma porra de um guindaste molecular. No primeiro dia nós não paramos até a luz do oeste bater no canto da St. Andrews e encher a sala de cima como uísque *single malt*, Laphroaig, Lagavulin, Deus abençoe as destilarias de Islay. Não bebi até depois das 20h.

Na ressaca da manhã seguinte acordei para enfrentar a grande baleia morta ainda encalhada na praia lá em cima, e no centro geométrico dela, aquele vasto trauma ainda me confrontava. O retângulo de tela colada não media 45x26, mas era tarde demais para discutir. Esse único e vital retalho de "DEUS" cinza-esverdeado tinha sido arrancado por um canto para revelar a mesma resposta que eles haviam obtido com os raios X e o infravermelho, isto é, não havia porra nenhuma para ver, uma base pintada por baixo, mas certamente não o *Monsieur et Madame Tourenbois*. Deus sabe quanto tempo eles gastaram nos raios X, mas esse último assalto deve ter tomado dos guardas cinco segundos, tempo mais que suficiente para esticar e rasgar a tela de baixo e deixar um rastro de cinco fios de trama. Não vou chatear você com a operação cirúrgica necessária para tirar esses fios. Para um restaurador ou cirurgião podia ter sido um divertimento. Para mim, esqueça. Não havia recompensa naquilo, nenhum risco, nenhuma descoberta, nada a não ser a convicção cada vez maior de que eu estava destruindo o que eu tinha feito, sugando toda a mortal luz sagrada que eu havia criado como um artista da corda-bamba, guiado por Deus, em vôo cego, minha cabeça entre as pernas de anjos.

Eu estava para fazer uma grande exposição. Eu não podia fazer uma exposição. Estava para ter um caso amoroso. Não podia pensar sobre isso. Estava com pressa. Não podia ter pressa. Naquele momento de oscilação, eu era tudo o que faz de um artista uma besta odiosa e abominável. Quer dizer, eu roubava, eu agarrava, eu sugava amor como verde de *phthalo* suga luz. Eu aceitava a mais monumental delicadeza de Marlene que aparecia e desaparecia, como uma série de presentes surpreendentes, embora todo dia, como um serafim de seis asas, as cores intensificadas, os olhos apertados em bênção, oferecendo, por exemplo, um grande pedaço de cera e um ferro com os quais tencionava fixar a colagem injuriada quando estivesse lisa e esticada de novo. Tudo nesse presente era tocante, mas a coisa mais dolorosamente estranha era o ferro, um ferro a vapor Sunbeam, de plástico azul-claro, de pelo menos dez anos atrás, um aparelho que me fez pensar nas corridas de sábado à tarde pelo rádio, nossa mãe passando roupa no quartinho mofado. Vida na penumbra da fossa, tão longe da arte.

Conheci marchands, donos de galerias e autenticadores a porra da minha vida inteira, e nenhum deles teria pensado em me dar a cera e o ferro. Para alguém que fugiu da Escola Secundária Benalla, ela era muito bem informada. E às vezes, naquela primeira semana maluca, com meu próprio quarto cedido para o *Eu, o pregador*, enquanto Hugh roncava no chão, Marlene e eu só fazíamos comentar os catálogos japoneses. Ela falava. Eu acariciava os pêlos claros iluminados nos braços bronzeados dela, aterrorizado com a felicidade.

Sobre o marido eu efetivamente inquiri, mas ela mantinha a sua vida pessoal tão imensamente cerrada, como um turista agarrado à bolsa no trem A, e sobre a vida atual de Olivier Leibovitz não descobri nada além do que se poderia deduzir do clarão de um relâmpago sobre uma linha de montanhas. Eu ia dormir sentindo o cheiro dela.

Quase todas as manhãs ela era leve e solta, mas duas vezes uma única veia subiu naquela testa lisa e sutil, e em ambas as ocasiões ela foi embora abruptamente, me deixando sem nada além de sua xícara de chá suja na pia. Partia para ver o marido. Isso poderia me deixar louco, mas nunca esquecerei a ternura daquela semana em que trabalhamos juntos em *Eu, o pregador*, um país inteiro que tinha de ser curado, lavado, alisado, limpo, como soprar ar atrás da orelha de uma amante.

O ritmo da restauração foi afetado pelo tempo chuvoso, o que queria dizer que o ar de repente ficou mais frio e mais úmido e a tinta secava mais devagar, mas quando o nordeste voltou a soprar, o *Eu, o pregador* era de novo uma entidade séria pra caralho. Na quarta noite, eu havia removido os fiapos de trama e lixado os interstícios quebrados entre a tela-mãe e a colagem. Na manhã seguinte o pedaço da colagem foi grampeado em seu próprio canto distante, e dessa forma, com um toque de vapor aqui e um puxão brutal ali, nós o esticamos, a urdidura e a trama realinhadas. No sétimo dia, o ferro, a cera, o "DEUS" liso e sem rugas estavam livres da tortura do chão de madeira de lei. Devagar se vai ao longe.

— Cara — eu disse a Hugh —, eu estava pensando em levar Marlene para jantar. — Dei dois sanduíches de galinha para ele e uma garrafa grande de Coca. Ao receber esses bem-vindos tributos, ele me avaliou, os velhos olhos vermelhos mais espertos que os de um crocodilo.

Eu levantei uma sobrancelha.

Ele fez um pequeno movimento oscilatório enquanto pensava no meu pedido. Não disse nada, mas eu observei o músculo revelador, o lábio inferior chupado para dentro, e entendi que se eu voltasse tarde ia haver uma confusão grande pra caralho.

Disse a ele que estaríamos logo na esquina, no "Chinês", uma referência ao único restaurante do Brejo.

Hugh estudou o relógio muito cuidadosamente, mas não olhou para mim de novo. Patéticos, nós dois. Mas dez minutos depois toda a minha raiva silenciosa havia desaparecido e eu estava sentado ao lado de uma mulher deslumbrante no Bukit Tinggi, que não tinha nada de chinês, se isso tem alguma importância.

Ela estava cansada, os olhos fundos.

— Não pergunte — disse ela. — Me alimente.

E foi exatamente isso que eu fiz, nós dois sentados lado a lado como crianças, e lhe dei na boca *rendang* de carne e um curry de peixe fogoso e limpei seus lábios com a ponta do polegar. Ela falou sobre as muitas esquisitices do Japão. Foi tudo o que discutimos, mas o assunto não parecia importar.

— Vamos ficar em Asakusa — disse ela. — É meio pobre, mas tem uma hospedaria muito característica.

— Eu estou duro — falei. — Não tenho nem como pagar o ônibus até Wollongong.

— Eles pagam — ela riu. — Você é tão tolo.

— Você também?

— Eu também sou tola? Não, eu faço parte do pacote, baby.
— Ela segurou meu maxilar e alisou minha orelha. — Eu sou a facilitadora.

— O que é uma facilitadora?

— É japonês. Quer dizer alguém que compra a bebida.

Não podia contar para ela, mas aquilo para mim só podia ser uma fantasia. Nunca tinha saído da Austrália e nunca poderia sair. Não podia abandonar Hugh outra vez. Não podia nem ficar até tarde no Bukit Tinggi, e às 21h estava levando a pobre Marlene pelo escuro da escada acima na Bathurst Street. Sempre o Hugh.

Ao abrir a porta eu o surpreendi com a porra de um pincel na mão.

Corri para cima dele e ele deu um passo para trás — o imbecil —, coçando a bunda grande, um grande sorriso de pateta na cara por barbear.

— O que você aprontou?

A resposta era: o grande merda tinha pintado a minha obra. Eu podia matar o babaca. Berrei com ele.

— Psiu — Marlene disse, mas eu estava ensurdecido por uma fúria com tudo o que eu havia perdido e perderia, meu filho, minha vida, minha arte. Ele recuou, com medo mas sem medo, sacudindo a cabeça e agitando o braço como se eu fosse uma nuvem de fumaça.

Tenho a obrigação de enxergar melhor que você, ou que a porra do John Berger, ou o bosta do Robert Hughes, mas ao enfrentar os olhos vermelhos e assassinos de meu irmão, vi apenas que ele era um imbecil e, portanto, demorei para ver que ele havia pintado apenas aquele pedaço da tela que amanhã estaria coberto para sempre. Naquele retângulo virgem onde se suspeitava que o Leibovitz estivesse escondido, ele havia escrito uma louca nota sem arte, como alguma coisa numa parede parda.

O VÂNDALO AMERSTRIT FEZ ESTE DANU AQUI
7 DE FEVEREIRO DE 1981. DA PROXIMA VEZ
ARRANCO E COMO SUAS ORELIAS.
PROMESSA DE HUGH BONES 25 DE MARÇO DE 1981.

Marlene disse depois que eu estava rosnando como um animal. Meu irmão de cem quilos sem dúvida se acovardou, mas ao mesmo tempo estava sorrindo, uma coisinha de Kooning de dentes afiados, e oscilando, um pouquinho, da cintura para cima.

— Chumbo — ele disse.

— Seu babaca!

— Chumbo.

— *Tinta* de chumbo?

O sorriso dele não fazia o menor sentido.

— Por que *fez* isso, seu idiota?

Ele bateu na cabeça e sorriu.

— Estava dançando aqui.

— Calma — Marlene sussurrou, alisando meu braço.

— Exposição — Hugh disse.

Arranquei o pincel da mão dele e joguei pela janela aberta.

— Pare — disse Marlene. — Dá para ler com raios X.

Ela pensava rápido, a primeira a entender que Hugh tinha

escrito uma carta secreta com tinta de chumbo, palavras que só poderiam ser vistas se o quadro fosse radiografado. Ainda me lembro daqueles olhos, arregalados de susto. Ela não me esqueceria disso, nunca. Ela jamais cometeria o erro de subestimar meu irmão como testemunha de uma obra de arte. Por fim, eu também entendi e então abracei aquela coisa imensa fedida e ridícula, apertando seu pescoço peludo enquanto ele me apertava até tirar o fôlego, rindo na minha orelha.

Quem poderia explicar o enigma sombrio do cérebro torto de Slow Bones?

# 22

A vida inteira eu fui Slow Bones a menos que alguém FORA DA FAMÍLIA estivesse presente para explicar minhas piadas. Ah, meu irmão afinal falou quando CAIU A FICHA e ele entendeu a minha pintura, seu filho-da-puta esperto.

Eu não podia retribuir o elogio.

Na manhã seguinte o conserto ficou pronto, mas não tinha DIA DE DESCANSO e a gente estava noutro agito, isto é, Jean-Paul tinha ido para a Nova Zelândia fazer uma conferência e isso tinha sido planejado claro unicamente para incomodar meu irmão que queria recuperar a pintura dele para o Japão. Todo mundo sabia que Butcher tinha muito medo de sair da Austrália ou ir para qualquer lugar onde não fosse conhecido. Então quem podia explicar por que ele estava com tanta pressa agora a menos que tivesse uma PERSONALIDADE ANSIOSA isso sem dúvida não podia ser verdade.

Marlene nunca havia encontrado Jean-Paul então tudo o que ela sabia do francês era por meio do meu irmão, por exemplo, que Jean-Paul não era francês, mas belga, não era Jean-Paul Milan mas Henk Piccaver, e Butcher teve muito prazer em dizer para nós que o SR. PICAVERA estava na Nova Zelândia ou que o BRONHA BELGA usava sapatos para aumentar a estatura. Porém o nosso benfeitor tinha nos salvado muitas vezes e quando o Butcher foi preso porque roubou as próprias pinturas da mulher foi Jean-Paul quem agiu de BOM SAMARITANO se bem que tinha muito medo de mim porque achava que eu era do TIPO VIOLENTO. Quando meu irmão FOI LEVADO para a cadeia, foi Jean-Paul quem me deu um quarto na Casa de Repouso Edgecliff que era dele. E, PARTINDO NO OUTRO DIA, DISSE-LHE: CUIDA DELE; E TUDO O QUE DE MAIS GASTARES EU TO PAGAREI QUANDO VOLTAR.* Não é um texto que meu irmão vá nunca pendurar na parede.

No asilo fiquei amigo de Jackson o cara da noite um sujeito muito interessante que GOSTAVA DE POMBOS que mostrou para mim os cronômetros de corrida patenteados. Melhor ser Slow Bones que um pássaro.

O Butcher revelou a bondade de Jean-Paul para Marlene? Claro que não. Disse que o relógio Cartier do seu patrocinador custou 40 mil dólares. Isso serviu de desculpa para ele atacar o DESENVOLVIMENTO PROMISSOR com serras, martelos e grampeadores e ele não parou para pensar que estava danificando um piso de dança de uma qualidade que nossos pais nunca haviam sentido debaixo dos pés. Só na morte encontraram mais paz do que juntos no FOXTROTE. Você ia chorar de ver a delicadeza com que meu pai segurava com a mão inchada cor de fígado as costinhas delicadas de minha mãe.

---

*Lucas 10:35. (*N. do T.*)

Com o fim da chuva o tempo ficou de novo quente e úmido e como não era capaz de esperar nem um dia sem pensar em si mesmo o Butcher começou a FAZER ARTE. Melhor ele estar ativo acho mas ficou tudo tórrido e ele logo estava alvoroçado não só com as MOSCAS COMUNS que vinham cheirar a cueca dele mas também com a sujeira que entrava pela janela. Ah, Hugh, se importa se eu fechar a janela? Que piada. Ele bateu a janela e quando eu abri uma vez à noite ele pregou a janela para sempre. Olhe, um sanduíche de galinha para você. Ah muito obrigado. FTHAAA! Ele logo tinha duas pinturas imensas EM ANDAMENTO uma no andar de cima e uma embaixo que mal deixava espaço para ele dormir. Vendo ele trabalhar se podia apreciar o melhor lado do TALENTO dele como o Solteirão Alemão foi o primeiro a entender. Claro que o estrangeiro depois foi deixado de lado, abandonado em West Footscray ensinando ARTES GRÁFICAS PARA PUBLICIDADE na Escola Técnica.

Em Sydney, o Butcher usou o resto de dinheiro que tinha para comprar tinta nova e deve ter conseguido uma pechincha. Aqueles tubos eram tão velhos que tinha de tirar a tampa com alicate. Eu apertava o nariz. Claro que as bactérias deviam estar se banqueteando à beça na tinta, benzadeus, já tínhamos tido esse problema antes. Os vermelhos agora todos tinham parentesco com a família FOSSA SÉPTICA, os azuis tinham cheiro de pêssego podre. Logo o Desenvolvimento Promissor estava muito FEDIDO, quente e podre, a química do CHEIRO DE CORPO colaborando.

Então eu tinha de andar — sem ter aonde ir — não ainda — mas enquanto limpava a minha cadeira lembrei-me daquele lindo apartamento branco pertencente a Marlene Leibovitz. O cheiro de ARROMBAMENTO logo ia desaparecer e eu imaginei que ninguém ia tentar aquele truque outra vez, não se os Irmãos Bones estivessem de guarda. Claro que ainda não tinha sido convidado.

E daí?

Daí que eu tinha visto muito AMORZINHO e Marlene tinha sido muito DIPLOMÁTICA com os cheiros da Bathurst Street, não uma mas três vezes, de forma que eu pensei que ia aprender a chegar até Elizabeth Bay.

Eu nunca fui bom com mapas o que é bom porque senão eu teria saído de Sydney muitas vezes e se eu não tivesse necessidades ESPECIAIS estaria na estrada para Melbourne onde o cachorro CAGAVA na caixa de comida a 13 quilômetros de Gundagai.* Não é isso que a FAMOSA MÚSICA AUSTRALIANA diz ela fala é que o cachorro SENTAVA na caixa de comida. Que idiotas. Não podiam fazer uma música sobre sentar. Deviam saber disso. O Butcher uma vez passou de carro comigo na frente da estátua mesmo do cachorro mas é tudo baseado no que chamam de INFORMAÇÃO ERRADA e o cachorro então está sentado na caixa obra de uma MEDIOCRIDADE OU MENOS QUE ISSO meu irmão falou acelerando o carro.

Se pessoas do GRANDE PÚBLICO têm um mapa eles conseguem ir direto ao seu destino. No meu caso é diferente eu tenho de circular muito e dar a volta no quarteirão para ter certeza de que consigo voltar de onde eu cheguei, e faço isso quando estou no meio do caminho ou a um quarto do caminho ou só a um quarteirão de casa. Então o que pode levar para o GRANDE PÚBLICO vinte minutos de caminhada seguindo um mapa pode levar para o Hugh até três horas mas depois de aprendido nunca mais é esquecido, fica gravado no meu cérebro, calado fundo, igual metal vermelho derretido esfriando num canal profundo. Meu cérebro então fica LACRADO como se diz. Para encontrar Elizabeth

---

*O cachorro na caixa de comida é um monumento histórico australiano inaugurado em 1926, em Snake Gully, a oito quilômetros de Gundagai, Nova Gales do Sul. (*N. do T.*)

Bay eu tenho de proceder primeiro por tentativa e erro. Leva muito tempo, não dá para negar as confusões, sustos, alarmes, o sangue rugindo no meu ouvido, a eletricidade detonando nos meus membros quando eu volto pelo caminho de onde vim. Não é tão ruim quanto parece. O HOMEM NA RUA vai achar que estou correndo para pegar o trem ou para uma consulta no dentista. Em alguns inocentes eu bato por acaso mas muito poucos. Depois de chegar ao topo de William Street segui uns MALAS sem bunda nas calças, de pele vermelha nos cotovelos. Esses eram idênticos aos DROGADOS de Bellingen então eu sabia que deviam estar indo para Kings Cross. Eu devia ter virado na Bathurst Street mas os viciados eram uma bênção, andavam muito rápido e fiquei com eles até depois da delegacia de polícia de Kings Cross e aí vi a placa da Elizabeth Bay Street.

Em frente, como diria meu pai, em frente capitão Cretinio. Anotei onde eu estava e segui adiante. Não diga que o esforço não compensa.

No fim da Elizabeth Bay Street, depois da loja do GREGO MAL-HUMORADO e da loja de bebidas METIDA A BESTA, tem um grande parque gramado com ÁRVORES DOS PAÍSES DE NOSSOS EX-INIMIGOS e no minuto em que eu cheguei lá armei minha cadeira e foi igual estar em casa, com o apartamento de Marlene a menos de três minutos e eu sabia como voltar para a Bathurst Street e meus braços estavam moles feito massinha de modelar.

Era um lugar muito gostoso de ficar com muito pouco trânsito a não ser de táxis e com grandes figueiras de Moreton Bay às vezes cheias de uns MORCEGOS velhos imundos dos mesmos que voavam para oeste por cima do rio Bellinger hora após hora durante todo o entardecer e a noite mais escura esquadrões deles como se a caminho de uma guerra que tem regras que a gente não tem como conhecer. Nenhum morcego essa manhã em particular. Tirei a camisa para sentir o sol. Muito calmo, nada alarmante para se notar além do portão automático dos ricos abrindo e fechando sem as DEVIDAS RAZÕES como dizem. SOMOS TODOS OBSERVADOS — era a loucura em que meu irmão acreditava — ele não conseguia viver sem ser observado, a cabeça brilhando um convite à admiração. Eu estava de olhos fechados mas logo ouvi o ruído conhecido da BOMBA DE ÁGUA DA HOLDEN que acabou sendo um carro de polícia que veio me dizer que eu não podia sentar ali. Tenho certeza de que eles não tinham o direito de me remover mas eles não devem ter entendido a minha cueca e eu nunca me esqueci do Butcher sendo LEVADO PRESO para a cela. Vesti a camisa de novo e dobrei minha cadeira e quando terminei Marlene Leibovitz chegou num táxi amarelo.

Hugh, ela gritou, ah Hugh querido. A polícia ficou impotente diante dela. FTHAAA. Ela me levou por aquela escada acima e eu resolvi que não ia sair do apartamento dela então porque estava muito sossegado, limpo e quando você abria a janela dava para ouvir o cordame dos iates batendo nos mastros e ver a água da baía Rushcutters dançando no teto branco, uma piscina de ar. Coitada da mãe nunca imaginou isso quando sonhava com Deus Todo-Poderoso nunca pensou que podia existir tanto iate e tempo para navegar neles e esse som ela nunca ouviu, eu sei, brisa, leve, suave sopapo de aço inox na tarde eterna.

Gostaria de morar aqui, Hugh?

Eu disse que sim.

Ela disse que ia buscar o Butcher também. Eu queria que ela gostasse só de mim, segurasse minha cara com as mãos leves e secas a 13 quilômetros de Gundagai.

Perguntei a ela sobre os loucos que tinham morado ali antes. Ela disse que tinha tido só um mas que tinha ido embora.

Ela jogou alguma coisa pela janela. Eu ouvi cair lá embaixo pelo meio das árvores mas eu estava com a minha cadeira e o vento e a luz se mexendo feito uma teia de 20-amp acima da minha cabeça. Era a primeira vez que eu gostava de Sydney desde que o pobre dedo do Billy quebrou a nossa vida, me desculpe.

# 23

Olivier Leibovitz vivia fora do nosso quadro, esticado e grampeado na beira da vida, e mesmo dessa posição fora de centro ele iria sempre exercer sua influência, franzindo a testa da esposa por controle remoto, retorcendo a minha quando, para dar um exemplo, eu abri o guarda-roupa de Marlene — *meu* guarda-roupa me disseram — e encontrei os ternos e camisas dele — todos de brancos diferentes como pó de fada. Eu teria jogado tudo fora, mas tomei o rumo mais cauteloso.

O quarto era uma cabine com espaço para nada além do item único essencial. Janelas de aço de 31 anos se abriam para um jardim do sexto andar de pedras de rio brancas e toldo de bambu lascado. O quarto era minúsculo, mas uma parede era dominada pelo céu e, embora as pedras produzissem uma reverberação cegante durante o dia, ao luar nos víamos cara a cara dentro de uma concha de abalone, sombras amarrotadas como Ingres, uma gama de brancos lavados em rosa e verde perolados.

Hugh não tinha começado a dormir no telhado. Então o ator quase-famoso do andar de baixo ainda não tinha reclamado do crepitar do cascalho acima de sua cabeça, e nós não só éramos poupados das intromissões de Hugh como dos telefonemas de reclamação do vizinho. Pudemos, durante três benditas semanas, deixar todas as janelas abertas e ficar deitados ao luar e, finalmente, fazer amor sem pressa. Os olhos dela. Eram o que se chama de azul-bebê, que é a cor exata dos olhos de um bebê antes da chegada da melanina e ali estava um prazer maior ainda do que sua pele jovem esticada, uma visão clara de sua alma nua — um tipo profundo de transparência sem uma única mancha, falha ou pinta. O tempo continuava quente e ficávamos deitados nos lençóis com o cordame dos iates tocando carrilhões durante nosso sono e meio sono. Não havia nada na sala além de nós, nenhum passado, nenhum guarda-roupa, nada de ninguém exceto as impressões digitais de vidraceiros amadores conservadas na encaroçada massa das vidraças enferrujadas com a lava de Pompéia.

Estávamos sozinhos, até não estar mais.

Acordei de repente uma noite de domingo e lá estava, alguma coisa, olhando para mim. Eu não estava bêbado, mas dormindo muito profundamente, e aí, meu Deus, ali estava, ao pé da cama, como vou dizer, uma criatura vestida com um manto perolado. De repente, era um homem, alto, bonito como um astro de cinema, olhos de pálpebras pesadas e lábios de um violeta tão azul que devia na verdade ser vermelho brilhante. O que eu havia pensado que era um manto então se transformou num paletó ou camisa coberto com plástico de lavanderia e essa membrana captava e retinha o luar como um coisa letal flutuando num aquário.

— Olivier?

Quem mais poderia ter a chave? Ele deu um espirro, um ruído curto como de uma cortina rasgando, houve um lampejo amarrotado de luz e um momento depois a porta da frente bateu e ouvi a sola dos sapatos de couro dele descendo a escada estranhamente sem pressa.

Dez anos antes eu teria armado uma puta cena e mesmo agora minha tendência era acordar a esposa dele, mas o que adianta envelhecer se você não fica esperto e, depois de uma dose de Lagavulin, meus nervos acalmaram e minha indignação abrandou. Acordei com o incidente fresco na cabeça, mas aí Hugh queimou as meias tentando secá-las na torradeira e vi que Olivier Leibovitz era um assunto grande demais para aquela cozinha. Peguei minha garrafa térmica e meu sanduíche, dizendo que ia trocar a fechadura essa noite, quando voltasse.

Marlene estava limpando a torradeira avariada, mas parou, me imobilizou com aqueles olhos transparentes, esfregou o nariz com as costas do pulso e balançou a cabeça.

— Certo — disse ela.

Nós dois achamos que entendíamos o que o outro queria dizer.

Na verdade, essa noite, na cama, ela começou a me contar como havia conhecido Olivier Leibovitz em Nova York, ela com a cabecinha adorável deitada no meu peito e alisando minha cabeça. O cadeado produziu a história, isso era claro para mim.

Quando ela conheceu Olivier Leibovitz na Third Avenue fazia apenas quatro anos que tinha deixado Benalla, quer dizer, tinha apenas 21 anos de idade e nunca havia provado champanhe francesa, não fazia a mínima idéia de quem era Olivier, nem nunca tinha ouvido falar de seu pai, nem de Miró, Picasso, Braque, nem mesmo de Gertrude Stein que contam ter dito do recémnascido Olivier: "Não gosto de bebês, mas desse eu gosto."

Todas as provas disponíveis na McCain Publicidade — desde o tamanho do escritório dele até a sua introdução na lista de distribuição dos relatórios de conferência — deixavam claro que Olivier Leibovitz não era ninguém importante. Ele cuidava de um grupo sem dúvida secundário de anunciantes do Distrito das Roupas e tinha só um cliente de verdade, uma empresa de família baseada em Austin, Texas, cujos executivos, sr. Tom, sr. Gavin e sr. Royce, demonstravam tanto um respeito escravo pelos feios pacotes cor-de-rosa de adesivo dental do avô deles como uma medrosa fascinação por Olivier, o judeu internacional deles. Mas, como eu disse, Marlene tinha apenas 21 anos e era de Benalla. Nunca havia conhecido um judeu antes. Tudo o que sabia é que ele era muito bonito, mantinha um cavalo nos estábulos Claremont na West Eighty-ninth Street e cavalgava na pista do Central Park toda manhã. Então em torno dele havia sempre aquele perfume adorável, por baixo do talco, o cheiro de cavalo, que na cabeça dela era aristocrático, palavra que ela podia aplicar também a Cary Grant, impressão fortalecida não só pela graça física de Olivier, mas por seu claro distanciamento da desesperada ambição generalizada que então marcava a McCain Publicidade e provavelmente ainda marca agora que a empresa virou McCain, Dorfman, Lilly. Mas Marlene, claro, era australiana, e a recusa de Olivier em forçar mais do que era absolutamente necessário nunca pareceu preguiça, ao contrário, algo do tipo muito, muito aceitável de arrogância.

Ela própria não era absolutamente ninguém, uma assistente de uma assistente, datilógrafa com uma IBM Selectric vermelhão, todas as suas fontes contidas numa bola dançarina que girava e cortava aquelas páginas com o cabeçalho RELATÓRIO DE CONFERÊNCIA. Usava blusas Bill Blas e sapatos Paco Rabanne com saltos venha-me-foder, mas morava num apartamentinho abafado sem elevador nos limites assustadores da West Fifteenth Street, banheira na cozinha, número 351, a quatro casas apenas da Ninth Avenue, e ficava à noite no escritório porque era mais fresco e ninguém urinava na escada, nem em nenhum lugar que não o esperado. Olivier Leibovitz sempre trabalhava até tarde e uma vez, quando foi roubar canetas Pontafina do departamento de arte da McCain, ela o encontrou operando uma Lazy Lucy, uma daquelas imensas máquinas de traçar operadas por rodas e roldanas que ampliavam e reduziam imagens na era pré-computador.

Só depois ocorreu a ela que ele era um executivo de contas e, portanto, assim como ela, também não tinha de estar no departamento de arte. Na época, ela registrou o embaraço dele como intrigante.

— Não sabia que eu desenhava? — Ele levantou uma sobrancelha e sorriu. Tinha um sotaque encantador, não francês, mas também não americano.

Ela deu um passo para ele, mas só para esconder a caixa de sessenta Pontafinas pretas atrás das costas. Não vou contar nada, ela sorriu de volta.

— Venha aqui, olhe. Vou te mostrar.

Ele saiu de lado para ela poder subir na plataforma baixa e então os dois enfiaram a cabeça pela cortina da tampa, como um casal que faz caretas para uma máquina fotográfica automática na estação Penn. O que ela esperava ver?

— Dentaduras — ela me disse. — Adesivo para dentaduras.

Havia uma folha de papel vegetal iluminada e — aspirando aquele aroma muito embriagador de talco e homem — Cary Grant com certeza devia ter esse cheiro — ela viu projetada no papel a coisa mais inesperada. Era, de fato, uma imagem do *Chaplin mécanique*, da coleção do Musée Leibovitz, em Praga. Isso tudo ela descobriria depois. Naquele momento, Olivier, como um artístico treinador de tênis, inclinou-se cuidadosamente por cima dela a fim de alisar uma dobra da superfície do papel. Era agosto de 1974, e Marlene Cook nunca tinha visto nada nem vagamente semelhante às latas despencadas, às reverberantes pirâmides peroladas, ao bigode assustadoramente encantador do menino que sorria na moldura. Era um anjo ou um demônio, quem podia saber ou dizer?

— Não é nada — disse ele. — Estou só retocando a foto.

— É arte moderna?

Ele olhou rapidamente para ela, com um tipo de atenção especial.

Ela franziu a testa, sentiu-se tola, mas certamente não só isso, algo teimosa e excitada também. Porque aquilo muito claramente não era porra nenhuma de nada. Ela depois descobriria que tinha o olho, mas naquele momento mesmo algo lhe disse que aquilo era uma coisa imensa. Claro que ela não sabia dizer o que era e sua confusão, seu embaraço pela própria ignorância se misturavam ao cheiro dele e à sensação daquele braço roçando nela enquanto ele girava lentamente a roda da máquina.

— Você tem mesmo um cavalo?

Ele virou para ela, a pálida paleta do *Chaplin mécanique* lavando seu rosto, refletida em seus olhos.

— Tenho mesmo.

— Ah.

— E você anda a cavalo?

— Não muito bem, acho.

Fora da cortina de veludo preto ele a avaliou com muita franqueza e segurança e ela pensou: nós, australianos, somos uma merda mesmo. Não sabemos nada. Somos tão feios, porra. Quase tudo nele era perfeitamente proporcionado e as coisas que não eram, como as pálpebras pesadas e os lábios ligeiramente grossos, eram o que davam a seu rosto uma extraordinária distinção, o deixavam ao mesmo tempo surpreendente e familiar, algo a que se queria voltar sempre e sempre.

— Já jantou?

— Não, não de verdade.

— Podemos ir ao Sardi's. Gosta do Sardi's?

— O Sardi's?

— O Sardi's — ele disse, voltando divertido para sua máquina.

Ela empurrou as Pontafinas como se simplesmente estivesse abrindo espaço para sentar em cima do arquivo. Depois de alguns minutos, ele desligou a máquina, pegou um slide muito pequeno e bem arranhado e, levantando-o contra a luz, mostrou para ela que havia reforçado o seu coraçãozinho, de forma que agora podia enrolar uma parte dele — o menino maníaco risonho — em volta de uma caneca de café.

— E então? — ela perguntou. Era o leve cheiro de cavalo que o fazia parecer tão familiar.

— Eu levo até o meu russinho da Thirty-first Street e ele produz 120 mil destes a 23 centavos cada.

— Por quê?

Era um sorriso enternecedor, tenso e virado para baixo nos cantos, de repente, inesperadamente tímido.

— Digamos, não para a minha esposa.

— Ah — disse ela —, achei que era divorciado.

Ele pôs um dedo longo nos lábios.

— Exatamente. Isso é dinheiro do meu cavalo. É segredo.

Passaram-se anos antes que ela entendesse que ele sempre comia no One Fifth e que não teria levado nenhuma outra pessoa ao Sardi's, que ele considerava uma piada. O convite tinha sido, se não exatamente cético, então muito bem avaliado, pois ele a impressionou muito, mas preguiçoso, doce, até tímido, e se ela não tivesse tanta vergonha da velha banheira no meio da cozinha ele teria sido bem-vindo em sua casa essa mesma noite. E ela não era rápida. Mas não conseguia despregar os olhos dele, o andar curvado, os olhos pesados, a sensação de que tudo na vida era uma piada tortuosa e complicada.

Logo depois, ele partiu de férias para Marrocos e na súbita e inesperada ausência ela teve muito tempo para descobrir que Jacques Leibovitz era pai dele e outras coisas mais. A McCain Publicidade ficava na Third Avenue com a Forty-second Street e era uma caminhada fácil ao fim daqueles dias fétidos de agosto. Ela não era estudante, qualquer um em Benalla podia dizer isso. Era uma aluna relapsa, e se não isso então uma encrenqueira, mas a bicha velha que era bibliotecária, com caspa no paletó, não sabia disso e a encaminhou para a monografia de Milton Hesse, para o *Stein*, de Gilbert, o *Picassos's Circle* de Phillip Tompkinson e ao personagem Levine, o bode, de um romance de Simenon.

Pouco antes do dia de Ação de Graças eles saíram, sim, duas ou até três vezes ela se lembrava, embora sempre acontecesse na última hora, ou pelo menos sem nenhum planejamento aparente, de forma que essas saídas consistiam em muita caminhada de um restaurante onde não tinham feito reserva para outro onde a cozinha estava quase fechando e o conjunto dos saltos oscilantes dela e das calçadas esburacadas do prefeito Abe Beame tornava as noites perigosas ou irritantes, ou ambas as coisas. Ela, por fim, aceitou que ele a deixasse na porta de seu apartamento de verdade e em duas ocasiões se despediram no banco de trás de um táxi enquanto a putaria da vida na West Fifteenth Street prosseguia em carros e portas à volta deles. Ela não fazia idéia de que estava vivendo com fantasmas de pintores, que Marsden Hartley tinha vivido de aluguel no mesmo endereço, que Ernest Roth tinha um quartinho dos fundos virando a esquina na West

14th Street 232, o famoso cortiço das artes. Eu não fazia questão de saber essa merda toda de Marsden, nem de Roth, sem dúvida não do filho de Jacques Leibovitz enfiando a língua na garganta dela e a mão debaixo de sua saia. Sorri e balancei a cabeça. Foda-se ele. Fico enjoado ao pensar nisso, agora ainda mais que antes.

# 24

O Butcher comprou uma piscininha e depois construiu uma barra de metal e quando isso foi preso no chão a gente podia arrastar a tela como uma rês relutante por uma poça de tinta. Um de cada lado, nós dois irmãos a gente pegava a tela pelas orelhas e passava ela pela PRIVADA, do outro lado da barra, depois esticava no chão para o Butcher poder discutir com ela com uma colher de pedreiro. Ele agora só falava do Japão e o hálito dele parecia um CORMORÃO morto fedendo a peixe cru e de repente era DOMO ARIGATO e CONVERSA FIADA se bem que ele fosse muito RUIM DE OUVIDO e tivesse levado bomba no francês intermediário e não conseguisse aprender a língua do Solteirão Alemão a não ser a palavra BOW-HOUSE que era onde o alemão tinha estudado antes de ser forçado a ir para Brejo Bacchus com o rabo entre as pernas.

Meu irmão ia ter coragem para sair da Austrália? Eu achava que não.

Eu não falava nem uma sílaba de japonês e ninguém sugeriu que eu aprendesse. Isso queria dizer uma coisa ou queria dizer outra. Aonde a Marlene e o Butcher fossem eu ia atrás. Para onde se virassem COMO DIZ A BÍBLIA lá estava eu, de ouvido atento. No Go-Go Sushi da Kellett Street Jean-Paul foi em princípio para negociar os termos do empréstimo do quadro do Butcher para a exposição em Tóquio. O Butcher comprou champanhe Krug mas aí John-Paul recusou a ISCA DE DUZENTOS DÓLARES então o Butcher pediu SASHIMI DELUXE 15 dólares e eles logo concordaram que Jean-Paul ia emprestar a pintura para Tóquio e que o catálogo ia ser impresso com a mesma qualidade da recente exposição de Barnett Newman e que Jean-Paul ia poder ver as provas com fins de CONSULTA APENAS isto é, ele não ia ter o direito de SE FAZER DE CHATO e que a pintura seria atribuída à Coleção de Jean-Paul Milan com o endereço e o telefone dele para uso dos apostadores japoneses. Nem uma vez o Butcher falou de realmente sair do país.

Jean-Paul começou a querer ADIVINHAR o quanto a exposição ia custar e por quanto os quadros poderiam ser vendidos. Claro que ele estava tentando conseguir uma FATIA DO BOLO e sugeriu que podia ajudar com as duas passagens. Passagens para quem ele não disse. Eu fiquei quieto e mudo feito uma pedra. Meu irmão virou para mim de repente, perguntando bem alto se eu gostava de peixe cru porque era isso que todo mundo comia em Tóquio.

Eu perguntei se eu ia para o Japão.

Como resposta ele me forçou a comer um ouriço-do-mar, era muito escorregadio, mais nojento que vômito de tubarão e eu tive um engulho. Olhei para a Marlene e ela estava uma BETERRABA e de repente eu vi que ia ser abandonado em Sydney e ela ia poder FODER ATÉ CAIR como diz o ditado.

No Brejo uma vez morou Muldoon e também Barry, um inglês que usava uma peruca que era sempre notado no Hotel

Royal. Muldoon era campeão de pula-corda em Victoria antes do acidente de moto dele que foi por causa disso que ele fez SOCIEDADE com o Barry. Nunca ficou muito claro onde eles dormiam, mas logo eles abriram duas lojas, uma na Geelong Street, a outra no Hotel Royal e toda manhã eles se encontravam e tinham uma conversinha no correio. Todo mundo sabia que isso era SÓ EXIBIÇÃO e os caras diziam para eles Por que vocês não pegam o telefone se querem conversar? Mas era uma piada porque os dois eram VEADOS. Aí o Barry resolveu abrir uma terceira loja em Geelong e o Muldoon se enforcou em público, de uma varanda do correio onde eles costumavam se encontrar.

A questão é que as pessoas sempre SE DEIXAM LEVAR pelos seus planos então eu perguntei onde eu ia sentar no avião. E aí a conversa pegou fogo igual FOGOS DE ARTIFÍCIO explodindo e pedaços de papel vermelho chinês voando no ar e Jean-Paul lembrando de barracões de tosquia sem NENHUMA RAZÃO e aí a gente estava discutindo Armidale e depois o rio Stige e as cobras marrons que existiam para todo lado e o METIDO A BACANA estava dizendo para o Butcher: se você for picado por uma marrom, não se dê ao trabalho de cansar seu cavalo. Escreva logo o que você quer que façam com suas coisas ha-ha.

Ha-ha. Foda-se.

Fiquei chocado de saber que os filhos-da-puta desalmados iam me abandonar de forma que eu não mais DAR A HONRA da minha presença e levei minha cadeira para a Kellett Street para olhar os jogadores entrarem e saírem do bordel do outro lado da rua. Meus pretensos amigos não FIZERAM NENHUM COMENTÁRIO a meu respeito mas logo relaxaram e eu podia ouvir todos conspirando como LADRÕES DE PUDIM afiando as facas numa pedra de amolar.

Além disso, para sua informação os japoneses mataram muitos dos nossos rapazes. Buddy Guilline foi torturado pelos japoneses, também o Mariposa Branca — se tinha uma luz acesa lá estava ele. O Mariposa Branca foi decapitado em Penang. Por que eu havia de querer ir puxar o saco dos japoneses se eu podia ficar em casa enchendo lingüiça, que era uma coisa que eles sempre gostaram que eu fizesse, até o nosso pai comprar um enchedor hidráulico. Eu era também requisitado para trabalhos desagradáveis como cozinhar tripa. Bata o estômago branco com uma vareta, bom menino, Hugh, BELEZA PURA, mas ninguém confiava em mim com a faca. Davam a talhadeira para meu irmão. E ele, em troca, esquecia dos nossos rapazes e baixava a cabeça para a princesa real do Japão. FTHAAA benzadeus. Sorte dele o pai ter morrido.

De noite, meu irmão agora deitava do lado da Marlene e eu ouvia os dois agitando o colchão e quando eles terminavam com aquilo eles conversavam, muito muito e eu não tenho ciúmes do PAPO claro que não. No terraço era gostoso e eu ficava quieto feito um corvo velho no cascalho o traseiro no ar CABEÇA PARA BAIXO E BUNDA NO VENTO como sempre dizia meu pai. Às vezes depois eu anotava alguns comentários que eu ouvia por acaso, ou só uma palavra sozinha como uma pedra no seu sapato ou uma faca apertada entre os vincos das costas. Jogar pedrinhas, vértebras, joelhos de porco, por diversão, voando no ar, pegados nas costas da mão.

# 25

Se você vem do Benalla Coffee Palace nunca vai pensar, nem nos seus sonhos mais desgraçados, que ali se possa conversar com alguém que escreveu um livro, então, quando, na Biblioteca Pública de Nova York, Marlene leu a monografia do jovem Milton Hesse sobre Leibovitz, ela naturalmente demorou para entender que esse autor morava na mesma rua que ela. Foi o bibliotecário gay amigo dela que mostrou um anúncio no *Village Voice* — AULAS DE DESENHO DE UM MESTRE AMERICANO. MILTON HESSE. O endereço era na Allen Street.

— É ele?

— É, sim.

O trem F fica a minutos da Sala de Leitura. A Delancey Street fica sete paradas ao sul. Marlene encontrou Milton Hesse na frente da Bowery, encarregado de vinte janelas imundas acima de uma fábrica de camisas. Ali ele estava no processo de se transformar naquela criatura que nós todos muito tememos — um velho pintor amargo cujos amigos são famosos, cujas próprias paredes estão cobertas com telas de seis metros que ninguém quer comprar.

Milt tinha poucos anos menos que 60, um touro moreno e baixo com olhos quase pretos e uma testa amassada de franzida.

— Tem um portfólio? — perguntou à visitante. Estava com um escorredor gotejante cheio de lentilhas na mão grande e coberta de giz.

— Sou da Austrália — ela respondeu.

Ele deixou as lentilhas empoçando água numa mesa, arrastou um cavalete lascado e instalou a visitante com alguns cubos e esferas no peitoril da janela. Deu-lhe um lápis e ficou olhando. Quem sabe o que estava pensando? Mesmo naquela idade, mesmo naquela situação derrotada, Milt dizia qualquer coisa por uma boceta.

— Beleza, você não desenha porcaria nenhuma. — Ele riu, perplexo, no fundo do peito.

— Eu sei.

— Ah, você *sabe*. — Ele levantou as sobrancelhas grossas e arregalou os olhos.

— Desculpe.

— Não posso lhe dar talento, boneca.

— Quero saber sobre Jacques Leibovitz. É pessoal — disse ela.

Isso o deteve.

— Ah! — disse ele.

Ela ficou vermelha.

— Não me diga que é por causa do inútil do filho? — Uma vez mais, ele ficou deliciado. Fora de si. — É o *playboy*?

— Eu pago — disse ela, muito vermelha. Devia ser lindinha pra caralho, senão ele a teria chutado para fora.

— Em que faculdade você estuda?

— Sou secretária.

— Bom, é o mesmo que nada!

— Não sei.

— Pode pagar dez dólares por hora?

A resposta era não, mas ela disse sim.

— Por que não? — ele riu. — Por que não?! Deus te abençoe! — ele gritou e tentou beijá-la no rosto.

Claro que não era assim que ele falava com seus colegas pintores, parasitas de meio período e marchands com quem encontrava nas casas de leilão — na época cada um deles tinha vendido tudo, na época só ele não havia se rebaixado, e ainda dizia a eles, depois de todos esses anos, como pintar — se você queria *ver* tinha de se transformar em *madeira* e se ia continuar *carne* nunca conseguiria ver nada, insistentemente, como se ele ainda pudesse se elevar, subir para o panteão afundando os outros na lama.

Porém mesmo aqueles que o evitavam admitiam que sua paixão por Jacques Leibovitz era um artigo genuíno, e embora — na cabeça de Milt ao menos — todos os outros pintores do mundo ainda fossem seus concorrentes, ele continuava um acólito de Jacques Leibovitz. No banheiro de seu estúdio, tinha uma carta do mestre desavergonhadamente emoldurada: *vous présentez un peintre remarquable. Milton Hesse est un américain, jeune, que possède une originalité extraordinaire.*

Dois anos depois, ao visitá-lo com Marlene, fui convidado a ir ao toalete, primeiro gentilmente e por fim, quando eu de teimosia me recusei a entender o que queriam de mim, com orientações muito específicas para ler a porra da carta na porra da parede.

E é claro que francês não é uma língua falada no Brejo e então Milton teve ainda o prazer de me fazer tirar a carta da parede e levar até ele para que pudesse, frase por frase, recitá-la para mim em francês e em inglês. Ele adorava Jacques Leibovitz como se ainda tivesse 26 anos, em Paris à custa do auxílio do governo para veteranos da Segunda Guerra, aos pés do grande homem.

Quando uma mulher diz que um homem é "amigo" dela, você sabe que a descrição vai acabar se revelando muito pior. Então eu não gostei de Milt quando fiquei sabendo dele.

Ao me apresentar, finalmente, Marlene disse:

— Este é Michael Boone, ele é um grande pintor.

Milt olhou para mim como se eu fosse a barata de estimação dela. Com 62 ou não eu podia ter lhe dado uma porrada entre os ombros com o bastão da liga de hóquei dele. Mas fico parado ali imaginando o sapinho tesudo e não porque ele sem dúvida comeu a minha querida de lado no forro do chão, mas porque ele mudou a vida dela.

Duas vezes por semana, ele e a secretária iam ao Met, ao Modern, subiam e desciam a avenida Madison, e ele nunca mais perguntou por que ela queria aprender o que ele estava ensinando para ela. Interessante — o silêncio dele nessa questão. Será que ele temia ser uma puta trabalhando para uma puta? Havia tanta neblina nos picos da moral. Ele nunca conseguiu enxergar exatamente quem ela era ou o que ele fez acontecer.

Ele disse que ela não devia se preocupar com a própria ignorância. Você devia, boneca, valorizar isso. Ele lhe ensinou que o único segredo na arte é que não existe segredo. Ela também não devia imaginar que havia uma estratégia secreta. Esqueça isso. Artistas de verdade não têm estratégia. Quando você olha uma pintura nunca olhe para saber quem fez a pintura. Mantenha a cabeça aberta. Boa arte não se explica sozinha. Cézanne não conseguia se explicar, nem Picasso. Kandinski conseguia explicar tudo CQD. Olhar quadros, ele dizia, é como uma luta de campeonato. Você tem de comer bem e dormir bem antes de começar. Ele citava Joyce, Pound, Beckett, e comprou o *ABC da leitura* para a protegida dele. Citava Rimbaud, Emily Dickinson: "Quando eu sinto que a tampa da minha cabeça vai saltar fora, sei que aquilo é poesia — tem outro jeito?"

Foi seu destino ser marchand de meio período. Ele odiava marchands e seus clientes ainda mais do que odiava Marcel Duchamp. ("Ele jogava xadrez porque não existia televisão. Se existisse televisão, ele ficaria assistindo o dia inteiro.") Ninguém mente e engana como um marchand de arte, dizia. Ninguém tem mais medo de ser enganado do que um cliente rico.

Às vezes, ele cobrava apenas cinco dólares. Às vezes, nada. Isso é tudo o que precisamos saber. O MoMA tinha quatro quadros de Leibovitz, só três deles já mostrados. O quarto, era crença geral, havia sido "acertado" por Dominique, e isso era, na opinião de Marlene, uma grande sorte. Milton havia passado a vida bajulando curadores e membros da diretoria e da administração, e, embora não tivesse nada mais que uma litografia aceita pelo MoMA, conseguiu levar Marlene ao andar de baixo onde puderam olhar de perto a tela manipulada, e foi através dessa única obra, de não mais de 15,5 cm por 17,5 cm, posteriormente destruída, que ela se tornou tão familiarizada com a pincelada suja de Dominique, tão diferente do sólido agrupamento de traços paralelos de Leibovitz. Claro que isso não ficou claro de início, mas no final ela se perguntou como podia ter deixado de perceber a maneira como o pai de Olivier havia construído tão cuidadosamente uma idéia de massa visual com cada grupo de pinceladas.

Claro que estou apenas repetindo o que ela me contou. Eu não estava lá para conferir os fatos. Estava em Sydney, em East Ryde, com um filho de joelho machucado e maçãs apodrecendo na grama de verão e — também — não interessa porque ninguém fez nada apenas que, por acaso — digamos — a *dropout* da Escola Secundária Benalla se viu entre as órbitas dos dois homens, um bonito e estragado, o outro um monstro egoísta e, dentro da confusão de seus campos gravitacionais, de alguma forma ela conseguiu sair por cima e de lado, então, embora tenha continuado a ser assistente de um assistente, e continuado a viver a três casas da esquina com a Ninth Avenue, ela silenciosa, triunfantemente, entrou num oceano inexplorado e ficou completamente pasma, como Cortez, ou como o próprio Keats, ao ver o que as condições de nascimento e geografia haviam escondido dela, isto é, a verdadeira maravilha de toda porcaria que existe, nada menos.

# 26

Tendo se transformado um dia em alemão em prol da arte, o Butcher agora queria se transformar em japonês. Fiquei assistindo com todo interesse enquanto ele removia o cano de escoamento da calha de Marlene e punha no lugar uma corrente, tudo para que a água da chuva pudesse correr ao longo dos elos CONFORME VISTO num filme considerado uma obra-prima do cinema japonês. Isso queria dizer que ele ia para Tóquio, onde ninguém sabia o nome dele? Só no dia da minha morte.

Mesmo assim, quietinho fiquei observando como tudo virava impiedosamente oriental, resultando não só em peixe cru e parasitas dentro das entranhas dele mas também em FAXES grunhindo noite adentro, papel quente caindo, enrolando, a centímetros da minha cabeça dolorida.

Até ouvir uma máquina de fax eu nunca havia entendido a expressão MOINHOS DE DEUS mas quando esse pesadelo rugia dentro da minha cabeça eu via minha mãe bordando OS MOINHOS DO SENHOR MOEM DEVAGAR, PORÉM MOEM EXTREMAMENTE FINO; PACIENTE ELE ESPERA, PORÉM COM EXATIDÃO TUDO MÓI.* Coitada da mãe, nem respirava sem pensar no fim.

---

*Though the mills of God grind slowly,/ Yet they grind exceeding small;/ Though with patience he stands waiting,/ With exactness grinds he all." (Henry Wadsworth Longfellow — 1807-82 — poeta, educador e lingüista norte-americano.) (*N. do T.*)

Depois que ela morreu o Butcher teve um grande ataque de raiva de Jesus, jogou os bordados no Darley Tip, mas a vida da nossa mãe já tinha sido absorvida no nosso sangue, um galão e um quarto de lembranças bombeados pelo nosso corpo, cuspidos nas telas de meu irmão, dá-lhe o perdão, Senhor, esse babaca na sua frente.

Butcher e Marlene estavam no quarto com a porta fechada, os olhos dela sempre acesos quando ela olhava a cara feia dele aquela CARA FROUXA. Quando perguntei ao Butcher se ela deixava ele botar atrás ele me deu um soco na orelha. EU ESTAVA SÓ PERGUNTANDO. Muitas mães com os filhos na Sydney Grammar gostam de fazer isso. A chuva de outono não deixava ouvir os dois falando, nem do jardim. As TORNEIRAS DO GRANDE ABISMO estavam quebradas, as JANELAS DO CÉU estavam abertas e escorrendo pela corrente ARTÍSTICA respingando nas paredes e inundando o ator do andar de baixo que por isso perdeu o papel de KENNY na peça *Os removedores*.

Iam me deixar? Eu não conseguia ouvir.

Uma manhã de sol, nós três passando em contravenção à lei judicial pela ponte de Gladesville, o braço da Marlene por cima do ombro dele, os dedos dela brincando com os pêlos de porco da nuca grossa dele.

Aquilo tinha a ver com o Japão, só disso eu sabia.

Nos fundos da casa de Jean-Paul a sombra era escura como terra e na sombra verde das palmeiras e primaveras havia DEUSES HINDUS com coberturas xadrez preto-e-branco em cima das vergonhas de pedra. Vespas mortas, benzadeus, na piscina. Tudo luz ondulando, nada constante.

O colecionador estava usando uma sunga para se valorizar.

Vão me deixar para trás?

Marlene explicou ao cliente que havia um tom esverdeado

na reprodução japonesa de *Eu, o pregador* e que ela estava ASSU-MINDO A RESPONSABILIDADE pela correção daquilo.

Jean-Paul começou por admirar as pernas da Marlene mas aí os olhos dele ficaram mortos feito a madeira verde da sua própria cerca dos fundos. Ele não ia assinar o NOME dele enquanto a cor não fosse corrigida.

Então eles discutiram ALELUIA. Pensei: é isso aí, acabou, graças a Deus. Fiquei olhando enquanto Jean-Paul tentava fisgar as provas da piscina e agradeci a Deus pelo humor do meu irmão.

Ai, ai, logo houve uma SEGUNDA TENTATIVA no Sushi Go-Go da Kellett Street e antes mesmo de Jean-Paul chegar eu tive uma sensação muito ruim porque meu irmão tentou mais uma vez provar que eu ia detestar o Japão, insistindo para eu comer um ouriço do mar VIVO na casca dentro duma sopa que parecia cérebro de macaco ou pior.

Fiquei sentado na frente daquela criatura vomitosa esperando ouvir minha sentença. Em vez disso vi um homem, que não pesava mais que um risco de GUANO como dizem. Era o policial vândalo que meu irmão tinha jurado dobrar e grampear no piso de madeira.

Marlene enxergou o detetive Amberstreet, baixou os olhos, sorriu e ficou vermelha.

Butcher deu um pulo e eu achei que ia matar o cara, mas em vez disso pôs a mão no ombro dele como se tivessem sido melhores amigos na escola. Meu irmão sorrindo, o detetive Amberstreet todo franzido com um sorriso igual a um lagarto na boca de um cachorro.

Então, o policial diz para o Butcher, enfiando a mochila embaixo de uma cadeira. Então, ouvi dizer que você e Marlene vão para o Japão.

Então eu fiquei sabendo o meu destino.

# 27

Depois de ter metido a mão na minha pintura e a virado pelo avesso, era de se esperar que o detetive Louva-Deus tivesse medo, mas apesar do corte de cabelo de quem estava assustado, seus olhos não demonstravam mais agitação do que poderia ser causada pela visão de algo bom de se comer. E não, não ajudou nada o idiota do meu irmão dar um soco na mão aberta. Marlene se afastou. Hugh foi com ela. Eu não fiz nem uma pausa para pensar por quê. Eu estava inteiramente ocupado com aquele pequeno vândalo de olhos amarrotados. Depois que ele sentou, formou um "X" com os *hashis* e aí pegou um para sacudir na minha cara.

— Michael — disse.

— Eu.

— Michael. — Baixou a cabeça e usou o pauzinho para formar um "V". — Michael e Marlene.

— Ah, você é inteligente.

— Isso mesmo, Michael — ele disse, usando meu primeiro nome num estilo muito caro à polícia de Nova Gales do Sul. (Agora estacione o veículo, Michael. Vamos ver, Michael. Andou tomando drogas, Michael?) — Eu tenho diploma de mestre, Michael — disse ele —, pela Universidade Griffith.

— Pensei que tivesse deixado a força policial.

Ele piscou.

— Não, meu amigo, você não vai ter essa sorte.

— Como sabe que eu vou fazer uma exposição em Tóquio?

De baixo da cadeira ele tirou uma mochila de lona barata, modelo que eu depois identificaria como popular entre visitantes solteiros mais velhos do Museu de Arte Moderna. De dentro dela retirou um exemplar recente da *Studio International*, um número ainda não disponível em Sydney.

— Esteve no exterior?

Ele piscou depressa duas vezes, mas eu sustentei o olhar e estava tão preocupado em combater o caráter dele, fosse qual fosse, que demorei para perceber o anúncio de um quarto de página que ele empurrava para mim:

"MICHAEL BOONE" eu li, afinal, "Mitsukoshi, Tóquio, 17 a 31 de agosto."

Fiquei, tenho certeza, de boca aberta.

— Parabéns, Michael.

Eu fiquei mudo.

— Você agora é internacional, meu amigo. Deve estar orgulhoso.

Bom, eu estava. Não importava quem estava dizendo aquilo ou por quê. Indescritível. Se você for americano nunca vai entender como é ser um artista no limite do mundo, ter 36 anos e se ver anunciado na *Studio International*. E, não, não é nada parecido com ser de Lubbock, Texas, ou Grand Forks, Dakota do Norte. Se você é australiano tem liberdade para dizer que essa merda de servilismo havia desaparecido em 1981, que a história não conta, e que, de qualquer forma, nós logo nos transformaríamos no centro da porra do universo, a moda do momento, a coalizão dos voluntários etc., mas vou dizer uma coisa, francamente, nada parecido com aquilo tinha sido concebível na minha vida e eu não dava a mínima para um tom esverdeado e sujo na reprodução — eu devia ligar, mas estou dizendo que estava cagando e na capa havia um Rothko da última fase. Entende, quer dizer — que distância havia entre aquilo e a vida de reproduções pregadas com fita na parede do quartinho? E Brejo Bacchus? E a vida de um celebrado pintor de Sydney?

— Tudo engradado já? — ele perguntou.

— Ah, sim.

— Mas não passou na alfândega ainda.

— Acho que já deve ter passado.

— Não, meu amigo, não ainda.

O bostinha estava sorrindo como se tivesse acabado de acertar a trifeta.

— Foi Marlene que arranjou essa exposição para você, Michael?

— Foi ela, sim.

Ele sorriu para mim e começou a folhear a *Studio International*.

— A morte de Rothko mudou tudo — leu em voz alta. — É isso que estão dizendo aqui, Michael. A morte transformou o sentido da obra dele, deu a cada encontro com sua pintura uma terrível gravidade. É assim que estão lendo a coisa, como *Confissões verdadeiras*. Eu não vejo assim, nem um pouco. Não acho que você veja também.

Ele fechou a revista e abriu um sorriso para mim.

— Estou tão contente de os japoneses estarem interessados na obra. Sinceramente.

Minha obra, pensei, não fale da minha obra.

— Quem está fazendo os engradados?

— A Transportadora de Arte Wollahra.

— Fantástico, meu amigo, não tem melhor. Olhe, estou vendo que você está de olho na minha *Studio International*.

Recebi a revista descuidado, despreparado para as três páginas amarelas datilografadas que caíram de dentro e sussurraram como armas por cima da mesa. *"Jacques Leibovitz"*, dizia a primeira página, *"Monsieur et Madame Tourenbois. Um Relatório de Estado."*

Pensei, seu babaquinha cauteloso. O que você está aprontando?

— Leia — ele estimulou. Enxugou os lábios exangues com as costas da mão. — Muito interessante — disse ele — em minha opinião. Já viu um Relatório de Estado antes?'

Era um documento estranho, muito característico, amarelo vivo com uma faixa rosa no alto. Eu me perguntei se aquele seria o relatório de Honoré Le Noël. Se fosse, era muito verossímil, como um registro de dentista depois da mais minuciosa inspeção, e este começava com as gengivas, por assim dizer, a moldura, descrevendo como era construída, qual — no caso de *Monsieur et Madame Tourenbois* — era o estado antes de ter sido removida e abandonada pelo ladrão ao lado da mistura para panqueca do balcão da cozinha de Dozy Boylan. Fiquei todo arrepiado de ler que Leibovitz havia feito "um chassis leve de construção chanfrada" — essas eram as palavras exatas — "sem que nenhum elemento estrutural toque a superfície do suporte". Os cantos eram de meia espessura, sobrepostos, colados e pregados com pequenos pregos sem cabeça. A parte de trás do esquadro estava marcada com tinta: 25 avril XIII.

— O que é *avril*?

— Abril — ele disse. — Primavera.

Havia muita coisa mais. O suporte era de trama de linho fechada, estimava-se que fosse de preparo comercial com cola de pele de coelho ou palavras com esse sentido. O policial me olhava intensamente como um gato, mas eu estava alojado num espaço que ele não conseguiria jamais alcançar, nem mesmo se morresse e fosse para o céu.

Nas costas de *Monsieur et Madame Tourenbois* havia três etiquetas, a primeira ali colocada por Leibovitz ou talvez por Dominique ou mesmo pelo próprio Le Noël, atribuindo ao quadro o número 67 e um endereço no 157 *rue* de Rennes. Essa não tinha data. Ao lado dessa havia a etiqueta de uma exposição em Paris, na Galeria Louise Leiris, em 1963, nove anos depois da morte do artista. Havia também um envelope contendo uma fotografia 10x13 tirada por Honoré Le Noël.

O policial chegou mais perto. Eu afastei minha cadeira, embora não o suficiente para evitar o aroma de tetracloreto de carbono que subia de seu terno lustroso.

— Míope — disse ele. — Leia em voz alta.

— Não fode. Leia você.

Para minha grande surpresa, ele obedeceu.

— "Existem numerosas e intermitentes *abrasões*" — ele recitou —, "o que mostra perda de tinta e de material na margem superior do centro esquerdo para o canto direito. Eles se estendem pela pintura aproximadamente três blablablá. O exame ultravioleta foi realizado... blablablá... O exame revelou que..." Cá estamos, jovem Michael Boone, cá estamos. "Perda de tinta e subseqüente substituição de uma área de 13 milímetros por 290 milímetros no canto superior esquerdo para o ponto central. Pinceladas medindo entre 4 e 6,5 centímetros sendo assim não características do trabalho conhecido do artista." Está vendo isso: Uma maravilha... Veja, veja... aqui... "Análise radiológica posterior revelou que as camadas superiores cobrem o que parece ser uma obra similar produzida pelo artista depois de 1920." Você entende isso, Michael. *Monsieur et Madame Tourenbois* está datado de 1913, mas não pode ser 1913, porque está pintado em cima de alguma coisa feita em 1920. Eu farejo uma artimanha, você não? Uma artimanha manhosa."

— Como?

— Se é 1913, é o grande Leibovitz. Vale uma fortuna. Se é 1920... bom, esqueça.

— Qual é, cara, este aqui está em tudo quanto é livro. Está também no Modern. Todo mundo sabe.

— *Estava* no Modern, Michael. Por que você acha então que se livraram dele?

— E por que está me mostrando isso?

Óbvio? A única coisa óbvia ali era que o merdinha tinha roubado minha tela e rasgado um pedaço dela. Agora ele me entregava um Relatório de Estado e dizia: "Acho que o significado judicial disto aqui é muito claro."

— Sabe, Barry, francamente eu estou cagando.

— Eu sei — disse ele —, mas imagine só se você tivesse autenticado isto, Michael. Você podia querer simplesmente que a tela desaparecesse. Podia querer contrabandear o quadro para o Japão, digamos, onde as regras são diferentes.

— Ah.

— Ah — disse ele, juntando as mãos brancas e grandes nos fundilhos.

— Você acha que esse é o motivo da minha exposição?

— Michael, eu sinto muito.

— Sabe, Barry, por que será que quando um australiano se dá bem fora do país todo mundo acha que é uma fraude? E se eu for um grande pintor?

— Você é um grande pintor, Michael. Por isso eu odeio ver você ser usado.

Levantei os olhos e vi a própria autenticadora vindo em nossa direção. Puxei uma cadeira para ela, mas ela se encostou em meu ombro e depois, de repente, violentamente, arrancou o papel de minha mão. Ao me virar, mal a reconheci — as faces mudadas em planos angulosos, olhos estreitados de fúria.

— Isto é uma merda — disse ela para Amberstreet. — Você sabe que isto é uma merda. Não é propriedade sua.

— Passou para a minha posse, Marlene.

— Sei! — Ela se sentou ao lado dele, olhou em torno, agitada, pediu um copo de água, levantou e bebeu tão depressa que derramou no peito do vestido. — É, passou para a sua *posse* — disse ela, devolvendo ruidosamente o copo à mesa. — Porque você arrombou meu apartamento e roubou dos meus arquivos. Você tem andado demais com marchands de arte, meu amigo. Sabe quem escreveu de fato esta merda criminal? Acredita mesmo a sério que o quadro passou por raios X? Amberstreet levantou a cabeça como se esperasse ser beijado.

— Exploramos todos os caminhos — disse ele. — É o nosso trabalho.

— Então se manda — eu disse. — Vá explorar esse caminho. — E quando me virei vi Hiroshi, o dono, e pedi uma garrafa de saquê Fukucho e quando terminei isso descobri que o detetive tinha ido embora, Marlene estava em prantos, meu exemplar da *Studio International* brilhava à luz do verão. Ela me viu pegar a revista e, abençoada seja, sorriu.

— Gostou de seu anúncio, meu querido?

Como eu te amo? Deixa eu contar de quantas maneiras.*

# 28

Sim senhor, não senhor. Meu irmão insistiu em enfiar a PROBÓSCIDE no rabo do policial. Sim senhor, não senhor, bi-bop-a-lula, era incrível que ele ainda conseguisse respirar. Não senhor, eu não ligo de o senhor ter destruído minha arte.

---

*"How do I love thee? Let me count the ways..." (Elizabeth Barret Browning — 1806-61). (*N. do T.*)

Ele era TODO MIJO E VENTO como dizia nosso pai quando meu irmão não queria lutar TODO BOCA E CALÇA que imagem feia isso fazia. Eu parti urgente com minha cadeira para a Kellett Street que não era mais larga que uma alameda mas ligava a ruas e avenidas mais largas de forma que a brevidade não era calmante como seria de se esperar. Também a calçada era estreita minha cadeira IMPEDIA O DIREITO DE PASSAGEM, sem lugar para descansar. Ali perto ficava a Elizabeth Bay Street um ACIDENTE ESPERANDO PARA ACONTECER se bem que eu tinha passado antes por aquele caminho para a LEITERIA GREGA e a loja de garrafas METIDA A BESTA, mas sentar era ILEGAL ali e a polícia estava VIGILANTE.

Na frente do Go-Go Sushi ficava um bordel verde popular com CLIENTES DE MAU GOSTO fiquei olhando eles entrarem e saírem mas mesmo quando eu estava muito incomodado eu nunca era um bobo tão descuidado a ponto de PENSAR COM A CABEÇA DE BAIXO. Virei à esquerda na direção que a Marlene tinha ido, passei a SPORT ITALIA onde a COLORIDA PERSONALIDADE DE CORRIDA levou um tiro no pescoço de um CONHECIDO ASSOCIADO DE CRIMINOSOS. Graças a Deus eu não tinha nenhuma arma. Um pouco adiante dessa CENA DO CRIME MANCHADA DE SANGUE ficava a Bayswater Street que deixava tonto com pontes, túneis e carros descendo, subindo e atravessando o abismo nem uma VIVALMA Deus nos guarde a todos. O que vai acontecer comigo? Procurei Marlene, para lá e para cá pela Bayswater Street e Elizabeth Bay Street, a calçada estreita fazendo pisaduras e contusões que depois iam desabrochar rosadas amarelas verdes cor de PÃO DOCE. Eu estava fazendo um mapa. Tarde demais. Era assim que eu devia ter tomado conhecimento de um território maior, como as crianças cantando seus horários.

No Vauxhall Cresta eu tinha 6 anos lutando com meu irmão cheio de verrugas. Eu não comecei a guerra mas também não podia parar e de repente Blue Bones parou o carro perto das salinas de Balliang East.

Desça, ele falou.

Estava quase escurecendo, eu obedeci e meu pai estendeu um braço magro e comprido e bateu a porta do carro. Aí ele foi embora, o gosto de poeira de sal, as vacas mugindo, as luzes vermelhas de trás do carro dele indo para o escuro, 24 quilômetros até a segurança do Brejo. Foi depois que a lua nasceu que o VELHO voltou para encontrar seu menino uivando. Aquilo me ensinou, como ele me disse mais de uma vez.

Quis o acaso que eu ouvisse a voz de Marlene chamando debaixo das trepadeiras da cena do crime e olhando o jardim sombreado vi ela e Jean-Paul numa mesa verde redonda com o horrendo catálogo aberto na frente deles. Estavam EM CONFERÊNCIA RELATIVA AO JAPÃO. Eu passei com facilidade sem enganchar minha cadeira no portão do jardim e sentei entre o Jasmim dela e o Brut de Brut dele e ali fui informado que Jean-Paul tinha concordado que *Se já viste morrer alguém* seria retirado naquele mesmo dia pela Transportadora de Arte Woollahra.

Comecei a SORRIR FEITO UM MACACO como dizem.

Jean-Paul me perguntou como estava o Butcher.

Minha cara estava doendo muito.

Ouvi Jean-Paul perguntar se eu gostaria de arrumar um emprego mas ele não tinha nenhum conhecimento da minha situação. Se eu tiver um EMPREGO REMUNERADO o serviço social interrompe a minha pensão de incapacitado e quando eu acabar perdendo o emprego nunca vou conseguir de volta a pensão por ter MENTIDO PARA O GOVERNO. Se o Butcher estivesse ali ele podia explicar direito mas Jean-Paul não acreditou em mim. Eu disse que não era bom com emprego e não ia agüentar que gritassem comigo como ele devia ter razão de lembrar.

Estou falando, disse ele, sem registro.

Fosse o que fosse SEM REGISTRO me revirou o estômago. Eu disse que no serviço social eles eram PEQUENOS HITLERES às vezes vinham inspecionar o seu lixo para ver se eu tinha um emprego e estava comprando Pinot noir da Tasmânia, por exemplo.

Não, ele disse, eles não fazem isso.

Eu sorri para Marlene feito um cachorro. Ela pôs a mão em mim, não era mais pesada que uma mariposa do repolho em cima do meu ombro. Sem registro, ela disse, quer dizer que Jean-Paul não vai contar para ninguém que você está trabalhando mas vai dar dinheiro para você.

Mas o Butcher tinha estado na cadeia e quase morreu por causa disso. Eu comecei a explicar a contínua dificuldade dele com o detetive Amberstreet mas Marlene não me deixou, encostou a mão leve como um sussurro na minha boca.

Você gostaria de ajudar Jackson na Casa de Repouso Edgecliff?

Perguntei para ela: Você conhece o Jackson?

Não, disse ela. Jean-Paul me contou que vocês foram amigos quando o Butcher estava na cadeira. Você fazia os pombos dele correrem.

Mas ninguém entendeu nada.

Você era amigo dele, o homem da noite.

Eu tocava os pombos dele, só isso.

Gostaria de ajudá-lo a ser o homem da noite durante uma ou duas semanas? Por dinheiro? Sem registro?

Perguntei para ela se ela achava que eu devia.

Ela disse que sim, então eu disse que achava que tudo bem.

Marlene então levantou. Ela disse que tinha de ACERTAR com o Butcher no Go-Go Sushi e que ia me ver dali a um mi-

nuto e aí saiu andando levantando poeira branca fina do cascalho com aqueles lindos pezinhos com sandália.

Eu sorri para Jean-Paul mas comecei a falar.

Ele empurrou a cadeira para longe da mesa e disse: Você vai
ficar sentado a noite inteira na porta e se alguém ficar doente
você pega o telefone e liga para a enfermeira de plantão.

Eu perguntei para ele: Isso é para o meu irmão não ter de
me levar para o Japão?

Ele disse: É isso mesmo, ele não mentiu.

Perguntei quando ia começar mas a verdade é que eu nem
conseguia mais ouvir ele. Deus sabe o prejuízo que eu podia dar
se ficasse sozinho.

# 29

A Queixosa teve um cavalo uma época, um árabe muito rápido chamado Pandora, e quando Pandora rasgou a junta
no arame farpado e três semanas depois derrubou a Queixosa
que assim quebrou seis ossos na mão que chamava de mão artística, eu desisti definitivamente inteiramente de cavalos.

O que quero dizer é que não tinha o menor interesse no cavalo que Olivier Leibovitz mantinha na West Eighty-ninth Street
e nunca perguntei exatamente que tipo de animal era, só tinha
certeza — porque Marlene me contou — que não era de modo
algum um daqueles cavalos da Academia de Equitação Claremont
do mesmo endereço, famosos pangarés que tinham o costume

de esmagar seus cavaleiros nos muros da transversal da 102nd Street. Os cavalos da escola de equitação eram o mais perto que Marlene chegou da vida eqüestre de Manhattan e sua própria sensação dos cavalos não era realmente o que interessava. Porque ela amava Olivier e amava Olivier a cavalo, o aspecto e o cheiro dele, e, o mais importante, como ele ficava contente com isso.

Ao contrário do que pensei quando ela atravessou o meu gramado levando nas mãos os sapatos de puta da pensão, Marlene era excepcionalmente delicada com aqueles que amava e era completamente típico dela sair de seu caminho para me dar prazer arranjando o anúncio na *Studio International* ou passar manteiga na torrada com passas de Hugh ou ler em voz alta para ele *O pudim mágico* e, anos depois, quando o divórcio de Olivier o deixou tão quebrado que ele teve de vender o cavalo, era um caso de foda-se o tribunal e todo o número 60 da Centre Street. Ele ia conseguir o cavalo de volta, ela garantia isso.

De início, as despesas de estábulo de Olivier foram cobertas por seus patéticos esforços na Lazy Lucy, isto é, licenciando pequenas fatias de três quadros de Leibovitz. Não eram obras escolhidas com nenhum cuidado, apenas transparências riscadas que tinham sido largadas boiando na companhia de clipes de papel, lápis e pedaços de correspondência relativa à arte. A maior parte deste último item era em francês, uma língua que ele falava fluentemente, mas que fingia não conseguir ler.

Quando Marlene o surpreendeu pela primeira vez, ele imaginara que estava escondendo seus pequenos lucros de licenciamento dos advogados de sua mulher, uma fantasia, claro — sua posse do *droit moral* de Leibovitz não era segredo e estava naturalmente condenada a fazer parte dos Bens Matrimoniais, e ele foi forçado a cuspir fora cada centavo que fazia com seus pobres suvenires. Sua única sorte, que só se esclareceu depois, foi que os advogados, sendo hipócritas e ignorantes, valorizavam o *droit moral* em termos do lucro que ele havia obtido previamente com isso: isto é, porra nenhuma.

Na primavera de 1975, que foi quando ele perdeu cavalo e estábulo, Marlene era sua secretária e tinha portanto sido encarregada dos cuidados com aquele ninho de ratos de papel a que ele se referia apenas como "o material francês".

Ela perguntou a ele:

— O que devo fazer com isso?

Ele olhou o armário metálico cinzento com suas pastas volumosas, calhamaços amarrados com fita, páginas órfãs isoladas, amareladas, amarronzadas, amassadas. Ele deu de ombros, um gesto gaulês, foi o que pareceu a Marlene Cook.

— É sobre a arte?

— É. — Ele se sobressaltou, sorrindo. — Sem dúvida! É sobre a arte.

Ele podia não ter a menor pista de que ela já estava meio embriagada com sua curva de aprendizado. Ela teria sido tímida demais para contar para ele que tinha lido Berenson e Vasari, Marsden Hartley e Gertrude Stein, mas no momento em que perguntou: É sobre a arte?, ela conhecia a importância de correspondentes como Vuillard e Van Dongen, e tinha comido suficientes cachorros-quentes na hora do almoço na Phillips e na Sotheby's para se perguntar se aquele ninho de ratos de arquivo não cobriria inteiramente os custos do cavalo e do estábulo. Ele não fazia idéia de que ela o amava. Ela achava que era inferior a ele sob todos os aspectos, em graça, em beleza, em sofisticação. Ele não havia notado que ela era seu anjo, consertando-o, curando todas as suas feridas que sangravam.

Então ela se voltou para o esfarrapado e velho Milton Hesse que estava, por seu lado, fascinado com ela. Era bem fácil concluir que ela estava usando o pobre do filho-da-puta, mas duvido que qualquer um dos dois teria visto a coisa exatamente assim. Ela sabia que Hesse desprezava Olivier, e sabia que não conseguiria fazê-lo mudar de idéia, mas fazia as compras para Milt no Gristede. Preparava para ele caçarola de atum de uma receita do *Semanário da Mulher Australiana*. E pagava a ele, sempre, ao menos cinco dólares por semana.

— Me traga as cartas então — disse Milton. — Vamos ver o que tem ali.

— Vou ter de pedir permissão.

— Permissão! Besteira. Pegue emprestado e pronto, boneca. Não faz sentido armar uma confusão se elas não valerem nada.

Ela então arrastou duas caixas pesadas até o trem F e sentou com o peso cortando as coxas até a Delancey, e foi no gelado estúdio dele, enquanto preparava sopa de lentilha, que o velho leu um material que fez seus olhos esbugalharem ainda mais que o normal. Pois naquele momento, em 1975 — era isso que as cartas mais recentes mostravam —, as seguintes pinturas estavam no mercado, ou estariam se Olivier Leibovitz tivesse a gentileza de autenticá-las: *Le poulet 240V* (1913), *Le déjeuner avec les travailleurs* (1912), *Nature morte* (1915). O valor total dessas obras hoje seria de no mínimo 10 milhões de dólares americanos. Hoje elas podem ser vistas em todos os livros, mas naquela época não tinham existência oficial, tendo sido omitidas do catálogo *raisonné* vagabundo de Dominique e comercializadas e armazenadas Deus sabe em que sombrias circunstâncias.

— O delfim nunca respondeu essas cartas? — perguntou Milton, que, pela primeira vez, tinha abandonado sua personagem de touro da beira da água e, com os tufos das sobrancelhas e os óculos sem aro na testa, era mais como um velho estudioso judeu, muito estranho, muito distante de qualquer coisa que Marlene pudesse sequer imaginar.

— Como poderia? — ela responde. — Ele não sabe realmente nada de arte. E não quer saber.

— Não precisa saber nada, querida, basta a certidão de nascimento dele.

— Ele não consegue.

— Baby — disse Hesse —, não é tão complicado. Se você é capaz de reconhecer as pinceladas molhadas e desleixadas de *maman*, o que você é, eu sei, pode simplesmente dizer, ah, este aqui é podre. Ninguém gosta de pensar isso, mas realmente não adianta ir à Cooper Union. Você poderia fazer isso agora, hoje. Não se trata de engenharia aeroespacial.

Marlene Cook, ao ouvir a descrição de seu futuro, não entendeu que não era mais uma *dropout*.

— Você faria isso, Milton? Podia orientá-lo.

— Não.

— Por favor.

Ele dobrou os óculos e jogou dentro de um estojo de metal.

— Não é a relação que tenho com Jacques.

Ela gostava demais dele para achar que estava fazendo pose. Sorriu para ele, e de início isso produziu nada mais que sua ajuda na arrumação das caixas, mas depois ele abriu os óculos outra vez.

— Olhe, leia isto — ele abrandou —, de *monsieur* L'Huillier, do décimo sexto *arrondissement*.

— Você sabe que eu não leio francês.

— Então vou traduzir. Se o sr. Olivier Leibovitz puder apresentar o sr. L'Huillier a um comprador para um Leibovitz ora pertencente ao sr. L'Huillier, então o sr. L'Huillier poderá dividir a comissão com o sr. Leibovitz.

— Mas Olivier não conhece gente que compra obras de arte.

— Claro. Ele é um idiota, desculpe. Mas ele não precisa conhecer ninguém. Escute, baby. Isso é código. L'Huillier já tem o comprador. Mas ele precisa... escute... precisa que o quadro seja autenticado. Ele está dizendo, basta confirmar que isso é um Leibovitz que eu lhe dou um monte de dinheiro numa maleta de couro se quiser. A isso foi reduzida a arte. São as pessoas mais desonestas do mundo. Na França, isso é até reconhecido pela lei, que compradores são o mais baixo do mais baixo, estão além do perdão.

— Ah, meu Deus — disse Marlene Cook. — Eu sou uma tonta.

— Então entendeu? — perguntou Milton, que, ao pousar a mão larga, quadrada, em cima da mão dela, apresentava uma outra pergunta, muito mais triste.

# 30

Quando meu irmão partiu para puxar o saco dos japoneses, Jackson ficou meu amigo e me dava dinheiro SEM REGISTRO. Jackson não ia a lugar nenhum, pode crer meu amigo. Jackson estava lá definitivo, não precisava preocupar. Jackson era ligado feito um gerador, foi o que ele disse, saía faíscas dos dedos dele de noite. Uma época, ele foi um HOMEM DA RAWLEIGH, viajava centenas de quilômetros por dia. Poeira branca nas amoreiras da beira da estrada, fornecendo tônicos PARA HOMEM OU ANIMAL. Ele tinha visto muitas mulheres sem nada debaixo da camisola um GRANDE MATAGAL no meio das pernas. Quando JOVEM Jackson tinha tido cabelo bem vermelho e mesmo agora era uma FARTA CABELEIRA que ele penteava toda vez que tinha a chance.

Depois de anos morando numa van Austin A40 e muitos invernos gelados principalmente nas terras altas do sul ele havia voltado ao seu trabalho de FABRICANTE. Na cidade de Warrnambool, Victoria, Jackson inventou o carrinho de supermercado. Foi o primeiro no mundo e isso é comprovado. Warrnambool fica onde fazem as famosas calças Fletcher Jones numa fábrica imensa, isto é, dá para ficar muito rico em Warrnambool. O carrinho foi construído com uma CADEIRA DE ARMAR com dois cestos de arame que Jackson pegou emprestados das bicicletas de DOIS PROFESSORES SOLTEIRÕES da escola secundária. Eu era Slow Bones, nunca entendi as possibilidades de uma cadeira de armar embora estivesse SENTADO NUMA MINA DE OURO esses anos todos. Quando não estava em uso o carrinho de Jackson ficava guardado encostado na parede do supermercado e os cestos ficavam empilhados como pratos dentro da pia.

Naquele época, não existia nenhum supermercado no que chamam de TERRA DA SORTE senão ele teria ficado rico em vez de ir preso por roubar dois cestos que não eram dele.

Jackson casou duas vezes e tem as fotos junto com as queixosas, as damas de honra e muitas histórias, além de instantâneos de cinco cachorros inclusive dois que foram atropelados pelo mesmo caminhão em anos diferentes. Na casa de repouso Jackson dormia no quarto nº 1 e trabalhava das 20h até a hora do café-da-manhã, no turno do CAGAR E VAGAR. Ele levou os melhores pombos de corrida dele para os pacientes acariciarem porque tinha BONDADE NO CORAÇÃO mas havia uma reclamação por causa dos PIOLHOS DE PÁSSARO feita por gente de olho tão ruim que não seria capaz de ler nem a notícia da própria morte.

Quando aconteciam emergências médicas e memórias perdidas, Jackson tomava a RÉDEA NAS MÃOS e nem sempre agradeciam como devido. Ele também arranjava as coisas com o GERENTE DO SAFEWAY quando os pacientes levavam aqueles carros descida abaixo e deixavam no gramado na frente do escritório de Jackson. Muitas foram as noites em que ele empurrou uma longa fila de carros pela Edgecliff Street acima. Tudo o que Deus deu a ele foi um grande pau de 35 CENTÍMETROS que não dá nem para adivinhar quando a gente olha os braços fininhos e sardentos dele.

Eu tinha a minha cadeira de armar e agora estava EMPREGADO SEM REGISTRO para empurrar os carros no lugar de Jackson. Fiquei contente de lhe poupar essa dor toda. Também, no estacionamento do Safeway, tive a sorte de encontrar um carrinho de bebê abandonado, uma história triste demais de imaginar então eu tirei da minha cabeça, uma mãe e um filho, quem saberia onde estavam?

Seja como for, o carrinho era à prova d'água em muito bom estado e eu podia encher ele de gelo moído e botar a minha Coca-Cola no gelo e meu sanduíche de galinha em cima e logo depois que meu irmão fugiu eu não fiquei com medo mas vivi no colo do luxo na frente da casa de repouso.

A polícia apareceu mas logo descobriu que eu era um PERSONAGEM LOCAL e quando Jackson achou para mim os ÓCULOS PSICODÉLICOS então a polícia gostou mais ainda de mim e logo eles paravam para bater um papo e olhar o que eu guardava dentro do carrinho de bebê que estava sempre pingando. Uma vez eles compraram uma FRALDA DESCARTÁVEL para a minha garrafa de Coca. Eles sabiam que eu entendia uma piada. A Edgecliff Street é rápida e cheia de curvas. É capaz de fazer a sua eletricidade estalar como os dardos da água-viva no seu cabelo, ver todos aqueles carros guinchando nas curvas e os caminhões de comércio perdendo tijolos das cargas às quatro da manhã. Eu nunca achei que pudesse existir um personagem local num lugar tão movimentado mas logo eu era exatamente isso.

Que ALÍVIO ABENÇOADO acabou sendo ficar tão longe da discussão constante sobre arte, e todo mundo tentando impedir meu irmão de ter a publicidade a que ele tinha direito. Estranho dizer, eu nunca tive tanta paz como acampado na margem da Edgecliff Street, um rio na enchente, rugindo de pneus de borracha, tijolos e xingamentos.

Esperava sinceramente que meu irmão estivesse feliz comendo peixe cru e fodendo até cair. Ele é que ia sofrer por ter quebrado a promessa bi-bop shi-bop, eu não estava nem aí.

# 31

Eu disse algumas coisas horríveis sobre a Classe Executiva, algumas por escrito, mas eu sou um artista e muitas vezes tenho necessidade de me pôr à vontade entre a classe consumidora. Deixei o lacaio encher meu copo com, por acaso, a porra do Pinot noir da Tasmânia e depois do último chocolate e do segundo Armagnac, Marlene deitou a cabeça no meu peito e nós dormimos quase todo o trajeto até Narita. Mesmo com a bexiga explodindo, eu estava mais leve que um astronauta.

Claro que eu ia ser castigado por aquela viagem, mas isso seria depois e isto era agora, e desde aquele ano sensacional e cruel em que fugi para estudar desenho com modelo vivo na Escola Técnica de Footscray nem uma única vez me ocorreu que podia ser possível me ver *livre* dos cotovelos ossudos de meu irmão, de seu hálito fétido, de suas chegadas suadas e súbitas no meio do meu sono. Durante toda a descida do Boeing, depois durante toda a espera na Imigração, no trem, nos dias seguintes, continuei a me sentir alto e feliz. Desculpe, eu não me preocupei com Hugh. Nem por um segundo tentei imaginar como ele se sentia.

Em Tóquio, eles estavam decididos a se sepultar em concreto, mas achei a cidade bonita, uma representação tridimensional de meu saltitante coração de néon.

Conforme Marlene havia previsto, meus quadros tinham sido retidos em Sydney enquanto Amberstreet e seus companheiros gênios arrombavam os engradados. Por que mais se mandariam minhas pinturas ao Japão senão para esconder um Leibovitz roubado? Vá tomar no cu!

Claro que não conseguiram encontrar o *Tourenbois*, então gastaram algumas centenas de dólares dos contribuintes para engradá-las de novo. Por algum milagre, não danificaram as telas, que eu só vi desempacotadas na Mitsukoshi dois dias depois.

Normalmente eu teria deixado a galeria enlouquecida pendurando e despendurando, mas me vi concordando em deixar as coisas nas mãos deles e durante os três dias seguintes fizemos o especial do casal em lua-de-mel e vou poupar você dos lindos cartões-postais de Asakusa e dos gritos dos pássaros engaiolados que ocupavam o balcão da frente do nosso hotel. Eu estava feliz no Japão, feliz com Marlene, feliz de acordar e olhar aqueles olhos claros inquisitivos dissimulados.

A coisa mais simples ao lado dela era um prazer, olhar alguma coisa, andar sem rumo, leve como teia por uma rua, confundir o labirinto de símbolos de metrô coloridos como Lego, discutir a gaze da luz de agosto que batia nas oscilantes cortinas das construções. Por fim chegamos à Mitsukoshi no momento em que os recepcionistas de luvas brancas começavam seu trabalho matinal, e no 13º andar encontramos minhas pinturas e mesmo meu nome estando escrito BONE eu não me importei, mesmo eles tendo iluminado cada tela com tamanha minúcia que não vazava nenhuma luz na parede e houvesse, digamos, um elemento decorado ligeiramente precioso que estava muito longe da porra de Bellingen, eu não me importei. A obra ainda era capaz de arrancar sua perna com uma mordida e cuspir os pedacinhos crocantes no chão.

Marlene estava tão próxima, uma sombra, um toque de manga, um sussurro de mão, um alento vivo de gentileza em meu rosto.

— Está vendo isso? — ela me perguntou.

— Vendo o quê?

— Isso.

Ela apontou, achei, o jeito geral como a galeria estava arrumada — cinco salas, nove grandes telas, impossível olhar mais que um trabalho de cada vez. Os números e títulos estavam colocados longe das obras, na parede ao lado, onde ficavam ao mesmo tempo ligados à obra, mas separados.

— Os títulos?

— Que tonto, Butcher. Olhe. — Ao lado de cada título havia um pequeno caractere japonês preto sobre branco. — Olhe —

ela sussurrou. — Isto é a versão japonesa de uma etiqueta vermelha. Quer dizer, não mais disponível. Vendido, sim. Você vendeu tudo, meu amor.

E ali, no meio da galeria vazia, ela pulou em cima de mim, enrolou as pernas na minha cintura.

— Porra.

— É, porra mesmo. Parabéns.

Isso era o que Amberstreet não conseguia entender com sua cabecinha provinciana. A exposição ainda não estava aberta e eu tinha vendido tudo sem nenhum jantar de adulação, nem conversa perigosa com algum crítico. Aquilo era tão melhor que a Austrália. Mesmo em meus bons anos eu nunca havia vendido tudo antes de os drinques serem servidos e, enquanto eu beijava aquela boca grande e macia dela, eu estava — desculpem — fazendo cálculos, multiplicando, subtraindo. Eu tinha uns malditos duzentos mil dólares depois das comissões e do frete. Assim.

Depois haveria a comemoração de abertura sobre a qual não há muito a dizer. Decerto que no país de Hokusai e Hiroshige eu não esperava uma apresentação de acrobatas lésbicas a cavalo, mas então coisas muito mais estranhas aconteceram.

Foi a uma gráfica que nós fomos alguns dias depois, carregando uma garrafa de Lagavulin num embrulho profissional. Tínhamos de prestar nossos respeitos ao sr. Utamaro, que havia imprimido o catálogo de minha exposição. Era tudo o que eu sabia dele e que tinha escritório no fim de uma alameda sem características em Ikekuburo. Deus sabe o que eram os outros edifícios, armazéns ou alguma outra coisa — eu não fazia idéia. O sr. Utamaro nos recebeu no elevador com um avental de lona de impressor e nos levou para uma daquelas salas muito simples que se podem esperar normalmente num moldureiro.

As janelas metálicas ficavam tão perto da via expressa que não dava para ver mais do que cinco Hondas velozes de cada vez. Abaixo das janelas e em torno da sala havia largos gaveteiros de estúdio em madeira, cada um etiquetado com capricho, não em inglês naturalmente. Com infinita cortesia, ele removeu um pôster de Pollock, um catálogo de Matisse, e com a via expressa rugindo em nossos ouvidos, nos sentamos cuidadosamente sobre a mesa clara lixada que ocupava o centro da sala.

O velho esquisito era bonito, estranhamente manchado, com uma testa alta da qual mantinha afastada a juba de cabelo grisalho. Havia uma delicadeza em sua boca e uma maciez em suas mãos que logo deixaram claro que ele era muito mais que um impressor comum. Eu nunca, nem por um segundo, o subestimei, mas ele era muito difícil de entender e — além disso — eu não esperava uma visita prolongada. Só quando meu rosto já estava doendo de gentileza foi que me servi de uma segunda dose de uísque. Bom, foda-se, eu sou australiano. O que mais podia fazer?

Quando os carros na via expressa acenderam os faróis, nós ainda estávamos empacados com o sr. Utamaro, e então o refulgir dos rostos passando, todos separados em seus próprios casulos de vida, me lembraram o desfile melancólico que cortava o Brejo ao meio nas noites de domingo. Enchi meu copo de novo, por que não?

O sr. Utamaro estendeu um pano cinza macio na mesa de madeira e em cima disso colocou um saco transparente. Então, depois de olhar com expectativa para Marlene, deslizou para fora um folheto muito comum, de talvez vinte por 15 centímetros, preto-e-branco, de papel brilhante, mas descolorido pelo tempo.

— Michael! — ela gritou, mas embora procurasse minha

mão, o que estava olhando era o folheto, na capa do qual estava, pensei, o quadro que Dozy Boylan comprara anos depois.

Marlene arrulhou como uma pomba.

— Ah.

O sr. Utamaro fez uma reverência.

— Nossa — eu disse —, é o *Monsieur et Madame Tourenbois*.

O sr. Utamaro sorriu.

— Não, não, cale-se. — Marlene estava cheia de cor, uma espécie de rosa álamo. Ela apontou o título e as dimensões que eram, no meio de todo o japonês, em inglês. — É uma obra diferente — disse ela.

Bom, eu já sabia que ela tinha olho, mas eu também tinha e havia crescido com uma reprodução em preto-e-branco de *Monsieur et Madame Tourenbois*.

— Não é a mesma?

— É, querido — e alisou minha mão como para abrandar a contradição. — Só que menor. Mede setenta por 45 centímetros. Um estudo.

Tendo a minha pintura sido rasgada por idiotas por causa de um pedaço de colagem que diziam ter 75 por 54 centímetros, eu não havia esquecido o número.

— Veja — disse ela —, o título desta é *Tour en bois, quatre: Torno de madeira, número quatro.*

Eu podia estar um tanto irritado pela coincidência, mas não tinha razão para estar — artistas podem fazer vinte estudos para uma obra maior. Na verdade, não era nem mesmo uma coincidência, mas de alguma forma aquela coisa me deixou puto.

— *Tour en bois* — eu disse. — Sei o que isso quer dizer.

— Sh, baby. Sei que você sabe. Mas olhe mesmo assim. — Ao vê-la calçar um par de luvas brancas de algodão, qualquer um diria que ela havia passado vinte anos trabalhando na Tate.

Ela segurou o velho catálogo nas palmas das mãos abertas e cheirou como se fosse uma rosa. Depois, delicadamente, habilmente, o devolveu ao pano cinzento, e o sr. Utamaro, depois de se inclinar com gravidade, devolveu esse objeto ridiculamente comum a sua capa transparente.

Nessa hora o escuro já havia baixado e os carros passavam pela janela de tal forma que a parede inteira se transformava numa tela do grande Jim Doolin que havia sido expulso de Melbourne em 1966. Então, certamente, iríamos embora, mas não, fomos para uma salinha menor onde o sr. Utamaro formalmente tornou a encher meu copo e descobri a história do *Tour en bois, quatre* que tinha vindo ao Japão como parte de uma exposição de trabalhos de Dumont, Léger, Leibovitz, Metzinger e Duchamp organizada pela Mitsukoshi para apresentar o público japonês ao cubismo. Isso foi em 1913. O pai do sr. Utamaro havia fotografado as pinturas e conheceu o próprio sr. Leibovitz. E benzadeus se não houve mais uma exposição — um cavalheiro japonês de aparência muito sólida ao lado do velho bode num restaurante de luxo com pesadas cadeiras império pretas.

— Sabe quem é esse, Michael?

— Claro que não.

— Este é o amigo do sr. Utamaro, sr. Mauri, que comprou o *Tour en bois, quatre* em 1913.

Fiz que sim com a cabeça.

— Michael, você conhece o filho dele.

Acho que não.

— Michael! O filho dele é o cavalheiro que comprou sua exposição inteira. Eu contei para você — disse ela, vermelha o suficiente para eu perceber que não estava excitada, mas irritada.

— Tenho certeza de que não me disse o nome.

— Ah, não importa — disse ela e ficou de repente terna,

esticou a mão por cima da mesa e segurou meu braço. — Então quando a gente encontrar com ele, baby, talvez ele nos mostre o *Tour en bois, quatre.*

Olhei para o sr. Utamaro e me inclinei em minha cadeira. Esperava que aquilo fosse educado o suficiente para um bárbaro cabeludo.

Marlene se levantou. O sr. Utamaro se levantou.

Graças a Deus, pensei, acabou.

Eu estava, como dizem, enganado.

# 32

Marlene disse:
— Você deve estar nas nuvens com seu sucesso.

Eu disse que era uma sensação danada de boa. Era uma mentira sórdida, mas é completamente inaceitável dizer a verdade — que é uma sensação desagradável pra cacete ver todas as suas pinturas arrancadas de você por estranhos. Se tivesse sido um museu, certo, seria completamente diferente. Mas o comprador pelo que entendi era uma corporação. Comprar o prédio Empire State, muito bem. Levar todos os Van Gogh que quiser. Levar um Leibovitz, que me importa? Mas que porra esse sr. Mauri ia fazer com *Eu, o pregador*? A chamada Queixosa tinha todos os quadros "pré-começo' e agora esse filho-da-puta tinha o resto. Havia algum jeito mais rápido de ser apagado da história?

Todos esses feios pensamentos ingratos eu guardei trancados durante pelo menos 12 horas, quer dizer, até estarmos sentados num tatame ao lado de quarenta homens japoneses bebendo cerveja e comendo peixe cru no café-da-manhã.

Quando eu pronunciei o impronunciável, Marlene curvou-se sobre a mesa para tocar minhas mãos de açougueiro e segurou cada dedo feio como uma salsicha como se fossem, individualmente, prodigiosamente, responsáveis pela *Última ceia*. E então, sem interromper nem por um segundo essa série particular de carinhos, muito delicadamente chamou minha atenção para os benefícios de minha situação. Por exemplo, ela me revelou que tinha autenticado um Leibovitz para Henry Beigel, um milionário sul-africano e, nesse processo, ficara sabendo que o filho-da-mãe tinha se apossado de 126 obras do pintor americano Jules Olitski. Beigel era um filho-da-puta total, disse ela, mas tinha o olho, disse ela, o olho de verdade, e aos poucos estava subindo os preços de Olitski, e ele, assim como o sr. Mauri, era conhecido por comprar exposições inteiras. Então, ela me disse, os cílios muito longos desenhados como traços de caneta na luz de néon sempre presente, se você fosse Jules Olitski teria certeza de que seus preços estavam protegidos e de que sua melhor obra acabaria num bom museu. Teria seu futuro assinado não por uma criatura instável como Jean-Paul, mas por um colecionador de arte educado, ambicioso, nada melhor.

Bom, sei, Henry Beigel, mas o sr. Mauri, quem era ele, porra? Eu não queria ser irritante. Estava feliz, claro, estava feliz pra caralho. Estava agradecido. Eu a amava, mais que os cílios e faces, a sua ternura, a sua generosidade e — mesmo que isso pareça estranho — a sua astúcia. Com ela eu estava em casa, com seu corpo leve, magro, seus olhos sem fundo.

Nessa manhã, depois do café, nós dois voltamos à cena do crime na Mitsukoshi. Eu esperava me sentir melhor ao entrar.

Nós dois esperávamos, acho. Mas, em vez disso, meu trabalho pareceu perdido e estranho, quase sem sentido, como infelizes ursos-polares num zoológico do norte de Queensland. O que esses investidores pensavam? Perguntei a um sujeito com uma mecha loira na cabeça, mas isso foi mais tarde, depois do almoço. Eu tinha bebido, Marlene me mandou ficar quieto e saímos para a rua, andamos um pouco, sem parar nos bares.

O convite do sr. Mauri, enviado por fax, estava à nossa espera no que chamavam de Ryokan. Era composto de duas páginas, a primeira, um mapa delicadamente desenhado; a segunda, uma carta muito formal que parecia uma tradução cômica de *O inspetor geral*.

Eu resolvi que seria um cavalheiro e manteria distância do sr. Mauri.

Marlene não respondeu nada a essa generosa oferta, não até estarmos dentro de nosso quarto minúsculo. Mesmo ali ela demorou, tirou as sandálias e agachou-se quietinha diante da pequena mesa.

— Tudo bem, Butcher — disse —, hora de acabar com essa besteira.

Olhou-me com seus olhos de cobra.

— Primeiro — disse —, esse homem é um colecionador muito importante. Segundo, faço muitos negócios com ele. Terceiro, você não vai acabar comigo agora.

Em minha feia vida anterior, isto teria sido o ponto de partida para uma briga assustadora que podia se estender até as primeiras horas do dia seguinte e terminar comigo sozinho em algum bar ucraniano ao amanhecer. Para Marlene Leibovitz eu disse: "Certo."

— Certo o quê?

— Certo, não vou acabar com você.

Fiquei envergonhado, acho, por desistir sem lutar. Eu podia facilmente ter me enfurecido, mas quando vesti meu paletó Armani ela chegou perto para dar o nó na minha gravata.

— Ah — disse ela —, eu te amo mesmo.

Com Marlene eu estava sempre pisando terreno desconhecido.

Claro que todo mundo, menos eu, conhece Roppongi. Parece que foi ali, naquele puteiro elegante, que o pai do sr. Mauri possuía o famoso bar onde espiões americanos, gângsteres e estrelas de cinema em visita passavam noites inteiras. Dizem que foi o pai do sr. Mauri que transformou a máquina de pinball em japonesa, virando-a de cabeça para baixo — ao garantir que muita coisa coubesse num espaço pequeno — e inventou um sistema ardiloso, que compreendia brinquedos de pelúcia e passagens estreitas pra caralho, que se transformou em *pachinko*, uma máquina de apostas. Alguns discordam, mas ninguém discute que Mauri San era ao mesmo tempo um bandido e um colecionador de arte muito sério, bem antes da guerra. O filho era filial até o fundo. Então, para entrar no escritório de Mauri era preciso atravessar o altar ancestral, o bar, o menu escrito com giz oferecendo pizza de merda e almôndegas italianas, sobras dos anos de ocupação caubói.

Àquela hora, antes que a famosa iluminação operasse o seu truque, o Blue Bar de Mauri era tão sem graça e empoeirado como um teatro com as luzes acesas, e era preciso realmente muito imaginação para entender por que alguém pagaria vinte dólares por um martíni naquela espelunca. Era para isso que a minha arte sempre se dirigira, que deprimente. Entramos no elevador e subimos ao 18º andar, onde o jovem sr. Mauri chefiava uma coisa chamada Dai Ichi Corporation, sendo que *dai ichi* quer dizer "número um".

A recepcionista era uma dama muito circunspecta de queixo comprido com um corte de cabelo tipo capacete e um tailleur cinza sem graça, mas ela não nos deixou de castigo durante muito tempo e logo fomos levados através de uma ante-sala para o escritório de meu novo colecionador, que era tão sem graça quanto compensado e alumínio podem ser. Nada sugeria gosto nem sensibilidade em absoluto, e fiquei perplexo de ser tratado com tamanha veneração pelo sr. Mauri, que parecia ser um homem empenhado, estudioso mesmo, de seus 30 anos.

Nossa entrevista foi conduzida em volta de sua grande mesa vazia sobre a qual havia uma pasta contendo não apenas meu currículo, mas um número considerável de transparências, e essas meu novo patrono ou proprietário às vezes levantava contra a luz da mesa, falando um tanto prolongadamente sobre cada uma. Eu conseguia entender quase tudo o que ele dizia, e muitas vezes reconheci as origens de suas frases, algum elogio a mim tirado de Herbert Read (1973), um pouco de Elwyn Lynn (1973) e Robert Hughes (1971). Fiquei ali sentado, pensando no sistema educacional japonês, nos benefícios de aprender as coisas por repetição. Olhei para Marlene, mas ela não queria olhar para mim. Sentou-se na beira da cadeira coberta com chintz, as mãos no colo, balançando a cabeça de vez em quando.

Uma vez mais eu estava numa sala vendo a noite cair sobre Tóquio, o céu lá fora da janela sem cortina cheio de néons rosa e verdes anunciando bares, go-go e massagem de Bangkok. O sr. Mauri terminou sua dissertação e nos levou para outra sala, muito mais confortável com poltronas superestofadas e um grande número de quadros do começo do século XX — havia um Matisse muito plausível.

Um desses, refletindo tanta luz halogênica de quartz em seu perímetro de ouro gritante, era *Tour en bois, quatre*. Se experimentei uma pontada de decepção, não foi pelo fato de aquele ser o estudo, mas porque, naquela reunião tão portentosa, Leibovitz pareceu um talento menor do que aquele que eu conhecia quando adolescente punheteiro sem maiores informações além de uma reprodução preto-e-branco de 65 pontos. Eu havia imaginado algo etéreo, inspirador, mítico, as cores brilhando com camadas de obsessiva sobreposição.

— Meu Deus — disse Marlene e foi direto para a tela sem maiores preliminares japonesas. Mauri ao lado dela também, um porco na vala, pensei, os óculos de aro dourado girando como um pião convulso atrás das costas.

— Ah, meu Deus — ela disse.

É só isso?, pensei. A tela era quase doméstica, uma lasca faltando na blusa, um ligeiro encardido na superfície do amarelo cádmio. Tudo isso — pequenas coisas, fáceis de reparar com restauração — eram exageradas pela moldura criminosamente berrante, e era preciso um verdadeiro ato de vontade para escapar do recorte da minha juventude, para realmente ver o que estava na minha frente, o adorável trabalho de pincel amalucado do torno, e, mais no geral, a valente decisão que o velho bode havia tomado numa época em que ninguém, certamente não Picasso, havia entrado nessa arena particular do cubismo não sintético. Ali, nos produtos do torno, em cilindros e cones, havia uma linha clara de Cézanne a Leibovitz.

— Posso? — Marlene perguntou.

Ela levantou da parede a obra e virou.

— Olhe — disse para mim. O sr. Mauri inclinou-se para eu avançar e poder ver a sombria tela secretamente descolorida, os vestígios de grampos de seus empréstimos e viagens, os caracteres japoneses carimbados no chassis que, suponho, marcava seu aparecimento na Mitsukoshi, em 1913. Havia também uma mosca *Achias australis* que eu não teria notado se não tivesse passado tantas noites desenhando os inimigos da arte. Aquele insetinho tinha acabado de nascer, se descobriu atrás de um Leibovitz e ali ficara preso e morrera, mas de alguma forma nunca foi devorado. Aquela triste mortezinha continuaria em minha cabeça durante dias.

— Talvez um problema — disse o sr. Mauri —, eu não quero vender no Japão. — Deu um sorriso doloroso. — Japoneses não gostam muito dele.

— Claro.

— Em St. Louis talvez?

Eu demorei para me dar conta do que estava acontecendo na minha frente. Mauri pedia a ela para vender aquela obra. Olhei para ela, mas ela não olhava para mim.

— A primeira coisa — ela disse, fria como gelo — seria conseguir levar a obra para Nova York.

— Não Freeport?

— Não precisa.

O sr. Mauri parou e olhou a pintura.

— Bom — disse.

Inclinou-se. Marlene inclinou-se. Eu me inclinei.

E aquilo, entendi, era o fim. Estava terminado. Com toda a certeza haveria papelada, uma assinatura do proprietário do *droit moral*, mas o quadro só precisava agora ser autenticado. Até aí eu entendi completamente.

Eu esperava que o sr. Mauri fosse querer discutir suas espertas estratégias para elevar o preço de meus nove quadros, mas nada desse tipo aconteceu e poucos minutos depois tínhamos passado pelo famoso Blue Bar e estávamos na rua da High Touch Town no meio da multidão que se acotovelava. Marlene pegou minha mão e balançou de leve, literalmente pulando degraus da escada íngreme da linha Oedo.

— O que aconteceu? — perguntei enquanto enfiávamos nossas moedas na máquina de passagens.

— Ah, baby, baby — ela disse —, estou tão contente. Amo tanto você.

Ela virou para mim, levantou o queixo e seus olhos estavam brilhando, claros como água na escada do metrô.

— Estou de olho em você.

— Claro que está — ela disse, e nos beijamos ali, na frente das catracas, na frente do bilheteiro de luvas brancas, ao lado da torrente de garotas High Touch e aspirantes a gaijin que nos empurravam, acotovelavam, sem saber com que mundos estavam se conectando, fiapos de história nos ligando a Nova York, Bellingen e Hugh, sempre Hugh, sentado na calçada com seu carrinho de bebê gotejante.

# 33

Jean-Paul veio nos visitar em mangas de camisa e perfume. Estava muito zangado porque Marlene Leibovitz havia lhe enviado 15 mil dólares. O que o ofendia? Ele acendeu um cigarro e soprou a fumaça em mim.

Tinha passado a MANHÃ COM ADVOGADOS. Deus Todo-Poderoso, Marlene Leibovitz tinha enganado ele para assinar o direito de venda de *Se já viste morrer alguém* no Japão. Esse quadro era PROPRIEDADE dele. NÃO ESTAVA À VENDA POR PREÇO NENHUM de forma que Marlene era uma FRAUDADORA e uma

ARTISTA DA TRAPAÇA. Ele disse que ia denunciar ela para a INTERPOL assim que descobrisse como fazer isso.

Eu agradeci a gentileza dele — puxa-saco puxa-saco. Imediatamente me pediu para ver meu quarto e eu me arrependi de ter falado mas minhas POUCAS POSSES estavam em seus devidos lugares inclusive o emblema e o rádio que a polícia me deu. Jean-Paul ficou muito pensativo. Pôs o cigarro debaixo da água da torneira e disse que estava preocupado com a minha segurança. Eu disse que o Butcher ia voltar logo para me buscar e ele me deu um olhar tão cheio de piedade que fez meu estômago revirar.

MINUTOS DEPOIS fui informado por Jackson de que minha cama ia ser necessária para um novo CLIENTE e que eu devia recolher meu carrinho de bebê e meu segundo carro para o depósito onde ia morar até a minha posição ser esclarecida. Meu irmão estava EM ATRASO. O que ia acontecer comigo agora? Meu irmão um dia tinha me forçado a morar no banco de trás do FC Holden dele. Eu ficava LEGALMENTE A SEUS CUIDADOS nas ruas de St. Kilda, Mordiallac, Caulfield Leste e outros lugares a que ele era levado atrás de mulheres que repousassem a cabeça feia dele entre os seios. Luzes de rua amarelas, apartamentos de tijolo vermelho, estacionamentos marcados, manchas de óleo no concreto, vivalma a não ser, de vez em quando, um REFUGIADO solitário ou um NEGÃO ou um RUSSO cada um expulso do seu lugar de nascimento condenado a vagar pela Terra à noite.

O FC Holden fedia a bituca de cigarro molhada, batatas brotando no piso úmido enferrujado, pilhas de jornal embolorando e todo esse DETRITO queria dizer que não dava para baixar o ENCOSTO não dava para dormir.

Em East Ryde, até nas ruas Bellingen e Bathurst eu tinha pensado que aqueles dias ruins haviam acabado mas o depósito estava sempre à espera no fim do corredor em forma de L, cinco degraus abaixo, ao lado da lavanderia, o cheiro azedo dos trapos de limpeza pior do que o cheiro do CARRO PRÓPRIO DA AUSTRÁLIA. Perguntei para Jackson se tinha um quarto melhor. Ele disse que não e então tentou me dar dinheiro sem registro mas eu não tive coragem de pegar.

Ele disse como você quiser.

Como não queria que os clientes soubessem que eu estava sendo pago nunca conversei com eles. Agora eles achavam que eu era amigo de Jackson então naturalmente não gostavam de mim. Era culpa da minha burrice mesmo eu estar sozinho. Sentia falta do meu irmão e não conseguia imaginar como ele ia poder ouvir a minha voz.

E Sansão clamou SENHOR DEUS, PEÇO-TE QUE TE LEMBRES DE MIM, ele disse, E FORTALECE-ME AGORA SÓ ESTA VEZ. ABRAÇOU-SE, POIS, COM AS DUAS COLUNAS DO MEIO, COM A SUA MÃO DIREITA NUMA, E COM A SUA ESQUERDA NA OUTRA.*
Estava errado eles me irritarem desse jeito.

# 34

Fugimos do metrô em Shinjuku e ziguezagueamos por uma alameda de bares, ela brilhante como prata, um peixe subindo na noite, por uma escada, até que estávamos — 4F — nesse imenso lugar gritante — *Irasshaimase!* — onde cozinha-

---

*Juízes 16:29. (N. do T.)

vam cogumelos, camarão, pedaços de merda de cachorro na minha opinião, e mantinham o saquê sempre chegando e Marlene sentada ao meu lado no balcão em forma de ferradura, o rosto dela lavado pelas explosões de chama, pela noite estrelada, Galileu brilhando em seus olhos amendoados. Quando ela levantou o copo de saquê para mim, me lembrei de que ela havia cheirado o catálogo do saco transparente. Essa idéia não foi assim tão súbita. Eu tinha passado o dia inteiro visualizando aquela rápida cheirada. Ela bateu o copo dela no meu. Saúde, disse. Ela havia conquistado algo. Uma vitória. Nunca me parecera mais estranha, mais adorável, do que agora, com aquelas compridas fatias de cogumelo na boca, toda acesa, o pescoço quente e cheiroso, e eu estava explodindo de desejo.

— Por que exatamente você cheirou aquele catálogo?

O gosto de sua boca era doce e terroso. Ela sacudiu o dedo e tomou mais um gole, depois pôs a mão na minha coxa e esfregou o nariz no meu.

— Descubra você.

— Tinta de 1913?

Ela estava *luminosa*. Os cozinheiros gritalhões fatiavam polvo e jogavam na chapa de metal, onde aquilo pulava como uma coisa saída do inferno de minha mãe.

— O catálogo não é velho coisa nenhuma? Aquele filho-da-puta, Utamaro, imprimiu aquilo especialmente para você?

Em vez de me contradizer, ela riu.

— Olhe só você! — gritei. — Nossa, olhe você!

Ela estava nervosa, adorável, os lábios brilhantes.

— Ah, Butcher — ela disse, mudando a mão para a parte superior de meu braço. — Você agora me odeia?

Contei essa porra de história muitas vezes. Estou acostumado com a expressão na cara de meus ouvintes e sei que deve haver algum detalhe essencial que eu omito. Muito provavelmente esse *detalhe* é o meu caráter, uma falha que passou do esperma podre de Blue Bones para o meu barro corrupto. Porque não consigo nunca fazer ninguém realmente *sentir* por que a confissão dela me excitou tanto, por que eu devorei a sua boca escorregadia de músculos macios na luz oscilante da grelha campestre perto da estação de metrô de Shinjuku.

Então ela era uma trapaceira!

Ah, que horror! Quero morrer fodido!

Sim: Marlene tinha uma pintura falsificada, ou com um passado sombrio. Sim: ela inventou uma história de uma porra de catálogo. Sim: é ainda pior que isso. Bem: minhas absolutas abjetas fajutas desculpas a todos os cardeais envolvidos, mas os colecionadores ricos são capazes de se cuidar. Eles roubariam minha obra quando eu estava desesperado, para vender por uma fortuna depois. Eles que se fodam. Pau no cu deles. Marlene Leibovitz tinha inventado um catálogo, um título também como vocês logo vão saber. Tinha transformado uma tela órfã sem valor em uma coisa pela qual alguém pagaria 1 milhão de dólares. Ela era uma autenticadora. Era isso que ela fazia.

— Houve mesmo uma exposição cubista em Tóquio em 1913?

— Claro. Deus está nos detalhes.

— Você tem os recortes de jornal? Leibovitz fazia parte dela?

Ela se aninhou em meu pescoço.

— *Japan Times, Asahi Shimbun* também.

Ao longo disso tudo, nós dois estávamos sorrindo, sem conseguir parar.

— Claro que essa pintura de Mauri especificamente não estava nem perto dessa exposição?

— Você me odeia.

— Não havia nenhuma reprodução contemporânea, havia? E, claro, os jornais não forneciam a dimensão dos quadros.

— Você me odeia?

— Você é uma menina muito má — eu disse.

Mas o negócio de arte está cheio de gente muito pior, tubarões, ladrões de terno risca-de-giz, indivíduos sem olho, lixeiros que contam com tudo menos a beleza da pintura. Sim, o catálogo de Marlene era falso, mas o catálogo não era uma obra de arte. Para julgar uma obra, você não lê a porra de um catálogo. Você *olha* como se a sua vida dependesse disso.

— Você não me odeia?

— Ao contrário.

— Butcher, por favor, venha comigo a Nova York.

— Um dia, com certeza.

Nós tínhamos bebido. O lugar era barulhento. Demorei para entender que ela não queria dizer um dia. Também, mais uma vez, ela ficou perplexa de eu não ter entendido uma coisa que achou ter dito claramente. Eu não tinha ouvido que Mauri havia pedido a ela para vender o Leibovitz? Ela havia pedido para ele despachar o quadro para Nova York. Não tivera outra escolha.

— Você me ouviu, baby.

— Acho que sim — eu disse, mas nada era tão simples. Havia Hugh, sempre Hugh. E eu sei que disse que não pensei nele em Tóquio, mas como alguém pode acreditar nessa merda? Ele era meu irmão órfão, sob minha guarda, filho de minha mãe. Tinha os meus ombros fortes caídos, meu lábio inferior, minhas costas peludas, minhas pernas de camponês. Tinha sonhado com ele, visto Hugh numa gravura de Hokusai, num carrinho de bebê em Asakusa.

— Ele está em boas mãos.

— Acho que sim.

— Ele gosta de Jackson.

— Acho que sim. — Mas não era só Hugh também. Era Marlene. Como aquele quadro tinha aparecido em Tóquio? O catálogo falso dizia que estava lá desde 1913.

— Me diga uma coisa — falei. Segurei as duas mãos dela com uma minha. — Esse é o quadro de Dozy?

— Você vem comigo a Nova York se eu contar a verdade? Eu a amava. O que acha que eu disse?

— A despeito do que eu disser? — O sorriso dela tinha uma deslumbrante e rosada falta de definição que se poderia explicar mais normalmente com tinta, um polegar, um toque curto e firme.

— A despeito de tudo — eu disse.

Os olhos dela estavam brilhantes e profundos, dançando em reflexos.

— De que tamanho é o quadro de Dozy?

— Este é menor.

Ela deu de ombros.

— Quem sabe eu fiz ele encolher?

— Não pode ser o de Dozy — eu disse.

— Vamos, Butcher, por favor. Só mais uns dias. Nós ficamos no Plaza. Hugh está bem.

Em Leibovitz, a garota que fugiu da escola secundária aluna de Milton Hesse havia se tornado completamente, improvavelmente perita. No caso de Hugh, porém, ela não fazia a menor idéia, porra. Eu não podia usar a mesma desculpa.

# 35

Foi no reinado de Ronald Reagan, às 5h de uma tarde de setembro, que chegamos ao coração do império. Durante um momento foi mais ou menos legal, mas então, no balcão da limusine, tudo começou a desmoronar. O cartão de banco australiano de Marlene foi recusado por uma mulher negra e alta com óculos de strass e uma boca fina e torta.

— Certo — disse ela —, vamos tentar outro sabor.

Tinha sido um vôo de 18 horas. O cabelo de Marlene parecia um campo de trigo danificado pelo tempo.

— Qualquer cartão, *miss*.

— Só tenho um cartão.

A despachante examinou minha beleza comprometida pela viagem, devagar, de alto a baixo.

— Hum-hum — disse. Esperou apenas um momento antes de estender a mão para mim.

— Ah, eu não tenho cartões.

— Não tem *cartões* — ela sorriu. — Não *tem* cartões.

Eu não ia explicar para ela os termos do meu divórcio.

— Nenhum de vocês dois tem cartão de crédito? — Então, sacudindo a cabeça, ela se virou para o homem atrás de nós.

— Próximo — disse.

Claro que eu tinha 200 mil dólares a receber, mas não estava com eles, porra. Quanto ao crédito de Marlene, deu alguma cagada com o escritório de Mauri ou com o banco dele, mas eram 3h da manhã em Tóquio e não tínhamos como descobrir. Bom, foda-se, telefonei para Jean-Paul da Ala C e liguei a cobrar porque a gente tinha mandado para o bostinha 15 mil dólares —

todo o meu adiantamento da galeria — pelo *Se já viste morrer alguém*, de forma que ele tinha tido lucro com a pintura que perdera. Eram 5h da manhã em Sydney, cedo, sim, mas não era razão para berrar no meu ouvido sobre o litígio que ele planejava para mim. Ele que estava pagando a conta de telefone, então deixei ele esbravejar. Ele se acalmou depois de um tempo, mas aí começou a falar de Hugh que ele dizia estar acabando com suas "instalações".

— Ele arrancou a pia da parede.

— O que você quer que eu faça? Estou em Nova York.

— Foda-se, seu ladrão. Vou mandar que ele seja trancado por sua própria segurança.

Depois que o bom cliente bateu o telefone na minha cara, encontramos um bar e tomei a minha primeira Budweiser. Que jarra de mijo de gato aquilo se revelou.

— Não se preocupe — disse Marlene —, amanhã vai estar tudo certo.

Mas era em Hugh que eu estava pensando. E, embora segurasse a mão de Marlene, eu estava sozinho, cheio de vergonha e preocupação enquanto era levado de ônibus para a estação Newark, onde pegamos o trem de conexão para a estação Penn em Nova Jersey e aí mudamos para uma lata maluca incrustada de arte até a Prince Street. Era o SoHo, mas não o SoHo onde se comprava seu Comme des Garçons. Eu não fazia idéia de onde tinha ido parar, só que havia destruído a vida de meu irmão e que as sirenas eram histéricas, os táxis não paravam de fazer barulho e que, em algum lugar, perto dali, havia um lugar para ficar. Eu queria um gim-tônica com um punhadão de gelo anestésico.

Ao anoitecer, finalmente chegamos a Broome e Mercer, quer dizer, numa hora em que as fábricas de chapa de metal estavam escuras, a energia, desligada, os velhos pioneiros do Abstracionismo Cromático e do Alto Cafonismo Anestésico deviam estar se enfiando nas porras dos seus sacos de dormir enquanto a teia de escadas de incêndio tecia uma última e adorável filigrana de luz pelas paredes das fábricas.

Na esquina da Mercer Street, Marlene disse:

— Vou subir no seu ombro.

Obediente, eu estendi as mãos e Marlene Cook subiu em cima de mim como um centroavante na área do gol no Campo de Críquete de Melbourne. Era o primeiro vislumbre que eu tinha do que ainda podia estar oculto de mim. Com a grande bolsa ainda atravessada nos ombros, minha íntima companheira saltou de minhas mãos para meus ombros. Cinqüenta e dois quilos só, mas ela deu impulso com tamanha força que meus joelhos dobraram como velhos caules de papoula cansados, e quando eu endireitei o corpo ela estava escalando a escada enferrujada, depois ziguezagueando pela filigrana até o quinto andar. Ouvi uma janela resistente se abrir, uma espécie de *pop*, como uma vértebra travada que adquire independência. Quem era essa mulher fodida? Um carro de polícia estava se aproximando, rodando devagar pela rua quebrada, luzes acesas, faróis apagados. E quem era eu, porra? Meu dinheiro era todo japonês. Meu passaporte estava junto com minhas malas num armário da estação Penn. Uma chave prateada caiu da noite e pipocou nas pedras do calçamento. O carro de polícia parou e esperou. Eu entrei na luz, peguei a chave, recuei. Então o carro seguiu em frente, arrastando o amortecedor como uma corrente de âncora quebrada.

Ali não era Sydney. Deixe eu dizer de quantos jeitos.

— Suba — minha amante gritou. — Quinto andar.

Do lado de dentro da porta estava escuro feito breu, porra, e eu subi a escada devagar, tateando meu caminho por um patamar lotado de um desagradável carpete danificado por fumaça e outro com caixas de papelão e depois, no quarto andar, vi uma luz de velas tremulante vazando de trás de uma porta de metal aberta.

— Que tal?

Era um loft, quase vazio, quase branco. Marlene estava no centro. A grande bolsa preta estava no chão atrás dela, debaixo da janela de grande peitoril, em meio a uma bagunça de lascas de madeira que denunciavam sua entrada. Largada no peitoril estava a porra de uma Stanley Super Wonder Bar, um pedaço pesado de aço com uma garra em ângulo de noventa graus para arrancar pregos e, na outra extremidade, uma ponta mortal.

— Meu bem, isso é seu?

Ela pegou a barra da minha mão sem dizer uma palavra.

Observei a familiaridade com que manejava aquilo.

— De quem é este lugar onde nós estamos?

Ela me estudava de perto, testa franzida.

— Departamento de Artes do Governo de Nova Gales do Sul — disse ela. — Mantêm isto aqui para artistas residentes.

— Onde está o artista?

— Você? — Ela se aproximou, suplicante, os ombros curvados para se encaixar em meu peito.

Arranquei o pé-de-cabra da mão dela.

— Quem mora aqui?

Tinha machucado sua mão, mas ela sorriu, macia e ferida como pêssegos no gramado.

— Baby, vamos receber dinheiro de Tóquio amanhã.

— Amanhã tenho de pegar o avião para casa.

— Michael — disse ela. E então se afastou, estava chorando, Gaudier-Brzeska, Wyndham Lewis, fraturada, a beleza dividida contra si mesma em fendas e fissuras, um poço, olhos como animais, Deus tenha piedade, joguei longe a barra e a abracei, tão chocantemente pequena contra meu peito, a cabecinha entre minhas mãos. Eu queria agasalhá-la bem dentro de um cobertor.

— Não vá embora — ela disse.

— Ele é meu irmão.

Ela voltou os grandes olhos úmidos para mim.

— Eu trago ele para cá — disse de repente. — Não, não — disse, pulando para longe de minha risada perversa. — Não, de verdade. — Ela juntou as mãos e fez uma coisa budista esquisita. — Posso fazer isso — disse Marlene. — Ele pode vir com Olivier.

Ah não, pensei, ah não.

— Olivier vem para cá?

— Claro. O que você pensou?

— Você não disse nada.

— Mas é ele que tem o *droit moral*. Eu não posso assinar.

— Ele vem para cá? Para Nova York?

— De que outro jeito eu posso fazer? De verdade? O que você pensou?

— Pensei que isso ia ser um pequeno encontro romântico.

— E é — disse ela. — E é, é, sim.

Para isso é que eu havia traído minha mãe e meu irmão? Para o porra do Olivier ser testemunha de adultério?

— Não foda comigo, Marlene. — Eu era filho de Blue Bones e não sei o que mais eu disse. O que eu fiz foi chutar a bandida barra de aço contra a parede. — O que é isso? — rugi. — Que porra é essa?

— Não sei.

— Mentira que você não sabe.

— Acho que se chama pé-de-cabra.

— Você acha?

— Acho.

— E você realmente leva isso dentro da bolsa?

— Estava na minha mala até a estação Penn.

— Por quê?

Ela deu de ombros.

— Se eu fosse um homem você nunca perguntaria isso.

Foi então que saí. Encontrei um lugar chamado Fanelli's na Prince Street onde tiveram a gentileza de me deixar pagar mil ienes por um copo de uísque.

# 36

Um domingo no Brejo.

Um domingo no Brejo apareceu lá um bispo saindo da sacristia feito um caranguejo ele tinha estado em Sydney nessa manhã mesmo mas antes disso tinha sido torturado pelos comunistas chineses. Rasgaram as costas com chicotadas e sua pele tinha cicatrizado dura e irregular como uma estrada de Morrisons cheia de marcas secas de pneus depois de chuva pesada. Depois do primeiro Salmo ele explicou por que ninguém devia votar no Partido Trabalhista Australiano e aí tirou as vestimentas na frente dos FIÉIS e minha mãe disse o Senhor nos salve mas quando convidado a responder meu pai quis saber a que horas o bispo tinha tomado o café-da-manhã em Sydney.

Qual foi a pergunta?

Quanto tempo levou para vir de Sydney de avião?

Uma hora, disse o bispo.

Minha mãe deu um chute no meu pai mas ele era Blue Bones e não ligava a mínima para a opinião dos homens na sacristia e com toda a certeza não ia mudar seu modo de agir por causa de uma sapatada de mulher tamanho 35. Nosso pai era uma IDENTIDADE DO BREJO bem conhecida. O vôo de Sydney era um milagre no entender dele, então queria que o bispo respondesse — foi agitado ou tranqüilo?

O bispo disse que tranqüilo.

Deus sabe o que meu pai diria agora se levantasse do túmulo e me encontrasse prisioneiro de um depósito na casa de repouso de Jean-Paul. Sem dúvida ia me bater de CINTO por destruir PROPRIEDADE PRIVADA. Está certo. Só depois de fazer justiça é que ele ia entender que o Butcher tinha ido de avião até Nova York e me abandonado de novo.

Isso ia pegar meu pai direto. Ah, ele ia perguntar, quanto tempo leva isso?

Treze horas.

Meu Deus do céu.

Meu pai era mesmo UMA FIGURA, como dizem. Todo mundo se lembra dele. POR QUE ME ABANDONASTE?

Os policiais são pequenos Hitleres segundo o Butcher Bones mas quando eu estava em atraso na Casa de Repouso eles não me acusaram de um crime. Contanto que eu ficasse dentro do depósito estava tudo legal. Me traziam objetos interessantes que encontravam em suas viagens inclusive um urso usado para anunciar uma loja de donuts.

Meu pai era um homem duro que vivia numa era de milagres e deslumbramentos. Eu o encontrava à noite contemplando a maravilha da REFRIGERAÇÃO. Antes da refrigeração ele dirigia a van dele até Madingley para encontrar o trem de Melbourne, depois voltava para encher a câmara fria. Aí chegou a geladeira EUREKA você vai pensar mas o PÚBLICO EM GERAL não gostava de carne resfriada e só comprava o que estava pendurado na loja OS TONTOS como meu pai dizia. Ele era sempre pelo progresso, inclusive para alargar a rua principal mesmo que isso quisesse dizer matar as árvores. Meu pai era um bem conhecido REALISTA. As folhas entupiam mesmo os bueiros, como ele disse mais de uma vez no bar do Hotel Royal. Eu estava sentado na minha cadeira na frente da loja. Isso foi muitos anos atrás, benzadeus, Blue Bones não tinha sido tirado de nós. Dois caras de Melbourne vieram viajando numa Holden que era uma MARCA nova de que não se tinha ouvido falar aquele ano. Um usava terno risca-de-giz o outro short xadrez você rachava de rir de olhar para ele. O de terno perguntou posso tirar seu retrato. Como não tinha certeza de ONDE ESTAVA PISANDO chamei Blue Bones e vi pela cara dele que ele também achava que os dois eram uma dupla de BICHAS mas ele não ligou de ele e eu posarmos juntos de pai e filho. As bichas tinham o que se chama de POLAROID. Quando a foto foi tirada, ficamos por perto e eu me vi aparecer como um homem afogado boiando na superfície de uma represa.

Olhe isso, meu pai falou. Veja, isso não funcionou nada nada.

Eu entendi na hora o que ele queria dizer, mas as bichas levaram um tempo para entender a objeção do meu pai que era que não dava para ver de Blue Bones mais que o avental. Eles então concordaram em tirar uma segunda Polaroid e eu podia ficar com ela, eles me davam, para eles não tinha problema.

Quando conseguiram fazer um retrato a contento de Blue Bones eles mostraram para ele e depois se ESCAFEDERAM. Quem é capaz de imaginar para onde foram?

Olhe só, disse o meu pai, estudando a figura dele aparecendo na sua frente. Ele tinha uma cara cortada a machado e olhos vermelhos furiosos mas quando colocou a Polaroid no aparador da lareira era um outro homem. Olhe só, ele disse. Inclinou a cabeça. Quase sorriu. Olhe só isso, porra.

Depois a Polaroid começou a apagar e aí ficou muito pior porque dentro de uma semana tinha DESAPARECIDO de uma vez. Era de se esperar que nosso pai tivesse um ataque de raiva, mas ele não teve, não, nem uma vez, e a Polaroid continuou no aparador enquanto ele viveu e às vezes eu via ele conferindo a foto como se fosse um barômetro ou um relógio. Aí meu pai morreu, acabou tudo e crescia mato pelo piso do quartinho de fora.

Passei muitos dias no depósito esperando meu irmão cuidar do ATRASO. Era um quarto feio com uma pia um balde e um aparelho de aquecimento de água a gás que começava a rugir no meio da noite. UOOMP. UOOMP. Dava para ficar com temor de Deus. Arrumei a guirlanda de Natal de ursinhos e ligava o rádio que mesmo não funcionando a luz verde dele era sempre reconfortante.

Abri os olhos uma manhã e vi vapor saindo da lavanderia, o sol brilhando no meio das nuvens e a CRIATURA CELESTE lá estava e mesmo sendo um HOMEM era bonito como a famosa pintura de FILIPPINO LIPPI — o terno era branco prata empoeirado como a parte de baixo das asas de uma mariposa quando elas estão morrendo na luz sagrada.

E então rolaram a pedra e eu fui atrás dele pelo corredor onde os velhos saíam para me dizer que eu ia tropeçar no fio do meu rádio e devia ser antes das 20h porque Jackson ainda estava sentado na sua mesa.

A criatura anjo falou, Entregue o dinheiro dele.

Jackson me deu um envelope. Disse que não guardava ressentimento nenhum.

Na rua lá fora tinha um Mercedes-Benz branco esperando como se fosse um casamento. Eu entrei do lado da criatura anjo. Ele tinha cabelos escuros encaracolados, recém-abençoados. Ele disse muito prazer em conhecer você. Ele disse, parece que nós vamos viajar juntos. Minha nossa. Para onde? De repente fiquei com medo.

Ele disse Eu sou Olivier Leibovitz e você e eu vamos para Nova York hoje. Desculpe, mas tudo o que eu consegui pensar foi meu irmão está COMENDO a mulher dele. Devia contar para ele? O que ia acontecer comigo? Disse para ele que não tinha pegado a minha cadeira. Disse a gente tem de voltar para pegar.

Em Nova York tem muita cadeira, disse ele. Compro uma para você no Third Street Bazaar.

No Aeroporto Internacional Kingsford Smith Olivier tomou um comprimido. Olhe aqui, ele disse, melhor você tomar um também. Ele me deu uma Coca e dois comprimidos. Eu tomei os dois e logo depois disso descobri que eu tinha um passaporte. Eu nunca soube que tinha passaporte, nem que cara tinha um passaporte. Quando entrei no avião estava pensando no meu pai.

Perguntei para Olivier quanto tempo levava para chegar aos Estados Unidos.

Ele disse 13 horas até Los Angeles, benzadeus, benza meu pobre paizinho querido. Ele não ia agüentar isso, ver Slow Bones sentado no lugar dele.

# 37

Só havia dois bares no SoHo naqueles anos. Um deles era o Kitty's, e o outro, o Fanelli's, e foi lá que uma Marlene de olhos inchados me encontrou dez minutos depois. Ela chegou à minha mesa dos fundos, leve como uma mariposa, trazendo duas Rolling Rocks, uma dos quais colocou muito circunspecta na minha frente.

— Eu te amo — ela disse. — Você não faz idéia do quanto.

Como estava cheio de emoção crua, não confiei em mim mesmo para falar nada.

Ela escorregou para o banco em frente ao meu, levantou a garrafa aos lábios.

— Mas você não consegue me amar a menos que saiba no que foi que se envolveu.

Como isso era exatamente o que eu estava pensando, levantei minha cerveja e bebi.

— Então — ela pousou a cerveja, cuidadosamente, em cima da mesa. — Vou te contar.

Fez uma pausa.

— Sabe, quando você me viu pela primeira vez... com aquele sapato ridículo que te deixou tão excitado.

— Eu odiei o sapato.

— É, mas não me odiou. Isso seria insuportável. Não se preocupe com Hugh. Eu vou cuidar de Hugh.

Dei um grunhido quanto a isso, mas devo confessar que me tocou. Nunca ninguém antes tinha *mentido* para mim a esse respeito.

— Olivier autenticou o quadro de Dozy Boylan — ela disse

finalmente. — Eu estava fora. Quando voltei para a Austrália, ele já tinha autenticado. Meu Deus. Que bobagem. Boylan era amigo de um cliente de Olivier e Olivier ficou com vergonha de admitir que não sabia porra nenhuma sobre a obra do pai.

— É um quadro famoso. Qual é o risco?

— Se ele olhasse o que estava debaixo do nariz dele, teria descoberto que o quadro havia sido removido da coleção Museu de Arte Moderna. Em outras palavras, jogado fora.

— Eu sei o que quer dizer, baby.

— Sei que você sabe, mas isso não devia ter sido uma bandeira vermelha? Por que teriam desprezado o quadro? Até mesmo Olivier devia ter pensado nisso.

— Mas você disse que era bom. Foi praticamente a primeira coisa que você me disse. "O bom é que o sr. Boylan sabe que o Leibovitz dele é verdadeiro."

— Cale-se e escute. — Ela pegou minhas duas mãos e levou aos lábios. — Me escute, Michael. Estou dizendo a verdade.

— O Leibovitz dele não é verdadeiro? É isso?

— Na minha opinião? Era uma tela inacabada do pós-guerra que Dominique e Honoré retiraram na noite em que o velho bode morreu.

— Porra, Marlene!

— Psiu. Calma. Não era uma pintura valiosa, mas eles forjaram em cima. Dataram de 1913. Então virou um quadro valioso. O MoMA arrematou assim que entrou no mercado em 1956. Foi direto do espólio. Tinha perfeita proveniência e era muito reproduzido. Mas era forjado. Honoré, é claro, sabia *exatamente* quanto e como ele havia alterado. Ele não precisava de raios X. Provavelmente assistiu Dominique trabalhar nele.

— Mas você encontrou os recibos das tintas no arquivo? Ah, merda. Você mesma imprimiu os recibos?

— Baby, por favor não me odeie. Eu não fui sempre bandida de verdade. Nós devíamos apenas ter pegado de volta a tela de Boylan, mas quem nos emprestaria o milhão e meio de dólares americanos que teríamos de pagar? Ninguém.

— Então você falsificou um recibo de branco de titânio.

— Foi assim como remendar um vazamento com chicletes. Por uns dois dias a pintura era legítima de novo. Mas não demoraria muito para fazer um raio X de verdade e aí nós estaríamos, desculpe, totalmente fodidos.

Agora então eu entendia.

— O quadro estava no seguro. Você deu um jeito de ele ser roubado.

Os olhos dela estavam um pouco inchados e a luz da Prince Street era delicada e azul. Durante todo o tempo em que me contou a história ela pareceu abatida e eu, portanto, demorei para perceber a sombra de sorriso que agora aparecia no canto de sua boca.

— Você roubou o quadro *pessoalmente*.

— Bom, Olivier não ia fazer isso.

— Andou um quilômetro e meio pelo meio do mato à noite?

Em Nova York havia começado a chover, grandes gotas gordas que batiam na vitrine do Fanelli's e lançavam sombras de pista de dança naquele rosto adorável bem solitário enquanto ela explicava, constantemente verificando a minha reação, que tinha comprado um par de luvas de jardinagem com pontas de borracha, um conjunto de chaves de fenda, faca de tapeceiro, cortador de arame, cinzel de madeira, puxador de pregos, uma lanterna, um rolo de fita adesiva forte e um pé-de-cabra. Passou dois dias em um motel de Grafton e, quando soube que Dozy tinha partido para Sydney, seguiu por aquelas estradas secundárias solitárias até a Terra Prometida. O carro alugado ela estacionou numa estrada de lenhadores abandonada e dali foi a pé por uma trilha pelo campo de mata baixa, e embora tivesse alguma dificuldade para localizar o poste, trepou nele com facilidade e desligou tanto a energia como o telefone.

— Como você sabia fazer isso tudo?

Ela encolheu o ombro esquerdo.

— Pesquisa.

No momento em que chegou à porta de Dozy a noite era um chuveiro de estrelas cristalinas num céu de veludo. Trabalhando sem nenhuma outra luz além da lua e das estrelas, ela usou o pé-de-cabra para remover a massa dos vidros da porta. Isso era uma coisa de que eu me lembrava da reportagem da imprensa, os detetives locais dizendo que o ladrão tinha sido um "maníaco perfeccionista". Marlene deixou a massa arrumadinha em cima da máquina de lavar pratos.

Dozy já havia mostrado para ela exatamente onde se encontrava o quadro e como estava preso. Ela então usou uma torquês para cortar o cabo e remover cuidadosamente a moldura que sempre a irritara. Cobriu a pintura com uma porção de fronhas, enrolou tudo com a fita adesiva e saiu andando pelo mato.

— E depois?

Seus olhos baixos de repente estavam arregalados e duros.

— Você ainda quer ter alguma coisa a ver comigo, baby? Esse é o ponto.

Eu devia estar com medo, mas não estava.

— Vou ter de ouvir a história inteira.

Ela levantou uma sobrancelha.

— Quer uma confissão por escrito?

— A história inteira.

— Ah sei. É mesmo — ela disse, um pouco abalada.

— Você lembra quando chegou a minha casa pela primeira vez e viu no que eu estava trabalhando?

— Eu nunca menti sobre o seu trabalho. Nunca. Jamais.

— Não estou falando das pinturas.

— É, você estava com uns lindos desenhos de insetos.

— Moscas, vespas, algumas borboletas.

— Me lembro de ter pensado, graças a Deus ele sabe desenhar. — Ela ficou vermelha. — Eu estava fora de mim.

— Bom, a mosca *Achias australis*, por exemplo...

— Michael, você já me contou isso antes. É chamada de Borobodur. É rara só que Boylan encontrou uma perto da casa dele.

— *Borboroidini*. Essa é a mosca do vombate.

— Eu sei.

— Quando a gente estava olhando o *Tour en bois, quatre* no escritório do sr. Mauri, havia, na parte de trás, uma *Achias australis* presa numa teia de aranha. Esse também é um inseto muito local.

Levou um momento, mas quando ela entendeu pareceu quase satisfeita.

— Você é um homem muito inteligente. — Ela sorriu.

— Eu sou.

— Então, meu amor, me diga como fiz o quadro ficar menor?

— Você me diz.

Nesse momento, alguém apagou a luz do bar e ela se inclinou por cima da mesa laminada molhada e me beijou na boca.

— Você descobre — ela disse.

O Fanelli's estava fechando e nós saímos cambaleando, descemos pelo calçamento escorregadio até o grande loft escuro. Não falamos nada mesmo, mas ao fazer amor essa noite foi como se quiséssemos nos rasgar um ao outro, até a morte, nos devorar. Nos esconder dentro da maravilha secreta da pele do outro.

# 38

O banco do avião muito estreito o teto muito baixo mas aí Olivier me deu mais dois comprimidos amarelos e logo era muito bom estar acima das nuvens. Meu pai nunca viu isso. Nunca na vida inteira. Nem os reis da Inglaterra. Ninguém na Bíblia viu uma coisa dessas a não ser que garantam vistas de paisagem no processo de ASCENSÃO. Blue Bones não podia imaginar que eu, sua DECEPÇÃO, fosse estar suspenso acima da terra, anjos e querubins a toda volta, meu coração e artérias claramente visíveis, balançando no céu como uma bola de pingue-pongue dentro de uma bota de borracha.

À noite o rio eterno do céu, minha alma como mata-borrão derrubado na tinta. Olivier não olhava pela janela disse que lembrava a ele que não era nada. Então ele disse que queria ser nada. Ele disse que só queria Marlene. Não importava ela ter botado fogo na Escola Secundária Benalla. Tinha sido um choque descobrir isso mas para ele não fazia mais nenhuma diferença. Ele era a favor de botar fogo.

A garçonete perguntou se ele queria um drinque. Ele disse que já estava alto a 30 mil pés. Eu tomei uma cerveja.

Olivier tinha cheiro de perfume e talco igual BUMBUM DE BEBÊ. As garçonetes ficaram em cima dele desde que a gente chegou e quando o lindo paletó branco dele passou no meio delas eu vi um ligeiro brilho prateado, uma criatura que vem voando na noite para se pregar em cima da cama de uma mulher.

Ele cochichou para mim que não ligava que a mulher dele tivesse se revelado uma MENTIROSA PSICOPATA mas que queria que ela não tivesse pena dele. Por que ela não podia ser igual a uma mulher comum e jogar ele na rua?

Ele disse que Marlene amava ou meu irmão ou o trabalho dele, quem poderia dizer qual? Ela era uma boba romântica e não fazia idéia do mau caráter dos artistas.

Eu disse que entendia perfeitamente.

Ele disse que entendia perfeitamente desde o dia em que nasceu.

Eu disse que era a mesma coisa comigo. Exatamente. Quando ele disse que o pai dele era um porco egoísta eu apertei a mão dele.

A garçonete trouxe o jantar numa bandeja e Olivier achou que devia aceitar só um CHOTA PEG que no fim das contas era só uísque. Eu tomei uma cerveja.

PRATO QUENTE NÃO PODE ESPERAR, PODE COMEÇAR O JANTAR.

Olivier beliscou o PRATO DE COELHO dele mas aí se encheu daquilo e arrumou as garrafas como um jogo de xadrez na bandeja.

Perguntou se eu queria que ele me contasse sobre os comprimidos dele.

Por mim TUDO BEM.

Ele gostava de TEMAZEPAM ele falou o ATIVAN também era bom e se eu gostaria de um VALIUM GENÉRICO. Tinha muito mais que isso. Esses são os que eu sabia os nomes na época mas ele devia ter ADERAL também.

Ele tomou um comprimido de CODIS e uma ou duas cápsulas sortidas e então um gole de Pinot noir da Tasmânia dizendo que o vinho ia POTENCIALIZAR os comprimidos meu Deus. Você deve pensar que eu sou um bêbado, Hughie, meu velho. Sabe eu estou agoniado. Eu amo Marlene mas ela é uma mulher terrível, terrível.

Eu não sabia o que responder porque Marlene era minha amiga e ela e meu irmão estavam TRANSANDO FEITO COELHOS com meu pleno conhecimento. Eu era CÚMPLICE DO FATO pelo que eu sabia. Muitas noites tive de enfiar a cabeça embaixo do travesseiro para parar o barulho.

Me pergunte com quantas mulheres eu fui para a cama, Olivier disse.

Ele era igual um astro de cinema com a boca vermelha e o cabelo preto encaracolado a pele das pálpebras mais macia que um pênis saído do banho. Eu disse dez.

Isso fez ele dar risada. Ele deu tapinhas no meu cotovelo e despenteou meu cabelo e disse que não tinha nenhuma igual à mulher dele. Mesmo assim tinha sido uma BANDEIRA VERMELHA descobrir que ela havia botado fogo na escola. Ele tinha descoberto isso do jeito mais horrível, um cliente da empresa de publicidade dele que só sabia que a esposa de Olivier era da Benalla que contou durante um jantar.

Quantos anos ela tem?, pergunta o cliente.

Ora 23, Olivier responde.

Então ela devia estar lá quando Marlene Cook botou fogo na Escola Secundária. Como é o nome da sua esposa?

Geena Davis, Olivier respondeu.

Como a estrela do cinema.

A mesma coisa, igualzinho.

Não vai ser fácil esquecer o dia em que resolveram que eu

era muito lento para voltar para a Escola Estadual de Brejo Bacchus número 28. Eu teria botado fogo naquilo até o fim se tivesse umas porras de uns bons comprimidos para me fazer parar de ter medo de castigo. Benzadeus, Deus me livre, eu só fui bom por covardia mais nada.

Olivier disse que eu podia até tomar outra cerveja. Disse que eu tinha peso para absorver, ele disse assim. Me perguntou se eu sabia que a Marlene era uma ladra. Eu disse que ela era minha amiga.

Com isso, ele gemeu, disse que ela era amiga dele também, Deus ajude. Logo ele estava dizendo as coisas mais espantosas e levou um tempo para eu entender que ele tinha mudado de assunto para a mãe dele uma mulher muito ruim. Ele estava contente de ela ter morrido. Ele ficava com urticária de se lembrar dela.

Ele foi chamado pela garçonete e achei que ele devia estar encrencado por causa da linguagem violenta mas aí ele voltou com meias da companhia aérea que eu tinha de calçar. Todo mundo tinha de obedecer a essa regra. Ele CUIDOU DE MIM, se ajoelhou para tirar meu sapato e minhas meias fedidas que colocou dentro de um saco plástico e amarrou. Ele disse que era melhor eu LIMITAR MINHA FLATULÊNCIA ao fundo do avião onde ela era mais necessária e nós demos muita risada.

Você devia ter sido rico, meu velho, ele disse. Podia me empregar para trocar suas meias todos os dias.

A garçonete trouxe um conhaque para cada um e pôs meus sapatos e minhas meias no armário de cima.

Olivier disse que ele podia ter sido bem rico mas que a mãe dele era um vaca ladra que roubou tudo dele e ele ficava doente de pensar no que ela havia feito. Ele teria gostado de ser rico e seria perfeito, cuidar do cavalo dele, montar bastante, ele olhava para mim e sorria e eu sabia exatamente o que ele queria dizer — o sangue e o coração, tudo bombeando, feliz, com medo, o relógio humano no rio do dia.

Ela me arruinou, ele disse. Achei que estava falando da mãe. Eu sou o cachorrinho de estimação dela, continuou, então eu entendi que era Marlene. Está vendo, é exatamente isso que eu sou, ele disse. Ela vai encher minha tigela e escovar meu pêlo. Eu preferia que ela me criticasse.

Eu posso acabar com ela, ele disse um momento depois. Essa é a ironia, meu velho. Posso destruí-la. Mas por que diabos faria isso, meu velho? Se eu acabar com ela, ela não me esfrega as orelhas.

Acordei no céu acima dos Estados Unidos minha boca cheia de pó, cheiros de gargarejos elegantes, creme de barbear, sabonete de mulher.

Isso é Los Angeles, ele disse.

Era minha primeira observação e eu não sabia o que podia querer dizer, mas depois eu vi os enxames de luzinhas todas juntas na noite, as cidades e estradas dos Estados Unidos, a beleza de formigas brancas, cupins devorando, sinais de acasalamento brilhando nos rabos pulsantes. Qual profeta algum dia previu uma infestação dessas?

Olivier tocou meu joelho e disse, estou de um jeito meu velho. Me ofereceu uma embalagem de comprimidos e um gole da água dele. Disse que se comesse amendoim ele morria, se comesse ostra a garganta dele fechava, mas se não tivesse a Marlene podia era cortar a própria garganta com um estilete.

Devolvi os comprimidos. Ele tomou um também.

Ele disse, acabei de resolver que não vou assinar essa coisa para ela.

Perguntei que coisa.

Ele disse, é uma tapeação total, então não assino. Está na hora de eu ter algum princípio.

Eu perguntei qual.

Ele disse, ela nunca pensaria que eu teria a coragem. Mas olhe bem para ela meu velho. Olhe para ela quando eu recusar.

Perguntei se ele a destruiria.

Isso o fez rir muito tempo, depois parava, começava e roncava até eu achar que ele tinha ficado louco.

Acabei perguntando para ele o que era tão engraçado mas a gente estava, como dizem, PREPARANDO PARA ATERRISSAR e quando o avião bateu na terra, minha pergunta não tinha sido feita.

# 39

Os táxis em Nova York são um pesadelo total. Não sei como alguém tolera, e não estou reclamando dos bancos estripados, dos imundos neutralizadores de impacto, das entradas à esquerda suicidas, mas sim da fé comum a todos aqueles siques malaios, hindus de Bengala, muçulmanos do Harlem, cristãos libaneses, russos de Coney Island, judeus do Brooklyn, budistas, zoroastrianos — sabe-se lá o quê? —, todos com a sólida convicção de que se tocar a porra da buzina o mar se abrirá diante de você. Pode dizer que não é da minha conta comentar isso. Eu sou um caipira, nascido num açougue em Brejo Bacchus, mas fodam-se eles, mesmo. Fiquem quietos, porra.

É, é uma loucura pensar em educar os filhos-da-mãe um a um, miss Boas Maneiras, mas quando encontro um idiota pendurado na buzina na frente da minha janela...

Então eu tive de ir ao supermercado numa hora da noite em que seria de se esperar uma viagem rápida, quando todas as boas avós judias deviam estar em casa na cama ou fazendo *gefilte fish* especial para o Rosh Hashanah ou seja lá o que for que elas fazem — mas talvez a multidão de avós na Grand Union fossem cristãs ou tártaras, mas pelo amor de Deus aquelas velhas constituíam uma subcategoria própria e eram capazes de atropelar alguém que não conseguisse acompanhar a velocidade delas. Eu estava com jet-lag, era estrangeiro e era lento. Deus me ajude.

Um supermercado americano é uma coisa, nossa — mas um supermercado de Nova York é uma bagunça total —, você tem de ter nascido no Corredor 5 para entender sua lógica. Como você sem dúvida já adivinhou, eu tinha ido comprar uma dúzia de ovos. De início, não consegui encontrá-los, aí ali estavam, bem ao lado do queijo feta, tantas categorias de ovos, tamanhos de ovos, cores de ovos, porra, meus colegas compradores não podiam esperar eu escolher. Eu estava atravancando o corredor, então eles travaram as rodas comigo, se apinharam nos Corredores 2 e 3, como um enxame de idiotas em pane na entrada do túnel Holland.

Pensei em ovos escuros porque são mais básicos — eu era mesmo um caipira —, mas cinco quarteirões adiante, acima da Mercer Street com Broome, quando me vi na sombra enferrujada da escada de incêndio, descobri que os caros bostinhas tinham cascas duras como concreto. Já contei que eu era um lançador de boliche rápido e fatal na Escola Secundária de Brejo Bacchus? Ainda era bom de olho e tinha o braço bom de meu pai, mas por mais que eu jogasse e girasse os ovos, eles quicavam nos pára-brisas dos táxis barulhentos.

Marlene, bendita seja, não tentou nem me impedir nem me animar, e quando voltei para dentro pela janela aberta ela levantou os olhos do sofá caindo aos pedaços onde estava esticada lendo o *New York Times*.

— Venha aqui, meu gênio.

Ela estava tão, tão deslumbrante, a luz de leitura batendo em sua face esquerda, uma onda de poeira dourada, subindo de um campo azul-ardósia.

— Você é um bobão. — Ela abriu os braços e eu a abracei, cheirei sua pele de jasmim, o cabelo de xampu. Eu disse que a amava? Claro que disse. Desci a mão por suas costas de escaladora de postes, tocando cada vértebra daquela nodosa linha da vida. Ela era minha ladra, minha amante, meu mistério, uma adorável série de revelações que eu rezava para não terminarem nunca. Era a nossa terceira noite em Nova York. Tínhamos dinheiro agora. O dia havia sido um grande sucesso e não só por causa da caixa de Bourgueil e da garrafa de Lagavulin, embora isso tenha abrandado as arestas, mas porque o quadro da mosca *Achias australis* de Dozy Boylan estava agora guardado numa fortaleza do mundo das artes na cidade de Long Island. A única entrada para o lugar, Marlene me contou, era por um túnel que era inundado toda noite. As câmaras estavam cheias de Mondrians, de Koonings, e outros preciosos Leibovitz que o pirado do marido dela ia chegar e autenticar o mais depressa possível.

— Esqueça os táxis — ela disse. — Isto é Nova York. O que você queria? Vai se acostumar.

Ela estava certa, claro. Eu era do Brejo, onde a Autopista 31 passava bem na frente da minha janela, caminhões rugindo e crepitando a noite inteira enquanto a gente esperava que perdessem a direção em Stamford Hill, mergulhassem em Main Street, arrancando todas as varandas das lojas. Eu ia me acostumar com as porras dos táxis, mas com o que não conseguia me acostumar era Marlene não estar gritando comigo. Nessa altura a Puta das Pensões já teria chamado a polícia, mas ali eu tomei um rápido gole de Lagavulin — Deus abençoe os trabalhadores de Islay — e, quando estava saindo para comprar uns ovos melhores, ela me chamou de bobão e enfiou a língua na minha orelha.

A essa hora em Sydney, só os bares estariam abertos, mas a entrada da Grand Union estava lotada de negros mancos que tinham vindo alimentar suas latas e garrafas vazias numa máquina automática. Além disso, novas vovós haviam chegado — depois descobri que havia um suprimento sem fim de mães da máfia na vizinhança e menciono isso agora porque a mãe de John Gotti foi depois assaltada por algum babaca infeliz. E eu lá sabia? Minha sorte foi eu ser educado com todos esses indivíduos letais e, quando testei um ou dois ovos dentro da geladeira, ninguém teve tempo de ver o meu crime.

Havia 8.534 emblemas de táxi em Nova York, o que quer dizer perto de 20 mil motoristas e, claro, eu não podia dar aula de etiqueta para todos eles, mas pode acreditar que os ovos acabaram fazendo diferença. Você acha que isso é ridículo, mas pergunte a si mesmo: o que todos aqueles siques estão dizendo uns para os outros pelo rádio?

Fiquei muito mais satisfeito com minha segunda dúzia de ovos, grandes cascas brancas e finas que se estatelavam maravilhosamente. Apagamos as luzes e minha linda ladrazinha saiu para a escada de incêndio, para admirar minha pontaria.

— Você está sendo injusto — disse ela. — Está castigando as pessoas erradas. Esqueça os táxis. Jogue nas minivans com placas de Nova Jersey.

Eu estava bêbado quando voltei para dentro, um pouco esponjoso nas pernas, e quando a explosão de buzinas mais séria ocorreu, pouco antes da meia-noite, eu estava pronto para dizer que tinha feito minha declaração. Mas estava parado na frente da geladeira, então não custou nada pegar um ovo, apagar as luzes, abrir a janela e explodir minha bomba amarela no pára-brisas criminoso, uma minivan, como descobri, com chapa de Jersey.

— Volte para dentro. Acenda a luz.

À frente da minivan, cujos limpadores de pára-brisa espalhavam clara e gema pelo vidro, havia um táxi amarelo de dentro do qual saíam lentamente dois passageiros.

Contente como eu estava de ter silenciado a minivan, demorei para me dar conta de que os dois homens que desciam do táxi lá embaixo me eram conhecidos.

# 40

No passado muitas vozes infelizes. No passado o cheiro de polidor de fogão, cera de chão Johnson's, amoníaco turvo, depois os aventais ensangüentados de meu pai de molho no alvejante. CORPOS MORTOS chamavam em vidro âmbar — cerveja Foster's Lager, Vic Bitter, Bertie de Ballarat, Castlemaine XXXX, todos aqueles argumentos que era melhor deixar na bandeja de refugo mas eu nunca gostei de escutar aquilo. Pronto, falei. No passado, tinha a rua principal. Tinha o açougue. Atrás da loja o quintal era cheio de espinheiros, e na encosta o vicariato.

Mais contente quando ouvia os sinos do fim da tarde. Pronto, falei. Mais contente quando ouvia os martins-pescadores, via eles marcando o território no fim do dia. Melhor não saber porra nenhuma sobre os martins-pescadores, Deus nos livre do bico, a congregação de minhocas e camundongos. O que quer dizer, NADA DE CAVALHEIROS DO CONTRA POR FAVOR. Do mesmo jeito hoje em dia eu não gostava de ouvir como o meu irmão falou com Olivier na Mercer Street, Nova York, o endereço escrito no meu pulso. NÃO ME ENTENDA MAL — fiquei muito feliz por um momento, quando chegamos, mas aí Marlene pediu para Olivier assinar o DOCUMENTO FALSIFICADO e em cinco minutos eu tinha saído para a rua. Logo veio um cara chegando perto. Quem era ele? Eu não sabia. Estava arrastando uma caixa de papelão barulhenta pelo calçamento estrangeiro. O que ele queria? Era um NEGRO de barba grisalha e orelhas de Mickey Mouse ou quem sabe alguma outra variedade de rato porque as orelhas eram pequenas e cor-de-rosa NADA NATURAIS. Francamente, gostei do jeito dele.

Ele perguntou, o *Suspender* apareceu por aqui?

Respondi acabei de chegar.

Ele perguntou de onde eu vim.

Austrália.

*Mad Max*, ele falou, e seguiu o caminho dele pelo meio da rua, rindo feito um bueiro. QUAL É A PIADA SEU BABACA? como diria meu irmão. Voltei para a segurança do loft mas Butcher estava ocupado ameaçando Olivier com violência, vou te quebrar assim, te arrebentar assado. Lar doce lar e VALSA DO A DEUS. Com a cara vermelha de raiva ele descreveu baldes plásticos cheios do sangue de Olivier mas a voz dele estava tremendo como um pedaço de lata solta no teto de um galinheiro. Eu sabia que ele estava com medo.

Olivier ficou muito quieto, encolhendo o corpo no sofá como o GUMBY. Quando eu o vi sorrir para meu irmão entendi que ia ter derramamento de sangue. Mais uma vez eu me RETIREI via escada horrível da fábrica passando por uma floresta de rolos de carpete queimados molhados DE DAR ÂNSIA DE VÔMITO. Os músculos do meu braço soltando faíscas e tinha um tremor dentro da minha cabeça. Graças a Deus saí para o ar de fora mas aí eu entendi que devia estar nas FAVELAS DE NOVA YORK benzadeus. A porta fechada ao meu lado e eu não tinha mais nada a fazer senão esperar e torcer para eu não ser uma VÍTIMA.

Fiquei assustado com o *Suspender* isso é verdade. Mais tarde, uma ou duas vezes, eu usei o nome. Quem é você? Eu sou *Suspender*.

Um homem passou de bicicleta, benzadeus, eu não esperava bicicleta nenhuma. Sem problema.

Aí Olivier apareceu.

Ele disse, eu trouxe a sua mala, mas você é que sabe.

O quê?

Não posso ficar aqui, velho, ele disse.

Perguntei aonde ele ia.

Para o meu clube, mas você provavelmente vai preferir ficar com seu PARENTE.

Posso ir com você? perguntei.

Ele me olhou de cima a baixo. Ele não me queria. Dava para ver.

Claro, ele disse afinal. E sorriu. Passou o braço em volta de mim, mas assim que a gente entrou no táxi ele se encolheu no canto dele e explodiu ODEIO AQUELA VACA FILHA-DA-PUTA!

BENZADEUS, Deus me livre. Domingo é uma desgraça.

ODEIO ELA.

Esconder as facas, trancar as portas.
QUERO QUE ELA MORRA.
Aí ele pagou o motorista e a gente estava na frente de uma mansão.

Aquilo era o Bicker Club sei lá o que isso quer dizer. Ele disse para eu esperar ali fora um momento enquanto ele TROCAVA UMA PALAVRA com o sr. Heavens. Eu estava dando trabalho. O que mais eu podia fazer? Tive GRANDE OPORTUNIDADE de ler as NORMAS DE TRAJE PARA NÃO-MEMBROS DO BICKER CLUB.

AS ROUPAS CONSIDERADAS INADEQUADAS ESTÃO
  LISTADAS ABAIXO:
LEGGINGS, CULOTES, CALÇAS CAPRI OU JEANS
CORTADAS,
CAMISETAS REGATA, CALÇAS DE MOLETOM OU
CONJUNTOS DE JOGGING,
VESTIDOS DE FRENTE ÚNICA OU DE ALÇAS,
JEANS DE QUALQUER TIPO OU DE QUALQUER COR,
INCLUSIVE VESTIDOS, CAMISAS, SAIAS, COLETES
E/OU CALÇAS, ROUPAS DE SPANDEX OU LYCRA,
CAMISETAS, PULÔVERES SEM MANGAS OU CORPETES

Será que eu tinha alguma calça CAPRI? O que era uma roupa de LYCRA? Olivier voltou, não com Heavens mas com Jeavons, uma coisa estranha e feia com TERNO DE PINGÜIM, mais antipático que o JUIZ CARDIN que mandou meu irmão para a cadeia. Jeavons era careca e tinha orelhas enormes e quando falava levantava uma sobrancelha como se estivesse me mandando mensagens secretas. Tudo grego para mim.

Jeavons me forneceu um casaco de pele comprido mas eu tinha MOTOR QUENTE como sempre dizia minha mãe. NOSSO QUERIDO V8 ela me chamava. Eu disse que não estava com frio.

Disse Olivier, o casaco de urso não é exatamente uma escolha, meu velho.

Então eu entendi que o grosso filho-da-puta do Jeavons queria que eu cobrisse a minha roupa. Verdade mesmo — quando meu corpo brejoso estivesse escondido das vistas dos SÓCIOS me deixavam entrar no Bicker Club. Você nunca viu um lugar daqueles, metido demais para minha mãe, teto de vitral, tudo madeira entalhada feito o PAINEL DO CORO de um jeito que era EM TUDO SUPERIOR àquele lugar onde a gente tinha deixado o coitado do Butcher e a Marlene onde a única cadeira era um caixote de vinho. Fiquei com o casaco bem abotoado no corpo porque agora já tinha certeza de que eu devia estar com uma ROUPA DE LYCRA e quando Jeavons disse, foi longa a sua viagem, meu senhor, eu respondi que sim.

E falei, *Mad Max*.

Ele riu. Eu fiquei contente de fazer uma piada.

A caminho do que se chamaria de um ELEVADOR ANTIGO passamos por um longo corredor de teto de vitral mais morto que um DODÓ sem luz do sol para guiá-lo. PORCARIAS MEDÍOCRES penduradas pelas paredes então fiquei contente do Butcher não estar junto porque ele ia ficar MALUCO PRA CARALHO, pegar um chicote e expulsar os pretensos artistas para o parque para fazer trabalho manual. Claro que eu não sabia nada do Gramercy Park, nem do envenenamento da árvore secreta, nem do chaveiro da First Avenue que faz chave ilegal para a fechadura do parque, nem dos problemas com o comitê também e quando Jeavons me disse que Johnson Gravata-Borboleta tinha declarado que aquela mansão estava entre as mais bonitas de

Nova York, eu não conhecia aquele nome do mesmo jeito que não conhecia Suspender. Mesmo assim, na minha primeira noite em Nova York eu entendi que estava com o CRÈME DE LA CRÈME. Dormi numa cama de sessenta centímetros de largura, muito bem acomodado.

# 41

Minha primeira semana em Manhattan passei com jet-lag, girando os polegares e cochilando, enquanto Marlene tentava convencer Olivier Leibovitz de que ele devia exercer seu *droit moral* e assinar o certificado de autenticidade.

Marlene me contava tudo, golpe a golpe, e eu estava tão desprovido de ciúmes, tão completamente adulto, você não faz idéia, e foi só quando a AT&T pediu meu número do seguro social que eu de fato pirei. Uma hora depois, a Madeireira Prince Street quebrou o maior pau porque eles não entendiam que uma "tomada" é como na realidade se chama um "ponto de força". Depois disso, eu quase fui atropelado na Houston Street. Eu era um desastre solitário, desempregado, um barramunda de cem quilos se debatendo no convés.

O fato de Slow Bones ter me abandonado em favor da porra do Bicker Club era mais perturbador do que se pode imaginar. Mas o que eu podia fazer? Sempre Hugh, uma interferência na tela, um zunido nos alto-falantes, uma dorzinha incômoda quando não tem nada errado. Então do que eu estava reclamando?

Tinha mais dinheiro no bolso do que meu pai havia acumulado em toda a fúria total de sua vida. Então podia visitar os Corots do Met, ou finalmente admitir, mesmo que só para mim mesmo, nunca ter visto um Rothko, a não ser em reprodução. Eu tinha tempo. De fato, o apartamento da Mercer Street estava cheio de tempo, um tom de azul metálico e frio que empapava cada canto, sugando a vida dos cinza e marrons, e na hora em que fiquei pelado na frente do empoeirado espelho de corpo inteiro, confrontando meus peitorais murchos, entendi que era melhor sair, ficar longe do Lagavulin e de minha própria decadência e culpa.

Num terreno baldio da Broadway, comprei de um coreano hostil com luvas sem dedos um casaco London Fog muito intensamente usado. O casaco servia, ou serviria, por uma ou duas semanas. Não importa, entrei depressa numa loja onde entendiam meu sotaque e comprei um guia turístico e um bilhete de loteria de cinco dólares, depois passei por baixo de todas aquelas placas de loja rústicas sem-serifa anunciando roupa de cama de qualidade e pontas de estoque, passei pelo necrotério Strand, seguindo toda a Broadway de baixo, até a praça Union, onde entendi que o metrô podia me levar até o Museu de Arte Moderna. Então, no que se poderia chamar de impulso errado, me desviei de lado, atravessei a calçada cinzenta e preta pintalgada de chicletes e desci para a Gramercy Square. Podia dar ao menos uma olhada naquele ridículo Bicker Club. Estava no meu guia afinal. Philip Johnson tinha dito que era fantástico. Sem conhecer a obra dele, fui.

Havia também, como tinha havido na Broadway de baixo, um certo nível de gritaria de rua, de forma que não foi surpresa, ao entrar naquela adorável praça quadrada, ouvir a voz humana uma vez mais alterada. Waaaaa! Enfiei as mãos nos bolsos do horrendo casaco de vinte dólares e espiei pela grade preta de pontas e lá, no extremo do parque trancado, vi um homem branco correndo. Uma ambulância entrou então na Twentieth Street e estava tentando abrir caminho pela Madison com a força de nada mais que luz e som. No meio dessa confusão, levei um momento para perceber que o homem branco era o autor daquele horrível Waaaaaa. Ele estava correndo pelo parque com as pernas nuas expostas por perneiras de caubói. Aí vi que as perneiras eram calças rasgadas e que o homem não era outro senão meu irmão Hugh.

O negócio é que para entrar no parque Gramercy é preciso uma chave. *Mas* se você estava hospedado no Bicker Club tinha direito a um passeio, e Olivier, parece, tinha orientado o Velhinho Mordomo cujo nome não vou dizer, a deixar Hugh entrar. O Velhinho Mordomo, por alguma razão cruel só conhecida por sua mentalidadezinha distorcida, tinha não apenas admitido meu irmão, mas fechado o portão depois que ele entrou. E embora o sábio idiota, ao se ver enjaulado, tivesse tentado explicar seu dilema para a rua, primeiro para alguém que passeava com um cachorro, depois para um motorista de limusine e depois ao que parecia ser um grupo de modelos ingleses a caminho de uma sessão de fotos, nenhum deles — e isso pode não ser culpa de suas personalidades, mas do sotaque australiano que no caso de Slow Bones era bastante acentuado — nenhum resolveu prestar atenção nele, e o resultado foi que ele ficou perturbado e, portanto, mais alarmante para aquelas outras pessoas a quem dirigiu seus apelos, inclusive — pelo que eu soube — um membro da Diretoria da Comunidade do Parque Gramercy, uma "animada" — ah, Deus me livre — velhinha de 80 anos que, vendo-se trancada dentro do parque com um "sem-teto", fugiu para a rua e bateu o portão.

Meu irmão, pelo que se disse, tentou então escalar a cerca de pontas, e a fim de fazer isso conseguiu arrancar do alicerce um banco do parque, arrebentando quatro parafusos de seis milímetros e arrastando-o por um canteiro de flores — tudo de muito bom senso você pode imaginar —, até que o banco cedeu com seu peso no momento mais infeliz e um ferro da grade se enfiou pela perna de sua calça de flanela cinzenta novinha que rasgou da barra até a cuecona pendurada.

Pobre idiota querido. Esperei até ele chegar de volta ao portão. E, quando me viu, como começou a berrar, a escalar, escorregando, para me abraçar pela grade. Ele queria ir para casa, só para casa. Levou um momento para ele recuperar a respiração e um tempo consideravelmente mais longo para eu entender como ele tinha entrado no parque e quem poderia deixá-lo sair.

Então me apresentei ao antipático esnobezinho do Bicker Club, e quando vi que ele parecia não gostar do meu casaco de vinte dólares, nem das marcas frescas do muco de meu irmão na manga, levantei aquela Coisinha Mordômica — não tinha muita substância nele, mas alguma coisa preenchia a cinta que usava — e o levei como um rolo de tapete pelo trânsito, e quando ele finalmente estava ao lado do portão, perguntei se ele gostaria de soltar meu irmão ou ficar junto com ele.

Ele escolheu soltar, então o depositei delicadamente na calçada e fiquei olhando enquanto ele pegava um chaveiro cheio de chaves e abriu bem aberto. Hugh olhou para mim, piscou, e me empurrou violentamente de lado.

Eu o agarrei, mas ele desviou, correndo cegamente para a rua. Tropeçou na sarjeta do outro lado, subiu correndo a escada e entrou no clube.

A Coisinha Mordômica, diga-se a seu favor, não ralhou nem ameaçou. Curvou-se um momento, para pegar do chão um botão do seu uniforme de mordomo.

— Você está bêbado — ele disse.

E então sem nem olhar de relance o terno Armani agora visível por baixo do meu casaco, entrou depressa na mansão. Depois disso, tomei um táxi de volta à Mercer Street e me servi de mais uma dose de Lagavulin à qual acrescentei — foda-se a Sociedade do Uísque de Malte de Edimburgo — um punhado de gelo moído. Filho-da-puta do Hugh. Mais tarde, quando era de manhã em Tóquio, acordei, lavei o rosto, e depois de conseguir descer a escada nojenta, fui descendo a Mercer até a Canal Street, onde encontrei a Tintas Pearl. No quarto andar, comprei um caderno de desenho e uma caixa de bastões de tinta.

# 42

O grande artista estava todo tumultuado porque descobriu que ninguém além de Marlene nunca tinha ouvido falar dele. Ele não era NADA sem o que ele chamava de arte que era a muleta dele, um pedaço de pau que a gente enfia debaixo do varal de roupas.

Hugh Bones era outra coisa. Eu me dei bem na cidade feito um PATO NA ÁGUA. Sentei na cadeira de dobrar que estava em demonstração no Third Street Bazar. Se não fosse a perna da cadeira estar presa com uma corrente eu podia ser um LEÃO-DE-CHÁCARA atrás de uma CORDA DE VELUDO. Estava usando um casaco italiano grosso e macio e um gorro de lã preto e cruzei meus BRAÇÕES no peito. Aí a polícia veio na minha direção. Saíram do McDonald's e vieram direto para cima de mim, armas, cassetetes e algemas pendurados nas bundonas deles.

Pensei, eu sou um ESTRANGEIRO ocupando espaço na via pública em CONTRAVENÇÃO À LEI. Mas os guardas não ligaram a mínima, como se diz. Tinham coisa mais importante para pensar — quem sabe o quê? — quem sabe procurar um ROLO DE PAPEL HIGIÊNICO para limpar as BUNDONAS DELES.

Foi quando eu notei os pedestres COMPLETAMENTE ILEGAIS desobedecendo ao sinal de NÃO ATRAVESSE da rua 3 com aquela que chamam de AVENUE OF THE AMERICAS. Os tiras de Melbourne teriam empurrado os INFRATORES de volta para a calçada e passado um belo sermão sobre a saúde mental deles. Os guardas da rua 3 deram um PEIDO DE FUNILEIRO, para inventar um ditado. Lá foram eles com suas grandes bundas pela rua — deviam usar um carrinho — e eu ainda era um homem livre quando Olivier saiu do bazar com uma cadeira de dobrar novinha debaixo do braço custava 13 dólares e brilhava feito um Mercedes-Benz. Olivier abraçou o meu ombro e me levou para me mostrar por que eu devia estar muito feliz da vida.

Esta aqui é sua, meu velho.

Olivier estava melhor da urticária depois da HIDROCOR-TISONA tinha só um vergão grande no pescoço escondido pela lapela erguida do CASACO IMPORTADO. Ele estava muito bonito, um ás de Wimbledon voltando para a linha de fundo, joelhos soltos, a cabeça baixa agradecendo o aplauso.

Olivier aí me ensinou a nunca chamar a AVENUE OF THE

AMERICAS por outro nome, só por Sixth Avenue. Todo mundo ia saber direto que eu era nova-iorquino. Uma vez isso assentado andamos um pouquinho e aí viramos à direita na Bedford Street onde descobri que eu podia sentar na frente da Lavanderia Automática sem precisar de licença. Logo a gente encontrou um homem chamado Jerry que tinha voz de cavalo e um lenço amarrado na cabeça. Jerry disse que podia ir até lá e levar minha cadeira toda vez que eu quisesse. Disse que sempre quis ir para a Austrália. Eu disse que era um país muito bom mas para ele não tentar sentar na rua sem licença.

Depois disso eu sentei na Sullivan Street perto da Prince e Spring. Depois sentei na Chambers Street.

Meu velho, você é um gênio nisso aí.

Finalmente sentei na Mercer Street debaixo do loft de artista que Butcher tinha roubado do GOVERNO DE NOVA GALES DO SUL. Toquei a campainha mas não tinha ninguém. Ou isso ou meu irmão estava fingindo de morto.

Olivier revelou então que tinha de ir para fazer um negócio com Marlene em algum outro lugar da cidade.

Perguntei se ele ia acabar com a raça dela.

Dessa vez ele não riu quando eu falei. Olhou duro para mim e disse que ia me ensinar como ir da Mercer Street até o Bicker Club sozinho.

Eu pedi desculpa pelo que eu disse.

Hugh, ele disse, você é um grande homem. Você é fantástico.

Mas eu tinha medo de não conseguir chegar ao Bicker Club sem ajuda. Sentia faíscas nos meus músculos e um clique na minha cabeça como uma dobradiça que precisa de óleo.

Olivier me deu uma cápsula listada que eu engoli sem água.

Vamos, meu velho, ele disse, você agora é um nova-iorquino.

Pegou um caderno e desenhou um mapa para mim. Assim:

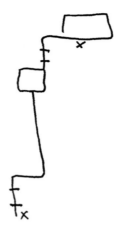

Está vendo, meu velho, ele disse. Não tem coisa mais simples.

O comprimido não estava funcionando.

Se você se perder, disse Olivier, pegue um táxi e diga me leve para o Gramercy Park.

Eu disse que não ia saber como pagar.

Dê dez dólares para o cara, ele disse. Diga fique com o troco.

Então ele me deu um rolo de notas com um elástico prendendo.

Quando ele deu sinal para um táxi eu dobrei minha cadeira, mas ele bateu a porta, benzadeus, e o táxi foi embora. Saí correndo atrás, mas não parou. Corri de volta para o apartamento mas meu irmão não ouvia a campainha, coitadinho do cachorrinho, então corri até a outra ponta da Mercer Street, até a Canal Street onde amassei minha cadeira por acidente contra um poste de metal. Os faróis de trás sumindo na noite.

Esqueci o nome GRAMERCY.

Na Houston Street, me voltou.

Gramercy, Gramercy, Gramercy.

Coitadinho do cachorrinho ninguém ouviu ele latir. Eu estava suado, cheirando pior que carpete. Na Hudson Street três táxis tentaram me atropelar. O quarto parou.

Park Gramercy, eu falei.

Qual lado, ele perguntou. Acho que era um chinês.

Qualquer lado.

Como ele era chinês, fiquei com o mapa na mão para ter certeza de que ele sabia o caminho mas ele partiu para outro lado e no fim fechou a janela para eu não poder falar com ele.

Eu devia sem dúvida estar cheirando muito FORTE quando olhei pela janela e vi, por acaso, Olivier parado debaixo da entrada do Bicker Club.

Pare, falei. Dei vinte dólares. Guarde o troco.

Olivier queria que eu voltasse a pé para a Mercer Street. Perguntei para ele que jogo que ele achava que estava fazendo. Ele era meu amigo e eu não queria machucar mas ele caiu no chão.

Olivier então pegou minha Dekko Fastback e deu para Jeavons. Jeavons escovou o casaco italiano. Olivier calçou as luvas.

Ele disse que Jeavons deveria me fazer um sanduíche de galinha e me levar uma cerveja no quarto.

Perguntei como ele estava.

Melhor que nunca, ele falou. Melhor que nunca meu velho.

Por causa do *jet lag*, comecei a chorar na escada.

# 43

Nunca consegui olhar quadros junto com outro ser humano — todo mundo superficial demais, solene demais, impaciente demais, lento demais. Mas Marlene Leibovitz e eu deslizamos pelo MoMA como uma par dançando valsa. Ela era um anjo. Eu era o porco, bêbado, perguntando sem parar, olhando *L'Estaque* de Cézanne, entendendo finalmente — na minha idade — que Braque não tinha senso de humor, me envolvendo numa briga com um maldito menino de 14 anos que estava voluntariamente atrapalhando minha visão de *Les demoiselles d'Avignon*.

— Shh! — Marlene disse. — Esqueça dele. É uma criança.

Meu concorrente era um menino alto cheio de espinhas com um alfinete de segurança na orelhinha de menina. Não vou dizer que o odiava exatamente, mas me partiu o coração pensar como seria estar dentro daqueles tênis fedidos, conhecer aquela obra-prima aos 14 anos de idade, ou discutir com ela, e tudo isso com a mesma facilidade com que eu um dia tinha trilhado o caminho sem graça do açougue para a Gell Street para as lojas da Lerderderg Street.

— Eu sei — ela disse, embora eu não tivesse falado nada, e só por isso eu a adorava, mas meu Deus — a forma do rosto dela, a ossatura, os olhos ligeiramente apertados, o adorável lábio superior engraçadinho.

— Como você encolheu o Leibovitz?

Ela respondeu me dando um beijo.

Eu gostava de Nova York? Eu adorava *Marlene*. Se ela estivesse comigo todos os dias, duvido que eu tivesse comprado os bastões de tinta, mas o negócio do Leibovitz se arrastava. Então, quando minha genial ladrazinha saiu como um duende aprontando travessuras, vesti meu casaco de vinte dólares, peguei meus bastões de tinta e meu caderno, segui o quarteirão até a Canal Street, depois segui por Chinatown, East Broadway, depois pela profunda sombra de carvão da Manhattan Bridge, e dali para um lugar horrível debaixo da FDR com a Twenty-first Street, o chassi de uma máquina destroçada, abandonada, placas de ferrugem e concreto caindo enquanto eu trabalhava.

Havia muitos outros lugares aonde eu podia ter ido para desenhar, mas não questionei realmente por que fui me afastando para mais e mais longe das ruas e lugares que celebrei com Marlene. Estava então claro para mim — a cidade fazia minha alma provinciana se cagar de medo e era isso que me impulsionava adiante, um ridículo esforço de conquistar de alguma forma, de "superar", uma busca quixotesca que finalmente me levou a Tremont no trem D onde me tornei, parece, a única figura humana em todo aquela cruel Via Expressa Cross Bronx. E foi ali que os policiais da 48ª Delegacia me encontraram, pouco antes da própria George Washington Bridge, bem no ponto em que os imensos Macks e Kenilworths mudam a marcha antes de descer para a barriga tumultuosa da besta em si.

— Entre na porra do carro seu bosta filho-da-puta — foi o que o delicado policial me disse.

Como me contou Milton Hesse depois, eu tive sorte de eles não me levarem para Bellevue em vez da estação de metrô. Nunca mostrei a Milton os desenhos, mas parece não haver dúvida de que eles não teriam me poupado de Bellevue porque eram negros, densos como fuligem de um lampião, uma carapaça quebrada de escuridão em torno do esforço da luz. Esses trabalhos são bons pra caralho, mas teriam sido muito menos se eu tivesse comprado o material "certo". Daquele jeito, as páginas do caderno eram pequenas demais, o papel, frágil demais para minha apagação constante e, em mais de uma ocasião, gastei a superfície sobrecarregada. Como acontece muitas vezes, foi a limitação dos materiais que fizeram a arte, e eles eram tão cheios de uma espécie de feia e louca luta que só cresceram quando, finalmente na Mercer Street, emendei A com B, e juntei A com C, e assim por diante. Prevendo esse último estágio, tomei o trem até o Village, as mãos pretas como de um mineiro, os olhos frios e loucos em meu rosto que reagia demais.

Marlene entendeu exatamente o que eu tinha feito. Sabe, essa é uma razão por que eu podia sempre confiar nela. Quando parava na frente de uma obra de arte comigo, ela falava a verdade. Não só foi Marlene quem foi ao Centro de Suprimentos de Nova York em busca de mais material, como também fez os arranjos — como presente de aniversário — para pegar emprestados do sr. Mauri dois quadros meus.

Nenhum de nós podia prever as conseqüências, mas o resultado foi que ela, com minha total concordância, podia trazer gente para ver meu trabalho.

Isso acabou se revelando uma péssima idéia, porque no minuto em que *Eu, o pregador* e *Se já viste morrer alguém* estavam presos na parede foram variadamente paternalizados e mal compreendidos por todo tipo de idiotas que achava que o futuro da arte estava sendo mapeado por, digamos, Tom Wesseman, puta que o pariu.

Eles partiam do princípio de que eu tinha vindo a Nova York para fazer nome, que havia chegado ao centro do universo e portanto devia estar querendo encontrar uma galeria, conseguir uma exposição, conhecer Frank Stella ou Lichtenstein. Nada podia me fazer sentir pior. De qualquer forma, é uma proposição ridícula, chegar aos 37 anos de idade. Simplesmente não se pode fazer isso.

Claro que eu ia a uma festa de vez em quando, um vernissage de Castelli, Mary Boone, Paula Cooper. Acabei até encontrando o raivoso Milton Hesse, a primeira vez para me encher com a carta dele de Leibovitz, a segunda para ele ver meu trabalho. Que idiota eu fui. Até hoje sinto vergonha, ao lembrar como, diante do *Eu, o pregador*, ele começou a contar a história de uma briga que tinha tido com Guston em 1958. Esperei muito pacientemente que ele fizesse a ligação daquilo com o meu trabalho. Mas no fim não passava de uma associação de palavras, e ele não tinha nenhum interesse em nada que dissesse respeito a mim.

A discussão com Guston, disse ele, tinha sido gravada em fita no clube do artista. Ele estava pensando — virando as costas largas e ligeiramente curvadas para o quadro — se Marlene teria um momento para transcrever a fita para ele.

E claro que eu era — em termos gerais — provinciano e não atualizado, e uma parte de mim ficou muito impressionada de sentar no Da Silvano e ver Roy Lichtenstein e Leo Castello comendo fígado acebolado na mesa vizinha, e se eu fiquei tão impressionado como ficaria qualquer caipira, minha reação não ajudou em nada a arte de Lichtenstein, que já estava indo rapidamente para o descarte, ou seja, aquele ponto em que os curadores começam a silenciosamente jogar fora seus piores excessos.

Nova York, segundo se acredita abaixo da Ninety-sixth Street, faz aflorar o melhor de um artista, mas não posso dizer que tenha funcionado para mim. Em parte, claro, porque tive ciúmes. Sabia o gosto que tinha ser Lichtenstein em Sydney, mas nunca poderia ser Lichtenstein em Nova York. Eu era um zé-ninguém. Fui ao Elaine's como turista e mansamente aceitei minha mesa perto da cozinha. Tudo isso eu já esperava. Por que seria diferente?

Meu erro foi, por um momento, acreditar que poderia estar errado e então permitir que marchands vissem *Eu, o pregador*, ver seus olhos ficarem vidrados, me dar conta de que em nenhum momento quiseram ver aquilo que tinham vindo apenas porque queriam alguma coisa com Marlene. Porém, nem essa mortificação específica devia ser exagerada. Artistas estão acostumados com a humilhação. Começamos com ela e estamos sempre prontos a voltar ao fracasso real, à merda do fundo do barril, à destruição de nosso talento pelo álcool ou pela tragédia. Vivemos com o conhecimento de que ao lado de Cézanne ou Picasso não somos ninguém, seremos esquecidos antes de estarmos enterrados.

Vergonha, dúvida, auto-abominação, tudo isso nós comemos no café-da-manhã todos os dias. O que eu não conseguia agüentar, que realmente, completamente, me dava dor de dente era ver a completa certeza de mediocridades totais quando confrontadas com — vamos chamar de "arte".

Pois as mesmíssimas pessoas que pousavam os olhos vidrados em minhas telas estavam sempre nos leilões da Sotheby's, da Christie's, da Phillips. E foi aí que alguma coisa estalou, quando finalmente entendi, não apenas sua maçante certeza deslumbrada, mas sua falta total da porra do olho.

Fui à Sotheby's num dia gelado de fevereiro. Tinham dois Légers, lotes 25 e 28. O primeiro pintado em 1912 tinha seis páginas de documentação que basicamente continham reproduções de Légers realmente bons que a Sotheby's vendeu um dia por um monte de dinheiro. Aqueles dois eram merdas. Foram vendidos por 800 mil dólares. Esse foi o meu verdadeiro problema com Nova York. Esses 800 mil dólares. Como se pode saber quanto pagar se não se sabe quanto vale? Havia também um De Chirico, *Il grande metafísico*, de 1917, 1,3m x 0,68m, ex-Albert Barnes, uma obra descartada. Será que alguém pensou, por uma porra de um nanossegundo na razão de estar sendo descartada? De Chiricos pré-1918 autênticos são mais raros que dente de galinha. Marchands italianos costumavam dizer que a cama do Maestro ficava a dois metros do chão para guardar todas as "obras precoces" que ele estava sempre "descobrindo". Mas de repente aquela pilha de merda era verdadeira? Valia 3 milhões de dólares? Aquilo me deixava doente. Não tanto o dinheiro sujo, mas a completa falta de discernimento, a loucura da moda. De Chirico estava na moda. Renoir, não. Van Gogh era quente. Van Gogh está no pico. Eu queria matar aqueles filhos-da-puta, queria mesmo.

Foi só depois disso que Olivier finalmente assinou o certificado. Eu não perguntei o que tinha levado tanto tempo, não perguntei que atos de gentileza foram oferecidos, que acordo foi feito, mas minha desconfiança era que o pobre querido neurastênico tinha torcido o nariz e depois pegado um pedaço sujo e grande do bolo. Claro que ele podia fazer o que bem entendesse, eu não tinha nada a ver com isso. Ele podia ser babá do meu irmão e ser autor do olhar hostil de Hugh. Podia roubar de mim o velho Slow Bones, se era isso que queria.

Marlene e eu continuamos na Mercer Street. Primeiro, entendi aquilo como economia — por que não? Era grátis — então levou algum tempo para eu entender que estávamos nos escondendo. Tínhamos uma espécie de vida social em que, por acordo, me mantinha distante de marchands, mas fizemos bons amigos entre restauradores, autenticadores e um homem fantástico, Sol Greene, um sujeito pequenininho, que tinha um negócio familiar de tintas na Fifteenth Street. Como era muito mais gostoso discutir a curiosa história de, digamos, o vermelho *madder*, do que ouvir o drama do último circo da Sotheby's.

Marlene estava se virando de tudo que é jeito, tentando liberar alguns Leibovitz — havia um colecionador à espera —, mas nossos melhores dias passávamos mesmo andando. Então, nos primeiros dias de outono, começamos a alugar carros e a pescar em lojas de brechós e espólios de falecidos ao longo do Hudson. Não vou dizer que não era interessante olhar os Estados Unidos desse jeito, e foi numa dessas viagens, num estábulo mofado em Rhinecliff, que encontrei uma tela medíocre com a inscrição perfeitamente legível — Dominique Broussard, 1944. Era um trabalho cubista grosseiro, sintético, o tipo de objeto que se poderia facilmente encontrar em um passeio de fim de semana em Melbourne — linhas pretas pesadas, placas de cor desleixadas — uma classe de equívoco que provavelmente se vê também na Rússia, mas dificilmente na *rue* de Rennes 157.

A cocheira tinha piso de terra e a tela estava encostada na parede. Não era arte, era menos que arte. Estava ali havia tanto tempo que dava para sentir a umidade de Rhinecliff na moldura, mas sob certo aspecto esse abandono não era censurável porque era tão precioso quanto os detritos de um cupim até hoje considerado extinto.

Cuspi e esfreguei um pouco da sujeira, e o que vi então me fez rir porque dava para perceber tão claramente o caráter dela. Ela era uma ladra — tinha roubado a tinta e a tela do patrão. Não tinha nenhuma idéia de cor — nas mãos dela a paleta da Leibovitz ficava berrante. Ela era atrevida.

Dava para imaginar a cabeça dela inclinada para um lado enquanto admirava as próprias pinceladas se movendo como uma cobra venenosa na relva de verão. Ela não tinha pulso, não tinha força, não tinha gosto, não tinha talento. Era, em resumo, nojenta.

Se essa repulsa parece cruel ou excessiva, era absolutamente *nada* comparada à de Marlene.

— Não — disse ela. — Você não vai comprar isso de jeito nenhum.

Eu ri. Não entendi o que ela sentia, não tinha idéia do quanto ela ainda defendia Olivier de sua mãe. Claro que ela conhecia as pinceladas da inimiga, mas nunca tinha visto uma obra original, e ali estava desnudada a completa e horrível falta não apenas de talento, mas de tudo. Quando por fim captou o grande nada, Marlene, conforme me contou depois, se sentiu fisicamente doente.

Em perfeita ignorância, levei a tela para o pequeno escritório que havia sido armado como um abrigo dentro da cocheira. Uma agradável senhora de cabelo grisalho assistia futebol americano pela televisão, as pernas inchadas expostas a um aquecedor elétrico.

— Quanto?

Ela olhou por cima dos óculos.

— Você é pintor?

— Sou, sim.

— Trezentos.

— É uma merda — disse Marlene.

— É a nossa história, baby.

— Eu queimo essa porra — Marlene disse — se você se atrever a levar para casa.

A mulher olhou para Marlene interessada.

— Duzentos — disse, sem ênfase. — É um óleo original.

Por acaso, eu tinha exatamente duzentos dólares. Então acabei levando por 185 mais o imposto.

— Vocês são casados?

— Não.

— Pelo jeito, parece.

Ela preencheu o recibo devagar e, quando terminou de embrulhar a compra com jornal, Marlene já tinha ido para o carro.

— Agora você vá e compre uma coisa bonita para ela — a mulher disse.

Eu prometi que compraria e levei minha amante de volta para Nova York — a Taconic, depois a Saw Mill — sessenta minutos em gelado silêncio.

# 44

Olivier assinou o documento falso ele estava tão fraco que me falou que não conseguia nem morrer. Estava se arrastando de volta à vida, meu velho, voltando ao seu antigo emprego na McCain.

Eles não gostam de mim, Hughie, mas eu sou a bichinha perfeita para o cliente deles. Bicha, ele falou para o barman irlandês que disse, tem razão, meu senhor.

Olivier tomou um drinque SIDECAR e engoliu uma cápsula azul.

Ao trabalho honesto, disse.

Jeavons estava parado ao lado dele e DISCRETAMENTE passou a mãozona macia pela boca. Tinha remédio para engolir também.

Ele disse, agradeça a sua mãe pelos coelhos, meu senhor.
Era uma PIADA AUSTRALIANA que eu tinha ensinado para ele muitos dias antes.

Então engoli a minha cápsula. O que ia acontecer comigo agora?

Sentado junto à mesa redonda baixa Olivier me perguntou, você conheceu o pai dela, Hughie? Ele estava falando do pai da Marlene.

Eu disse que nunca tinha ido a Benalla.

Ele era uma porra de um motorista de caminhão, pode imaginar?

Jeavons gostava de motoristas de caminhão. Ele se afastou como um homem num baile, os braços ao lado do corpo.

Imaginei motoristas de caminhão. Vi todos enfileirados na mina Madingley.

E é isso aí, entendeu, é o que eu tenho de enfrentar.

O que ele queria dizer? Estava triste e silencioso ao abrir o mapa de Nova York em cima da mesinha. Com uma faca de queijo ele começou a retalhar o mapa.

Perguntei dos caminhões.

Ela gosta de homens grandes e musculosos com cheiro de cerveja. É isso aí, mesmo. No fim das contas. Se aparecer um brancão forte com cheiro de óleo de linhaça, ela fica feito uma gata no cio. Está me entendendo?

O que eu entendi foi que a faca de queijo não era o instrumento certo para cortar uma mapa e doía ver ele estragar aquilo. Ele logo rasgou fora metade do mapa. As palavras grandes em azul WEST VILLAGE flutuaram para o chão.

Levantei a cabeça. Posso ter feito um barulho. Quem não faria?

O que foi meu velho?

Falei para ele que estava me deixando tonto com o pai da Marlene. Queria que ele largasse o mapa.

O mapa, meu velho, vai curar a tontura. Então pare de mugir. Mugir, ele disse, é isso mesmo que você faz.

E o pai da Marlene?

Morreu de câncer do pulmão, ele falou, mas atrapalha até hoje.

Ele tirou um pedaço do mapa. Eu peguei quando estava caindo mas ele pegou de volta amassou e jogou do outro lado do bar. AQUILO NÃO ME ACALMOU.

Ninguém precisa do Central Park ele falou.

Mas e o pai dela?

Só estou dizendo é que o marginal do seu irmão é um homem de sorte.

Bateu no mapa com um pauzinho de mexer a bebida. Ora! Lembre! É tudo reto para cima e para baixo, menos a Broadway. Fique de olho nessa, velho. Ele marcou a Broadway com a caneta. Uma cobra na grama.

O pai dela?

Broadway. West Broadway também. Não confunda.

Para completar meu mapa ele rasgou em cima na Fifty-fifth Street. O mundo acaba aqui, ele falou. Meu escritório. Canto superior direito do mapa.

Agora, ele disse, test drive.

Atravessamos a Fifth Avenue onde encontramos uma Duane Reade uma FARMÁCIA onde fiquei conhecendo os produtos do cliente dele a cola para dentadura e também os comprimidos efervescentes usados para limpar a dentadura de noite, coitada da mãe, ela era o que chamam de MERCADO-ALVO.

Na Sixth Avenue, Olivier comprou COISAS inclusive uma garrafinha de bourbon que cabia bem dentro do casaco dele. Esta cidade é sua, meu velho. Nunca deixe dizerem o contrário. Ele esperou enquanto eu conferia o nosso mapa. Eu vi exatamente onde estava.

Agora, meu velho, nós vamos andar sem olhar o mapa. Não entre em pânico. Olhe exatamente como se faz. Logo depois, na Twenty-fourth Street, encontramos um grupo de homens na frente de uma igreja. Nem todos tinham cadeiras iguais à minha, mas pelo menos quatro tinham. Outros preferiam os hidrantes de incêndio, os degraus da igreja, LIGAÇÕES SIAMESAS. Muito parecido com uma reunião de DONOS DE PUDIM com doenças que deixam os tornozelos deles inchados e as pernas inteiras roxas.

Colegas profissionais, ele disse. Seus pares.

Desdobrei minha cadeira. Olivier estava usando o terno cinza brilhante e sapatos de veado. Ele não tinha cadeira mas quando tirou o frasco de uísque logo fez amigos.

Nova York é uma cidade muito simpática, ele disse.

A primeira pessoa que deu um gole nos deu um cartão de visitas.

### Vincent Carollo
Músico de cinema. *Chelsea Diner*

O cabelo dele era preto de graxa de sapato. Fazia uma linha reta na testa e o cabelo saía dali todo para trás. Ele disse me chame de Vinnie. Tinha tocado banjo em *Chelsea Diner*, que parece que era um filme famoso. Além disso, a gente não devia ficar nunca no abrigo da West Sixteenth Street e, lembre, a sopa da St. Mark é melhor que aquela que dão na St. Peter. Ele também me ensinou a nunca deixar minha cadeira sozinha e depois eu cantei *ADVANCE AUSTRALIA FAIR*.* Ele pegou de volta o car-

---

*Hino nacional da Austrália, composto por Peter Dodds McCormick, em 1878. (*N. do T.*)

tão porque ia precisar mais tarde. Disse que eu também ia fazer o próximo filme mas quando eu convidei ele para ir até o Bicker Club Olivier disse que estava na hora de ir embora.

Mas tinha me mostrado que eu podia fazer amigos. Eu não precisava mais dele. Isso é que era importante. Ele ia me abandonar. Eu não podia ficar sentado com ele no escritório, nem visitar a qualquer hora. Ele estava querendo mudar essa regra mas não tenha muita esperança, Hughie.

O negócio, meu velho, ele disse, é que eles são gente muito superficial.

Perguntei se eu podia ficar esperando na rua.

Ele disse que eu tinha um TALENTO ÚNICO, meu velho. Quer dizer, meu velho, você sabe mesmo como SER.

Ele queria dizer o meu talento para ficar sentado numa cadeira enquanto o Butcher voava por aí numa loucura, um passarinho rabudo tentando ser rei. Ele não sabia que eu tinha TALENTO para desenhar. Quando me expulsaram da escola eu não queimei os desenhos. Em vez disso, comecei a trabalhar tranqüilamente com caneta esferográfica nas minhas folhas e quando a mãe APARECEU eu tinha desenhado o Brejo inteiro. Blue Bones lidou com aquilo do jeito de sempre.

O Brejo era o meu lugar mais que qualquer outro. Não só a cadeira, o caminho. Eu conhecia os bueiros e galerias, o tamanho de cada rua e onde elas se encontravam. Da alameda Mason até a passagem de nível Madingley da estrada de ferro eram 6.450 batidas de coração. Quem mais dos 5 mil habitantes da população sabia desse fato? É, era um talento mas diziam que eu era lerdo demais para ir para a escola.

Quando Olivier me largou na segunda-feira de manhã eu peguei o mapa e abri no tapete do meu quarto. Explosões no meu pescoço mas nada grave. Desenhei a Main Principal de

Brejo Bacchus em cima da Broadway e a Gisborne Street em cima da 34. A Lerderderg Street caída feito um fantasma seguindo a Eighth. Fiquei melhor. Fiquei pior. Aí não agüentei mais o mapa. Saí. Atravessei a Third Avenue e segui. Era o meu plano. Ruas 22, 23 e assim por diante. Não tinha dúvida de que eu ia chegar à 55. O coração perto de duzentos, uma bolotona vermelha de músculo toda assanhada, não importa. Quando cheguei à 55 um homem de terno marrom não me deixou entrar. Voltei a pé para a cidade. Segui o mapa do Brejo e cheguei ao Açougue vizinho da Duane Reade onde comprei um pacote de Band-aids era um ROUBO DE ESTRADA.

Olivier finalmente voltou para o clube ANTES TARDE DO QUE NUNCA e falei para ele grudar um na janela para eu poder saber da rua qual era o escritório dele.

Meu velho, ele disse, vou colocar o Band-aid exatamente às dez para a uma.

Quando sentamos no bar, Olivier disse-me que estava conseguindo pegar de volta a vida dele.

Olhe, ele disse, tome um destes.

Ele ia se divorciar da Marlene.

Engoliu um gim-tônica grande e mastigou o gelo. Isso vai foder de uma vez com aquela vaca, disse ele. Depois de divorciada ela não ia nunca mais autenticar pintura nenhuma nem tentar fazer ele assinar um papel.

Olhe, ele disse, tome um destes também.

Falei que o segundo comprimido era de uma cor diferente do primeiro. Ele respondeu que éramos desesperados não decoradores.

259

Ele não FALAVA DE OUTRA COISA sem parar. Ela podia voltar para o poço de datilógrafas, meu velho, o poço de onde ela saiu e ele aí fez uma lista dos nomes de PORCARIAS que cresciam em poças por exemplo ESPIROGIRAS.

Jeavons veio dar uma palavra.

SANGUE NA SELA ele disse a letra de uma música sabe-se lá qual. Jeavons fez um sinal para o cara do bar e eu entendi que Olivier estava ficando louco.

Na manhã seguinte eu tinha certeza de que tinha de tirar umas férias com meu irmão. Era obrigação dele cuidar de mim. Quando cheguei pedi lingüiça com ovos. Ele sabia da obrigação dele.

Marlene dormia no colchão no chão. Ela estava com a perna nua saindo para fora do acolchoado e dava para ver a prexeca dela, benzadeus, eu tive de olhar para o outro lado. Por RAZÕES SÓ DELE MESMO meu irmão tinha comprado uma chapa de vidro e estava moendo pigmentos, recolhendo e raspando o pigmento com uma espátula.

Perguntei por que ele não comprava uns bons tubos de meio quilo.

Ele disse para eu ir me foder.

Tudo bem. Sentei e fiquei olhando até ele me perguntar se eu queria experimentar. Então eu era necessário para servir de EMPREGADO.

Ele não tinha óleo de linhaça mas sim uma outra coisa chamada AMBERTOL. Fiquei contente de mostrar como eu consegui fazer bem a textura de manteiga que ele precisava. A cor muito calmante antes de ele a transformar em alguma coisa furiosa. Oceanos de amarelo, cor de Deus, luz sem fim.

E aí, ele disse, como vai seu companheiro dr. Goebbels?

Quem?

Olivier.

Eu contei que Olivier ia se divorciar de Marlene. Queria deixar ele feliz. Quem sabe deixei. De qualquer jeito ouvi Marlene se mexer na cama mas ela podia também estar dormindo porque não disse nem uma palavra.

# 45

O rosto da tela empoeirada de Dominique Broussard estava virado permanentemente para a parede e, se ainda havia uma certa tensão entre nós dois, era inteiramente agradável. Quer dizer, minha garota tinha um segredo — como ela havia encolhido o quadro? E eu também tinha um segredo — potes de tinta em cores que eu me recusava a explicar para ela. Deixei esses cinco enigmas a plena vista em cima do balcão lascado da cozinha e fazia esboços a seis metros deles, num canto perto da janela, sentado numa caixa de madeira de costas para a rua suja. O que eu estava aprontando? Eu não contava para ela e ela não perguntava. Sorríamos muito e fazíamos amor mais do que nunca.

Aí, ela comprou um banco de levantar pesos, que montou no mesmo espírito com que eu trabalhava minhas tintas e estudos a lápis. Às vezes, eu me afastava do meu projeto secreto para desenhar seus lindos braços esguios, os tendões retesados de seu pescoço. Ela suava logo quando fazia exercícios, mas nesses desenhos, que tenho ainda hoje, é só o meu desejo que brilha na pele dela.

Era 1981 e a única regra era NÃO DEIXE ENTRAR QUEM VOCÊ NÃO CONHECE. Mas quando, no fim de uma manhã de neve, a campainha da porta tocou, abri o porteiro elétrico e expus nosso apartamento ao destino. Era isso ou descer cinco andares de escada para descobrir que não é ninguém mais interessante que o cara das entregas.

Nessa ocasião, acidentalmente deixei entrar o bosta do detetive Amberstreet.

Marlene baixou os pesos.

— O que está fazendo aqui? — ela perguntou.

— O que você está fazendo aqui, Marlene? — disse Amberstreet, com a cara branca e amassada saindo de um casaco preto comprido e acolchoado. — Isso seria bem mais pertinente.

— Lindo sapato — eu disse, mas ele sempre fora impermeável a insultos e examinou cheio de si os quedes cobertos de neve que apareciam por baixo da barra do casaco preto. — Obrigado — disse. — Custam só sessenta dólares. — Ele piscou. — O negócio é que este apartamento, Marlene, é propriedade do governo de Nova Gales do Sul. Espero, para sua segurança, que tenha permissão para estar aqui.

Mas então ele enxergou o *Eu, o pregador*, e nesse momento aquele jeito irritado de repente derreteu e aquele estranho olhar de adoração apareceu em seus olhos. Sem alterar esse novo foco de atenção, ele tirou o casaco ridículo, revelou uma camiseta que dizia "UCK NEW YOR" com o "F" e o "K" escondidos debaixo dos braços.

— Então — ela disse, abraçando o casaco como um traves- seiro —, então, Michael, você era amigo de Helen Gold?

Marlene deu uma olhada rápida para mim. Que merda ele estava falando?

— Ela era uma pintora muito ruim — eu disse. — Por que eu deveria conhecer alguém assim?

— Ela era a artista-residente hospedada aqui.

— Na verdade, ela era amiga minha — disse Marlene.

— Então, sra. Leibovitz, a senhora sabia que Helen se matou.

— Claro.

— Então compreende que vem comprometendo a cena do crime?

— Desculpe — ela disse para mim. — Não queria que você se assustasse.

— A luz é ruim — anunciou Amberstreet, apertando mais um furo do cinto de setenta centímetros. — Não sei quem compraria um espaço deste para um artista. Está trabalhando aqui, Michael? Está produzindo? — Espiou em torno, a cabeça de cabelos espetados examinando os vidros de tinta que eu tinha alinhado em cima do balcão da cozinha.

— Mudou de paleta!

Foi guinchando os quedes até a cozinha. Marlene me lançou um olhar de alerta, mas por quê?

O detetive era como um cachorro, farejando aqui, mijando ali, indo de um cheiro para outro. Deixou o casaco no balcão e pegou dois vidros, um vermelho, outro amarelo.

— Que excitante. — Ofegou, ofegou, ofegou. Aí projetou o nariz pontudo na direção do *Eu, o pregador*, apertou os olhos, meus vidros de tinta apertados no peito. Se abrisse um e sentisse o cheiro de Ambertol... Mas não abriu.

— Meu Deus — ele disse —, mesmo a luz sendo um pouquinho perfeita demais. Na Mitsukoshi estou dizendo. Vendeu tudo, no bom sentido, Michael, de ter vendido todos os quadros. Deve ter tido alguma divulgação em casa.

— Não sei.

— Claro, você também não esteve lá. Foi Mauri, certo? Hiroshi Mauri quem comprou a bendita exposição inteira. Isso é uma classe acima do seu amigo Jean-Paul.

— É.

— Sócio seu, Marlene, não é verdade?

Marlene estava sentada no banco de exercício, mas agora se levantou, enrolou uma toalha nos ombros.

— Ah, por favor — ela disse. — Que chatice.

— É, você sabe o que eu pensei, Michael? — Ele imediatamente me deu os vidros de tinta para segurar. — Sabe o que eu pensei quando soube da sua exposição? Pensei: é assim que Marlene vai tirar da Austrália o Leibovitz do sr. Boylan.

Era difícil não rir com o babaquinha.

— É, nessa você errou.

— Não, eu acho que não, Michael. Eu não estava nada errado. Nossa, esse quadro foi muito bem restaurado. — As rugas em forma de V em torno dos olhos dele ficaram mais fundas, como cortes de arame num bloco de arenito. Ele inclinou a cabeça e, no que pareceu um frenesi de curiosidade, torceu os braços nervosos ferozmente em torno do peito. — Realmente, não há desculpa para o que nós fizemos com o quadro, mas na verdade o quadro melhorou, não acha?

Olhei para Marlene. Amberstreet percebeu meu olhar.

— Ouvi dizer, Marlene, que tem um novo Leibovitz no mercado em Nova York. Ex-Tóquio. Então me dei conta, Marlene, de que as pinturas de Michael eram uma espécie de estratagema. Abrimos todos os engradados no aeroporto de Sydney, mas você estava com o Leibovitz na sua bagagem de mão. Na mala de roupas, eu diria.

Ah, porra, pensei, ela foi descoberta. Acabou-se. Tinha acontecido, assim. Mas Marlene não parecia nada perturbada. Na verdade, sorriu.

— Você sabe muito bem que não pode ser o quadro do sr. Boylan.

Amberstreet inclinou a cabeça e olhou para ela, não mais oficioso nem mesmo sarcástico, mas, por um breve momento, mostrando algo próximo da admiração.

Foi Marlene quem finalmente falou:

— Você mediu o quadro?

O detetive não respondeu, mas, num gesto estranhamente educado, retomou os vidros de tinta das minhas mãos, e pôs de volta na cozinha, onde, logo em seguida, abriu a porta de um armário, fechou cuidadosamente, passou o dedo por cima do balcão, abriu a torneira, lavou o dedo e depois, por fim, pareceu que iria falar. Mas então seu olhar pousou nas costas da telinha idiota de Dominique. Ele a virou. Eu prendi a respiração.

— Adivinhe onde eu estava agora há pouco? — ele perguntou.

— Conte-nos — respondi. Pensei, onde vai dar tudo isso, porra?

— Com Bill de Kooning nos Hamptons.

— É. E daí?

— Ninguém nunca tinha me contado que ele era tão bonito — disse Amberstreet.

Eu não conseguia acompanhar.

— E tem a mulher dele. Elaine. Voltou para ele.

Os olhos de Marlene não mostravam nenhuma preocupação. Estavam claros e brilhantes, intensamente focalizados. Ela entregou a ele o casaco.

— Espere — Amberstreet implorou. — Por favor. Só olhe.

Do bolso do ridículo casaco tirou um envelope do qual removeu um sanduíche de duas folhas de papelão que, por sua vez, protegiam um pequeno rabisco de carvão. Isso ele entregou, deitado na palma da mão, frágil como uma borboleta.

— É um de Kooning?

— Todo mundo tem de ir à privada alguma vez.

— Seu babaca — Marlene disse. — Você roubou.

— Não, de fato, não. Não está nem assinado. — Ele dança-
va de um pé para o outro, a boca virada para baixo num ricto de
negação. — Quem acreditaria nisso em Sydney? — disse ele. —
Quem faria idéia? Vão sair os dois? Eu desço com vocês, mas
me digam, eu queria perguntar. Viram aquela exposição de
Noland?

Não se falou mais nada sobre Mauri nem sobre o Leibovitz
roubado.

— Bom — ele disse quando chegamos à rua. — Vou para
Greenwich. Tenho um mapa das casas de artistas.

— Você quer dizer o Village.

— Você sabe que eu vou pegar você, Marlene — ele disse.
— Você vai para a cadeia.

E então ele piscou, o inseto, e ficamos olhando enquanto
ele seguia para Houston com aquele casaco cretino flutuando
como uma lula na tempestade de neve.

Marlene pegou meu braço e apertou.

— Era um estratagema? — perguntei. Claro que eu não
achava que fosse e devia ter ficado furioso de ela sorrir tão prontamente. Na verdade, estava apenas contente de ela não ter sido
pega. Ri e dei um beijo nela. Meus amigos todos me dizem que
eu devia ter sentido ódio dela. Ah, que falsa ela era. Que idiota
eu fui, cair naquela babaquice toda de Tóquio. A melhor tela
que eu tinha conseguido produzir havia sido usada como capa
de toureiro. Eu sem dúvida estava bravo, não é?

Não.

Mas não era verdade que no momento mesmo em que atra-
vessávamos a Canal Street, descendo para aquele imenso silên-

cio escuro da Laight Street, entre os fantasmas cobertos de fuligem do antigo terminal ferroviário de carga, tão certo como aquele rato que corre pelo calçamento, sete de minhas nove pinturas haviam desaparecido da maldita face da Terra? Não podiam, por tudo que eu sabia, estar agora, como papel bonito rasgado dos presentes de Natal, enfiadas dentro de negros sacos plásticos de cadáver, jogados nas ruas de Roppongi?

Não.

Mas eu não conseguia enxergar minha própria negação? Os meus tediosos discursos sobre minha arte estavam todos esquecidos?

Não.

Mas por que eu não me afastava dela agora, ao passarmos diante daquele porta de metal arranhada por baixo da qual emanava o inexplicável aroma de cominho e canela?

Eu não queria me afastar.

Então queria mesmo acreditar que uma mentirosa e enganadora confessa realmente gostava da minha pintura.

Eu não tinha dúvida. Nenhuma.

Mas por quê?

Porque o trabalho era muito bom, seu bosta.

Enquanto caminhávamos pela Greenwich Street, com um vento duro chicoteando do Hudson, folhas de papel voando no ar solitário como gaivotas, Marlene se fez pequena debaixo do meu braço e não fiquei zangado porque sabia que ninguém a tinha amado até agora. Eu entendia perfeitamente como ela havia se criado, como ela, assim como eu, havia entrado para um mundo ao qual nunca deveria ter sido admitida, o mesmo mundo ao qual Amberstreet entrara ao catar o pedaço de papel do chão de Bill de Kooning.

Tínhamos nascido do lado de fora dos muros da arte, nunca desconfiamos que ele podia existir, até que deslizamos por baixo do portão ou nos esgueiramos pela guarita do porteiro, ou arrombamos a janela do banheiro e então vimos o que havia sido mantido fora de nosso alcance, em nossos quartinhos, em nossas privadas, em ventosos bares de cerveja, e então ficamos meio loucos de alegria.

Tínhamos vivido sem saber que Van Gogh nasceu, e Vermeer e Holbein, ou o querido, triste, Max Beckmann, mas assim que soubemos, grudamos nossas vidas nas deles.

Por isso eu não conseguia desgostar de verdade de Amberstreet, e quanto à minha pálida e injuriada noiva, minha gloriosa ladra, eu só queria tê-la nos braços e carregá-la. E podia ver, mesmo no escuro de onde hoje é Tribeca, o linóleo miserável do piso da cozinha da mãe dela. Aquilo estava perto de ser uma visão, um Kandinski aguado em louco e assustador detalhe: depois a geladeira a querosene, o fogão Kookaburra amarelo lascado, os vizinhos todos chamados sr. Isto e sra. Aquilo, nenhum deles fazendo a menor idéia de que estavam morrendo de fome. Quem foi Filippino Lippi, sra. Cloverdale? Me pegou nessa, sr. Jenkins. Tenho de confessar que não faço a menor idéia.

Não caçoe da classe média baixa, você pode ter problema, receber uma multa, ser advertido, denunciado, entregue, posto no seu lugar, vem a polícia, se estrepar de vez. Uma nação que começa sem uma burguesia realmente enfrenta certas desvantagens, nenhuma delas superada com a fundação de um campo de concentração para começar as coisas. Claro que Sydney agora está tão esclarecida que é impossível entrar num trem sem ser forçado a ouvir gente discutindo Vasari pelo celular.

Quem é Lippi, sra. Cloverdale? Desculpe, sr. Jenkins, está falando de Filippo ou Filippino?

Mas na época e lugar em que Marlene e eu nascemos era diferente, e foi por puro acaso que tropeçamos naquilo que viria a ser a obsessão de nossas vidas confusas e doloridas. Olhe todo o assassinato e a destruição que levaram a pobre e querida bichona Bruno Bauhaus ao Brejo. E o que ele tinha para me alimentar quando chegou lá? Nada além de sua louca paixão por Leibovitz. Nem mesmo uma pintura a óleo de verdade. Não havia nenhuma nos cinqüenta quilômetros em torno. Deste burraco de merrda, me disse ele, você tem de irr emborra.

E eu obedeci, à estranha miniatura de olhos azuis. Abandonei minha mãe e meu irmão à piedade de Blue Bones e fui para Melbourne de trem, um grandalhão briguento, iletrado, de meias brancas e calça pelo tornozelo. Eu não tinha escolha senão jogar com as cartas que tinha na mão, e tentei fazer que fossem a meu favor, cheguei decidido à classe de modelo vivo ainda com sangue nas mãos. Por que me julgavam o quê, senão um porco raivoso? Eu não tinha lido Berenson, nem Nietzsche, nem Kierkegaard, mas mesmo assim discutia. Me perdoe, Dennis Flaherty, eu não tinha o direito de socar você. Não tinha o direito de *falar*. Eu não sabia nada, não tinha visto porra nenhuma, nunca tinha ido a Florença, nem Siena, nem Paris, nunca havia estudado história da arte. Na pausa para almoço no açougue por atacado de William Anglis, eu lia Burckhardt. Li Vasari também, e vi como ele desdenhava Uccello, o babaca. Pobre Paolo, Vasari escreveu, foi contratado para fazer uma pintura com um camaleão. Como não sabia o que era um camaleão, pintou um camelo no lugar.

Bom, foda-se Vasari. Era esse o nível da minha reação. Eu pensei: você freqüentou as melhores escolas, tudo bem, mas não passa de um fofoqueiro e puxa-saco de Cósimo de Médici.

Eu era um açougueiro e entrei pela janela do banheiro, como podia fazer alguma coisa além de abraçar Marlene? Eu nunca tinha estado tão próximo de outro ser humano, nem mesmo, me desculpe, de meu querido filho. E eu beijei minha ladra às dez da noite, em Greenwich, entre Duane e Reade, não porque fosse cego, ou fosse bobo, mas porque conhecia Marlene. Estava do lado dela, não da Christie's, nem da Sotheby's, nem dos babacas de olho morto da 57th Street que pretendiam julgar meus quadros e aí saíam para dar lances a Wesselmann ou a alguma merda de De Chirico. Beijei suas pálpebras úmidas e borradas e então, na luz azul, com o vento levantando seu cabelo cor de palha no ar, ela sorriu.

— Você quer saber por que o Leibovitz é de tamanho diferente do de Boylan?

Eu esperei.

— Dominique — ela disse.

— O catálogo *raisonné*!

— Dominique era uma bêbada — ela disse. — O catálogo *raisonné* fala 75 por 51 centímetros. Está errado. Eu devo ter sido a primeira e única pessoa que mediu o quadro. — Ela beijou meu nariz. — E sei o seu segredo também.

— Não sabe, não.

— Você está pintando um novo Leibovitz.

— Talvez.

— Você é um menino muito mau, mas já pensou, por um momento, como um novo Leibovitz podia obter um certificado de proveniência?

— Você arruma um jeito — eu disse, e era verdade, porque tinha pensado nisso muitas vezes antes.

— Arrumo, sim — ela disse, e nos beijamos, nos enrolando, apertando, empurrando, engolindo, barro molhado, uma entidade, uma história, uma compreensão, sem ar perdido entre nós. Quer saber o que é o amor? Não o que voce pensa, meu querido jovem.

# 46

Eu voltei lá depois, àquela esquina em que nós dois formalmente declaramos nossa sincera intenção criminosa. Devia haver uma placa ali, mas só há um salão de manicure coreano, uma pet shop, uma espécie de loja de vinhos que vende futuros Bordeaux. As ruas estão cheias de carrinhos de bebê de mil dólares com rodas do tamanho de rodas de carro utilitário, um de cada três levando gêmeos. Ficção científica da fertilização *in vitro*. Não importa. Eu não me importo. Ali eu me transformei num falsificador, que puta vergonha. Por favor, permita que eu me desculpe publicamente por essa queda em desgraça. Claro que o próprio Leibovitz, como todo mundo sabe, fez parte do que costumavam chamar de "fábrica Rembrandt". Isso foi em Munique, no começo da adolescência. Ele era desenhista a serviço de uma espécie de Fagan alemão, quer dizer, era ele que ia ao gueto para desenhar "personagens". Esses eram então entregues a um suíço que os levava à Pinakothek e lá cuidadosamente os tratava *à la Rembrandt*. Leibovitz, tendo vindo na lama até o tornozelo desde a Estônia, estava apenas tentando ganhar a vida, e suas falsificações não podem se comparar — moralmente, artisticamente, meu Deus — com aquilo que eu estava fazendo naquela sala fria, azul-líquida, acima da Mercer Street. Ali, com a porta trancada a sete chaves, comecei a preparar aquele famoso Leibovitz perdido que havia sido continuamente admirado por Picasso e descrito por Leo Stein em seu diário. O original ficou algum tempo pendurado na sala de jantar da *rue* de Rennes 157, mas não dá para ver nas entediantes fotografias de jantares de Dominique. Quarenta e oito dessas fotos ainda existem, em todas, a mesma coisa — quer dizer, os convidados tiveram de virar e olhar para a anfitriã, todos com o copo levantado. O quadro, acho, estava atrás dela, escondido de seus súditos e da história.

Dá para se supor que o quadro foi surrupiado naquela noite nevada de janeiro de 1954 e que foi parar na garagem do canal Saint-Martin, mas depois disso, quem sabe? Considera-se que tudo a respeito do quadro era incrível, inclusive — Stein menciona isso — que foi pintado em tela numa época em que era impossível se arrumar tela.

Então, quando se lê a assinatura e a data — Dominique Broussard, 1944 —, o que isso revela de Dominique, que ela ousou usar um centímetro quadrado de tela preciosa para si mesma?

Importante também lembrar que o artista era um judeu na França de Vichy e, por sua recusa a deixar Paris, havia se exposto a um perigo mortal. A completa e absoluta seriedade da situação dele coincidia com sua decisão de abandonar o popular e sentimental estilo Shtetl Moderno para o qual havia escorregado desde o pico de 1913.

Leo Stein descreve uma obra cubista, feita com os característicos cones e cilindros de Leibovitz, que sugere ao leitor, sem ver o quadro, a sua obra juvenil. Stein, porém, faz questão de deixar claro que aquilo era um "salto inesperado". Que a coisa que mais o estimulava era um Golem raivoso, "como uma fera de circo", um robô amarelo vivo com fios e um gerador e cinco aldeões assustados girando o gerador como um molinete. Qualquer pessoa que tenha visto *Chaplin mécanique* (1946) vai reconhecer o estilo aí descrito, que deve mais a Léger do que a Braque sem deixar de ser inegavelmente um Leibovitz. Ao escrever numa época em que *Chaplin mécanique* ainda não existia, Stein evoca lindamente os planos mecânicos severos, cinza metálico, cinza fumaça, e as vítimas encouraçadas da ira do Golem, "molas como homens, centopéias letais em terror", despencando para a esquerda inferior, pregos, parafusos, arruelas, tudo no mais "elegante caos geométrico de derrota".

Se a campainha tocou, esqueça. Hugh? Volte mais tarde. Marlene? Marlene tinha uma chave, nem mesmo a ela eu permitia ver a obra em andamento, grande parte da qual, de qualquer forma — acontecia na minha cabeça. Quer dizer, eu desenhava e lia, preenchendo minha gentil imaginação com os duendes e Golems de I. B. Singer, Marsden Hartley, Gertrude Stein. Aquilo não era Leibovitz. Eu não disse que era.

Busquei os malucos do pré-guerra, os futuristas, os vorticistas dos quais se pode dizer ao menos que tinham a bondade de escrever mais do que pintar. Não que Leibovitz, o judeu, nunca tenha se colocado no seu meio, mas porque ele havia demonstrado uma grande esperança comunista para o futuro tecnológico. Encontrei uma livraria ridícula num segundo andar da Wooster Street e, no meio de uma porção de gibis de terror e obras de Aleister Crowley, havia Gaudier-Brzeska:

MASSAS HUMANAS fervilham e passam, são destruídas e brotam outra vez.

CAVALOS se esgotam em três semanas, morrem à beira da estrada.

CACHORROS fogem, são destruídos, e vêm outros.

Eu tinha de sentir de alguma forma o passado como se não fosse chegar até amanhã, sentir nas entranhas como ele nascia, a colisão de vetores violentos, contradições propostas por Cossacks, Isaac Newton, Braque, Picasso, medo e esperança, o horrendo Bosch.

DEVO PRODUZIR MINHAS EMOÇÕES APENAS DO ARRANJO DAS SUPERFÍCIES, devo apresentar minhas emoções pelo ARRANJO DE MINHAS SUPERFÍCIES, OS PLANOS E LINHAS PELOS QUAIS SÃO DEFINIDOS.

Pode-se classificar tudo o que foi dito acima como *entrar no clima*. Não era o assunto que era... pintar. Se a questão era ser mais esperto que meus oponentes na Sotheby's, eu não podia ser complacente. Preparei o terreno com uma tinta branca de chumbo e em cima dela fiz um esboço a carvão, a grande forma do esboço da obra que apareceria contra o chumbo debaixo dos raios X quando eles recorressem a seus cupinchas no Met. A obra então tinha de ser "sobre" — não o Golem —, mas sobre linhas e planos, espaço fraturado e reconfigurado por um anjo do futuro labutando na estrada do monte Sainte-Victoire até Avignon.

Depois havia a caligrafia, as pinceladas afiadas que o velho bode aglomerava nesses grupos de traços paralelos. Isso soa tão fácil, porra, tenho certeza, mas requer mais que um pulso e um pincel de marta vermelha. É o jeito de você ficar em pé, de respirar, de pintar na horizontal ou num tripé. E havia a modelagem muito específica dos cilindros e cubos que eu tencionava fazer um pouquinho — só um nadinha — menos seguros do que o *Chaplin*.

Enquanto trabalhava em meus esboços, descobri e depois adotei a louca alegria no Golem. Ele tinha um globo de luz elétrica amarela aceso no ombro e olhos azuis brilhantes, esferas de azul-cobalto. De forma que, embora espalhando vingança, era — como Stein tinha dito —, "um animal de circo". Eu nem planejei isso. Aconteceu, em parte uma função da paleta, mas apenas em parte. *Le Golem électrique, 1944*, como depois tive a liberdade de escrever no reverso, era como um brinquedo de parque de diversões furioso e vingativo.

Nunca me importei de trabalhar com gente olhando, mas não deixava Marlene me ver andar no arame até chegar em segurança do outro lado.

Ela tinha o olho, a inteligência, eu já disse isso antes, mas naquele momento essas qualidades não ajudariam na tarefa em andamento. Foi por isso que eu peguei e assei a minha obra-prima antes de apresentar para sua aprovação. A tela cabia perfeitamente dentro do forno GE, e deixei ali dentro sessenta minutos muito nervosos a quarenta graus centígrados. Se eu tivesse usado óleo de linhaça, isso não teria sido suficiente, mas como usei Ambertol como veículo ele assentou igual a baquelite. A superfície ficou seca e dura como se tivesse ficado exposta ao ar por sessenta anos.

Deixei *Le Golem électrique, 1944* esfriar como uma torta de maçã no peitoril de uma janela americana, e então levei minhas tintas e joguei numa caçamba, não naquela próxima da esquina da Prince Street, mas lá na Leroy Street, quase na via expressa do West Side, onde o inexorável catador Amberstreet não levaria seu nariz de ponta vermelha. Foi ali que também encontrei, junto com o gesso quebrado e os tijolos de uma garagem demolida, uma deslumbrante e amaneirada moldura, de um cinza-fumaça com uvas e guirlandas em baixo-relevo. Grande demais, mas era melhor que pequena demais. Levei aquilo para casa em triunfo, por ruas que aos poucos se tornavam familiares, Leroy, Bedford, Houston, Mercer. Entrei, finalmente à vontade, na escuridão da escada.

Marlene ainda não estava em casa. Virei o cavalete, coloquei nele a pintura, virei para um ângulo em que captasse a pouca luz que havia. Era uma coisa muito, muito linda, acredite, e eu estava a ponto de comemorar, estava procurando um saca-rolhas na mesa de trabalho, quando ouvi um grito. Ou não um grito, um guincho. Marlene!

# 47

orri para a porta, sem nenhuma arma além do saca-rolhas, pulei para o escuro, entrei na confusão de lixo e carpete, caí, tropecei, não quebrei nada e cheguei finalmente ao nível da rua para encontrá-la sentada na porta aberta. Era um sinal claro mas eu não sabia. Puxei-a para ficar em pé, mas ela me empurrou com violência. Derrubou um envelope Kodak. Eu peguei. Ela disse:

— Ele falou: "Você é Marlene Leibovitz?"

Do mesmo jeito que um dia pensei que estávamos sendo despejados por causa do metacarpo de Evan Guthrie, imaginei nessa hora que a crise tinha alguma coisa a ver com o envelope Kodak. Abri o envelope e dentro encontrei fotografias do quadro de Dominique, aquele que eu tinha lixado para fazer o Golem. Estava pensando: fomos pegos. Ela foi pega.

— Não, não, não isso. — Arrancou as fotografias da minha mão e empurrou uma pilha de papéis bem diferente no meu peito, mas não consegui me concentrar naquilo porque tinha uma outra história completamente diferente rolando feito um trem, trilhos de aço dali até a cadeia.

— Como ele descobriu?

— Quem?

— Amberstreet.

— Não! Não! — ela gritou, e estava numa fúria, comigo, com o mundo. — Leia!

Ainda estávamos na porta aberta, metade na Mercer Street, e só então eu entendi a pilha de papéis. Algum filho-da-puta vestindo um London Fog tinha entregado uma intimação para ela, uma ação de divórcio solicitada por Olivier Leibovitz (queixoso) contra Marlene Leibovitz (acusada).

— Foi isso que perturbou você?

— Bom, o que você acha?

Mas por que ela haveria de ficar perturbada? Não amava Olivier. Ele não tinha direito. A reação dela era uma surpresa completa para mim. Além disso: nós não falávamos assim um com o outro, não éramos ásperos, sarcásticos, hostis. De repente eu era inimigo? Um idiota? Não eram papéis que eu gostasse de desempenhar. Me deixavam mau.

— E essas fotografias?

— As fotografias não interessam. Não têm nada a ver. — A voz dela estava tremendo e eu a abracei, tentando afastar toda a raiva de nós dois, mas ela não queria ser tocada, e senti uma grande onda de irritação quando ela me rejeitou.

— Eu sou a autenticadora — ela disse. — Sou eu.

Ah, porra, pensei. Estou cagando para isso.

Enquanto subia a escada, dava para sentir, dois degraus abaixo, o calor que vinha dela. Quando chegamos ao loft onde minha pintura estava à espera, ela estava com as faces vermelhas, os olhos apertados. Olhou o quadro brevemente e balançou a cabeça.

— Agora escute — disse. — Nós vamos fazer o seguinte.

E a porra da minha pintura? Ela sem dúvida viu o Golem, mas não houve nenhum: Muito bem, Butcher, só você mesmo poderia ter feito uma coisa dessas.

Em vez disso, ela jogou a intimação do outro lado da sala e estava espalhando as fotos Kodak como se fossem uma mão de paciência. Ali estava o Broussard original em toda a sua glutinosa vaidade. As fotografias eram extremamente perturbadoras sob outros aspectos, sugerindo um interesse que Marlene havia conseguido esconder completamente de mim.

— Você tirou essas?

— Você não entendeu que eu sabia o que estava fazendo?

— Mas por quê?

Ela estava completamente mal-humorada, toda esquentada e fechada.

— Você disse que eu tinha de estabelecer a proveniência. Bom, você vai fazer o seguinte. Vai pintar o Broussard original em cima dele.

Eu ri.

— Talvez você pudesse dar uma olhada antes de eu cobrir o quadro!

— Claro que eu olhei. No que acha que eu estou pensando, baby?

— Você deu uma olhadinha.

— Claro que dei uma olhadinha. O que você queria?

— Gostou?

— É brilhante, certo? Agora você vai pintar isto aqui de volta em cima do seu Golem. — Ela deslocou as fotos em cima da mesa como um desses prestidigitadores com uma noz e uma ervilha na Broadway. — Não exatamente como era, mas quase. Confie em mim. Vai usar os mesmos pigmentos, exatamente.

— Eu joguei fora.

— O *quê*?

— Ei, calma, baby.

— Você *o quê*? Onde você jogou?

— Numa caçamba.

— Caçamba onde?

— Na Leroy.

— Na Leroy com qual? — Mas ela já estava calçando um pé do tênis de corrida.

— Leroy e Greenwich.

Ela amarrou o segundo pé e foi embora. Fiquei olhando para ela da escada de incêndio. Embora a tivesse visto sair muitas vezes para fazer exercício, nunca a tinha visto correr. Em outra ocasião aquilo teria feito meu coração enternecido bater mais depressa, porque ela corria por aquelas pedras cinzentas do calçamento como se estivesse em cima de uma chapa de hambúrguer, tão ereta que parecia ter um fiozinho amarrado naquele tufo de cabelo espetado de sua cabeça cor de palha. Ao olhar para ela então, minha amante, minha protetora, meu terno anjo engraçado, me assustei com minha própria satisfação.

# 48

Assunto: relação sexual. Dizem que você NÃO OLHA O APARADOR EM CIMA DA LAREIRA quando está cutucando o fogo e eu cutucava ela, benzadeus, que lenha em brasa, ela gemia e GRITAVA como se estivesse consumida por FOGO NA MATA, beiradas roxas nas folhas flutuantes, caramba foi um longo intervalo entre drinques.

É verdade que a BARONESA não era lá ESSAS COISAS. Nenhum moleque da Escola de Sydney etc., se Olivier não tivesse um emprego eu nem teria visitado a Casa Rousseau. Olivier foi trabalhar, levou os frascos de LORAZEPAM e ADERAL, mas nenhuma DROGA deixava ele contente e estava o tempo todo falando mal da Marlene. Quando ele começou a chorar no café-da-manhã eu entendi que eu tinha escolhido o lado perdedor, me desculpe, benzadeus, queria era ser um homem melhor.

Tentei voltar para o Butcher mas ele não atendeu a porta.

Tinha arrumado amigos INADEQUADOS, de quem era a culpa? Eram sempre artistas de cinema e do palco, isto é, Vinnie e o Barão. Fui ver os dois com a minha cadeira e eles me animaram a botar minha salsicha na baronesa. Muitos porcos mortos naquele apartamento. Nada de LILÁS nem ALECRIM igual em *UM TOQUE DE CLASSE* quando o Butcher ficava sentado no carro lendo *ART NEWS* querendo encontrar o nome dele perdido há muito tempo.

O Barão disse que ele me respeitava mas tirou o dinheiro do meu bolso de trás e também o VALIUM de Olivier. Mas eu estava DE OLHO, ali por cima como dizem, a maré estava virando, as algas boiando, peixinhos, benzadeus. Aí Vinnie e o Barão tiraram a antena da TV e usaram para cutucar minha bunda. Aí foram longe demais. A sala era escura e pequena com seis luzes imitando velas e eu soquei o FOCINHO vermelho do Vinnie de forma que ele deixou uma TRILHA DE LESMA de graxa de sapato na parede quando caiu. Eu devia pegar o Barão com um PINO DE LEME mas como isso não combinava com *O pudim mágico* tive de usar minha cadeira no lugar. A Baronesa, como chamavam, berrava feito um PORCO SANGRADO no quintal de uma casa em STARKVILLE MISSISSIPPI de onde ela veio querendo ser dançarina apesar de medir só um metro e meio. Nunca bati numa mulher. Peguei minha roupa e ME MANDEI TÁ-RÁ-RÁ BYE-BYE.

Já tinha dado vinte dólares para a Baronesa, que bastava para eles todos fazerem mais uma FESTA DO QUARTEIRÃO na Twenty-fourth Street benzadeus mas tinha de descer vinte andares de escada porque aquilo que os americanos chamam de ELEVADOR tinha quebrado com gente presa lá dentro berrando e gritando. Eu tinha ficado feliz. Agora não estava. Queria estar no Brejo onde não tinha nem um único elevador, nem com o nome certo, quase nenhuma escada com mais de dez degraus estou falando da Igreja Presbiteriana, sempre um problema com os caixões de defunto era chamada de ESCORREGADOR DE ÁGUA.

No quinto andar passei pelo apartamento de Vinnie com a placa na porta dizendo MÚSICO DE CINEMA *CHELSEA DINER*. Ele era o que chamam de CATADOR em VIOLAÇÃO ao regulamento de incêndio com os FANZINES e *MAGAZINES BUNDA BOA* tudo empilhado pelas paredes.

No segundo andar tive tempo de me vestir mas minha cabeça estava estalando e meus músculos muito mal mesmo e continuei, ainda calçando as meias novas CALVIN KLEIN pulando pela Tenth Avenue. Comecei a correr com o tráfego da noite mas aí entendi que estava errado. Arrumei os tênis e corri de volta pela Tenth Avenue até o West Side Highway, onde parei para dar uma descansada. Droga, me fode de lado como diria meu pai.

Podia ter ido para o Bicker Club queria ser mais valente mas não sou. Queria uma folga do Olivier. Ele estava passando um MAU PEDAÇO ele estava cortando o remédio VICIANTE e cheirando com um canudinho de beber com o nariz vermelho e congestionado a cor das pálpebras roxo de contusão, uma orquídea selvagem para ser educado, a pele cansada de recusar a luz do dia. Ele nadava num mar de fantasmas, picado por águas-vivas, vergões vermelhos aparecendo nas mãos e no pescoço.

Tinha também o gravador de fita cassete toda noite a mesma música. *FLIES BLOWING ROUND THE DITCH. BLOOD ON YOUR SADDLE.* Ele tinha sempre sido tão bom comigo, tinha cuidado de mim, pagado o meu quarto, me comprado roupas, sentado comigo, me apresentado tantas lavanderias, e gente interessante, príncipes e mendigos meu velho, mas agora eu estava com medo.

Minha meia estava enrolada dentro do tênis mas eu não ia parar para arrumar e quando finalmente me vi na Mercer Street meus pés estavam sangrando no escuro.

Toquei a campainha.

Atenderam.

Graças a Deus, bendito Jesus, benditos todos. Não ia nem ligar se Blue Bones estivesse me esperando com um fio elétrico ou com o couro da navalha quando entrei na escada escura feito um vombate que volta para o cheiro da terra e das raízes.

# 49

Marlene resgatou meus quatro vidros de tinta da caçamba da Leroy Street, e quando voltou para o apartamento as pernas dela estavam brilhando, os olhos mortiços de raiva ou tristeza, como é que eu ia saber?

Meu Golem ainda estava plenamente visível, virado para chamar a atenção dela assim que abrisse a porta, e não tenho dúvida de que ela já tinha percebido aquela realização impossível, não só a tela de 1944, a veracidade da escrita, a ousadia da composição, mas que aquela obra realmente existia nos escritos de Leo Stein e John Richardson. Mas ela não disse uma palavra. Foda-se, pensei. Pela primeira vez.

Eu tinha de pintar por cima do Golem, ela disse, enterrar aquilo como uma falsificação arqueológica.

Foda-se. A segunda vez.

Bebemos uísque. Expliquei, calmo quase o tempo todo, que não podia pintar em cima do Golem porque ia não só estragar, como nunca seria descoberto.

Ela discordou, não disse com base em quê. Eu nunca tinha encontrado a dureza granítica da sua teimosia. Mas ela também jamais havia visto Blue Bones com as velas cheias, voando na tempestade de uma fúria.

Aí a campainha tocou, sempre um barulho horrendo, mas dessa vez eu pensei graças a Deus. Joguei um pano em cima do quadro, encostei de cara para a parede e abri a porta para o meu visitante, que logo se revelou, bufando, peidando e com altos "ô cara", ser meu irmão Hugh.

Ele não tinha nem acabado de tomar o primeiro gole de chá com leite quando Marlene já estava tentando, sem nenhuma porra de sutileza, fazê-lo voltar para o Bicker Club.

— É uma pena — ela disse —, mas não tem cama para você.

— Na hora achei que ela estava sendo má, mas claro que era tudo por causa da intimação — ela achava que Hugh tinha se transformado em espião do marido dela.

Hugh agora estava morrendo de medo de Olivier e — desesperado, suponho — mostrou um bolo amassado e úmido de dinheiro e anunciou que podia comprar um colchão e sabia exatamente aonde ir. Essa independência era sem precedentes. Ele saiu para o escuro e nos deixou sozinhos batendo violentamente as pedras de gelo do Lagavulin on the rocks.

Uma hora depois tínhamos passado Guerra e Paz inteiro da frente para trás. Hugh voltou, tendo carregado seu colchão desde a Canal Street. Enfiou sua carga úmida debaixo do balcão central da cozinha e foi desse território que ele assistiu nossa intrigante atividade. Longe de ser um espião, porém, ele era um cachorro velho e carente, dormindo, lendo histórias em quadrinhos, pedindo para eu cozinhar salsicha para ele quatro vezes por dia.

E claro que ele acabou vendo o Leibovitz.

— Quem fez isso? — perguntou, uma pergunta que alarmou Marlene, que tinha ficado de repente e violentamente afeiçoada a ele, atraindo-o para uma expedição ao Katz's Delicatessen, só para que ele não me visse enterrando o Golem.

Mas claro que eu não ia enterrar o Golem como ela queria. Esse é que é o negócio com artistas. Somos como donos de pequenas lojas, acostumados a mandar em nossos domínios. Se não gosta do jeito como faço isso, saia da minha loja, do meu táxi, da minha vida. Eu estava no comando e não planejava enterrar nada.

Marlene era a mulher que tinha escalado o poste elétrico e cortado os fios e agora estava impaciente, zangada, ansiosa, eu não fazia idéia até que ponto. Ela conseguiu suportar minha resistência durante três longos dias, ao fim dos quais eu voltei — uma tarde movimentada com o problema do tártaro de Hugh — e vi que ela havia passado uma demão de verniz Dammar no *Golem électrique*.

— Largue este pincel — falei.

Ela me examinou, os olhos apertados, as faces queimando, desafiante e temerosa ao mesmo tempo. Por fim, para meu imenso alívio, baixou o pincel dentro do frasco de verniz, como uma concha dentro de uma tigela de sopa.

— Nunca mais meta sua mão em algum trabalho meu.

Ela caiu em prantos e, é claro, eu a abracei, beijei seu rosto molhado e lábios famintos e, assim que cozinhei as salsichas de Hugh, ela e eu saímos para andar, apertadinhos, amorosos, argumentativos, pelo meio dos repolhos podres de Chinatown, até as sombras de Manhattan Bridge.

Nunca sugeri que a idéia dela não fosse brilhante. Só que a ciência impossibilitava fazer o que ela insistia em fazer. Eu estava certo. Ela estava errada como alguém que larga um pincel dentro de um frasco de verniz. Ninguém confiaria que uma camada de verniz Dammar seria uma preparação segura entre uma obra de valor e uma merda que tem de ir por cima.

Além disso, se íamos enterrá-lo, tínhamos de planejar como ele ia ser descoberto, e precisávamos do pessoal com diplomas da Yale para desencavar eles mesmos o Leibovitz desaparecido. Queríamos — não é? — sentir que o gênio deles próprios é que os tinha levado ao ouro por baixo do monte de esterco. Levaríamos a tela de Broussard para um restaurador de primeira fazer uma limpeza — seria Jane Threadwell —, e deixaríamos, com uma química cuidadosa, essa Threadwell descobrir o mistério por baixo.

Ela era amante de Milt, diziam. O que quer dizer: Milt dizia. Não importa, não era essa a questão. O negócio era o seguinte: restauradores — mesmo os tão relaxados a ponto de trepar com Milt Hesse — são mais cuidadosos que hamsters. Mesmo numa simples limpeza de uma obra nada especial de

Dominique Broussard, Jane Threadwell começaria limpando um pedaço pequenininho — de três milímetros de diâmetro — e não do centro da tela, nem mesmo do canto, mas numa área periférica normalmente escondida pela borda da moldura.

Esse trêmulo e muito esperto animal é que tínhamos de pegar na armadilha. E, por mais que quiséssemos que ela esfregasse descuidadamente o Broussard até revelar o deslumbrante Golem, esqueça. O mero toque de cor em seu cotonete... e ela pararia.

Então como levá-la até o Golem apesar de todo o cuidado?

— Rasgue a tela — Marlene disse. — Ela vai ver as camadas.

— Ela vai ser contratada para arrumar uma merda de pintura. É um saco, uma encheção. Ela pode nem notar. E, se notar, por que haveria de pensar que existe uma obra-prima por baixo?

— Então, como?

— Não sei.

Francamente eu achava que devia haver um jeito mais simples de estabelecer a proveniência do Golem. Era um bom quadro, pelo amor de Deus, não um pastiche de segunda classe de Van Meegeren. Por que correr o risco de foder com tudo quando, com toda a certeza, ela podia levá-lo ao Japão, por exemplo, ou fazer com que aparecesse no espólio de algum falecido?

Ah, não, não, ela não podia.

Pelo amor de Deus, por quê?

Era complicado, não.

Por quê?

Agora não.

Ela estava distraída, irritada, e às vezes eu ficava irritado também. Mesmo assim tentava agradá-la — quem não tentaria? Eu de fato achava que, se conseguíssemos fazer caótico, conseguiríamos nos afastar de Olivier, que diabos, e — graças a Deus — do drama fodido da mãe dele. Às vezes, eu chegava a imaginar comprar o lugar de Jean-Paul em Bellingen — uma idéia ridícula, por favor, nem precisa dizer.

O dinheiro não era parte daquilo de início, mas, quando comecei a imaginar a gente escapando do *droit moral*, 1 milhão de dólares realmente não era pouca coisa. Comprei um exemplar do *Manual de materiais e técnicas do artista*, de Mayer, em cujas oitocentas páginas eu procurava encontrar a resposta para umas palavras cruzadas construídas com química e cronologia, tintas verossímeis, um solvente provável que dissolvesse a velatura com segurança. Eu dormia mal num carrossel de produtos químicos, *ripolin*, guache, benzina, aguarrás, tudo terminava em desastre, eu numa prisão estrangeira, o Golem apagado. Passei a ser vítima de sobressaltos súbitos, gritos, despertares violentos. Marlene não estava muito melhor.

— Está acordada?

Claro. Ela estava de costas, os olhos brilhando no escuro.

— Olhe — ela disse. — Escute um pouco. Ele estava licenciando a obra do pai para umas bostas de canecas de café. Dá para entender? É um ignorante completamente hipócrita.

— Psiu. Durma. Não importa.

— Ele era preguiçoso e desorganizado. A única razão para manter o emprego de publicidade é que tinha de viajar para o Texas a fim de ver o cliente que o levava para jantar e comia o cu dele.

— Não! Verdade?

— Não, não é verdade, mas eu salvei o cavalete do pesadelo dele. Eu cuidei dele. Eu realmente, realmente cuidei dele. Providenciei para que montasse seus cavalos e fizesse seus ralis de automóveis. E continuaria fazendo isso, puta que o pariu.

— Esqueça-o. Não pode nos atingir.

— Já atingiu, o babaca.

E mesmo assim ela se acomodava em mim, minha doce baby, encaixava a adorável cabeça no meu pescoço, no meu ombro, o calor da bocetinha contra minha coxa, e eu podia sentir sua respiração na minha clavícula, inalando a minha pele, e todo o seu corpo flexível encaixado na minha massa bruta de Butcher.

— Não deixe de me amar — ela disse.

Soprei as velas de altar e agradei o pescoço dela até que dormisse. Seu hálito cheirava a pasta de dentes e o ar estava enfumaçado, ceráceo, como depois de uma oração de vésperas, era uma vez num verão.

# 50

A Central de Suprimentos de Nova York, na Third Avenue, tinha uma grande sala nos fundos, uma espécie de depósito de lixo de tintas e pincéis de artista, e foi lá que eu tropecei com uma peça de museu, quer dizer, 23 caixas de amostra de tinta Magna de 35 anos de idade. Se você já ouviu falar de Magna é porque Morris Louis usava essa tinta, Frankenthaler usava, Kenneth Noland também, eu acho.

A Magna foi inventada por Sam Golden, um grande químico, sócio de Leonard Bocour, o grande proselitista. A partir de 1946, quando a Magna entrou em produção, Bocour mandou essas caixas de amostras para o mundo todo. Olhe, experimente isto aqui, Morris Louis. Experimente isto, Picasso. Olhe, experimente isto aqui, Leibovitz, Sidney Boland. Ele jogava punhados de verdes ou amarelos, uma imensa variedade de cores em cada caixa. Não era nada fácil para mim, mas quando finalmente me levantei do chão empoeirado da Central de Suprimentos de Nova York, tinha escolhido 13 caixas que continham, em resumo, a quantidade e a paleta de que eu precisava.

Se você é um pintor, você já está à frente da história. Sabe que a Magna foi um avanço, um acrílico que podia ser misturado com óleo. O resultado final parecia óleo, não Dulux.

Se eu usasse a Magna no Broussard, a restauradora, ao examinar o acabamento, vendo a data, concluiria com toda certeza que era um óleo. Portanto usaria um solvente como aguarrás mineral, inteiramente seguro para óleo. Ha-ha. Imagine. Lá está o pequeno hamster — snif, snif, delicada, delicada —, o cotonetinho, molhado no solvente e, de repente, olhe só: os pigmentos estão saindo em ondas.

Uma Bandeira Vermelha, como dizem.

Isto não é tinta a óleo. Snif, snif.

Meu Deus do céu, Eloise, é Magna! Outra Bandeira Vermelha. Magna que só começou a ser fabricada quatro anos depois do título.

Mas agora teríamos sua atenção. Ela sabe que a Broussard é casada com Leibovitz. Se ela pensar por um segundo apenas, o título não vai combinar com a torta de lama de Broussard.

Nada disso é suficiente, mas é quase suficiente. Se empurrarmos a criatura um pouco para mais perto, se conseguirmos apenas que continue aplicando aguarrás mineral, ela removeria toda a Magna e revelaria o deslumbrante óleo por baixo. Mas ela é uma restauradora. Não vai fazer isso.

Mesmo assim, voltei à Mercer Street cheio de otimismo,

meus 13 pacotes de Magna de época em duas grandes sacolas plásticas. Na mesa de trabalho, revelei as tintas a minha amada. Eu era um puta gênio, um criminoso grande e mau. Precisava de alicate para tirar as tampas, mas o conteúdo de cada tubo estava tão fresco quanto no dia em que foi embalado.

Era de se imaginar que isso bastasse para acalmar Marlene sobre o *droit moral*, mas não. Mas tinha um porém: eu me divorciei, não é fácil. Pensei: o divórcio dela ia acontecer e ser esquecido, como acontece com todo divórcio. Quando terminasse, ela provavelmente continuaria a falar do *droit moral*. Do mesmo jeito como eu continuaria vociferando contra putas da pensão. Mas nós teríamos, enquanto isso, obtido uma vitória particular muito satisfatória em Nova York. Ninguém ia saber. Não precisaríamos que soubessem.

A pintura Broussard levou quatro horas, e mesmo assim acho que tomei mais cuidado do que Dominique tomou. Como era tinta Magna, secava mais depressa e eu logo pude vaporizar uma solução de açúcar e água. Deixei no telhado para pegar a fuligem de Nova York.

Alguém falou: ah, safado filho-da-puta?

Não, mas não importa. Coloquei a tela no escorredouro em cima das lingüiças salpicantes de Hugh e, quando elas haviam acrescentado sua contribuição de gordura, "limpei" grosseiramente a superfície com uma esponja imunda.

Hugh assistiu a tudo isso, claro, mas estava muito concentrado num exemplar de *O pudim mágico* que Marlene havia desenterrado no Strand.

À noite, apoiei a tela imunda perto da cama e acendi quatro velas de altar na frente dela, observando alegremente os depósitos de carbono se acumularem em cima da gordura. Isso iria realmente exigir uma boa limpeza.

Deitado de lado, com Marlene apoiada em minhas costas, eu às vezes pensava em dinheiro. Era muito bom. "Aqui está o Broussard, meu bem", Milton Hesse disse para Jane Threadwell. "Sei que é uma merda, baby, mas tem algum valor histórico, e, de qualquer forma, a família quer que faça uma limpeza." Algo assim. "Não enlouqueça com ele", diria o mula. "Não é nenhuma cirurgia do cérebro que estão querendo."

Jane Threadwell não receberia a tela de imediato, e aí estaria ocupada demais salvando um Mondrian rachado ou algum Kiefer que tinha envelhecido mais que uma fazenda de porcos numa seca. Ela daria o Broussard para alguém do estúdio, um trabalho menor, um favor sentimental a Milt Hesse. Mas aí o menor dos assistentes começaria a limpar o quadro e então, meu Deus, Marlene receberia *aquele chamado* de Milt.

Não era só a tinta anacrônica. Quando removeram a moldura descobriram, debaixo da ranhura, que a moldura tinha removido uma boa parte da tinta e que ali — como teria acontecido isso? — havia o que parecia ser uma pintura a óleo anterior. Dada a história matrimonial da artista em questão, o que Marlene queria fazer?

Então Marlene ficaria devidamente hesitante e aí Milt telefonaria para Threadwell e Threadwell ligaria para seu parceiro Jacob no Met e então iriam para a luz rasante, para o infravermelho, para os raios X, e por fim se veriam todos em um estado imensamente sanguíneo. *Le Golem électrique.*

"Sra. Leibovitz, nós realmente achamos que a senhora devia dar permissão para Jane prosseguir."

Depois seria calma aí quando removessem a Magna, snif, snif, snif. Um pouco de aguarrás mineral. Ah, sairia em ondas.

Ligue para o *Times*, ligue para o *Times*. Milton teria o seu momento. "Chorei", ela diria. "Chorei como um bebê quando Jacques morreu."

E acho que há alguma coisa perversa na minha satisfação, uma vingança do caipira, o homem de Iron Bark contra o barbeiro da cidade, uma questão perfeitamente provinciana, bem Brejo Bacchus, não ruidosa, não pública, mas profundamente satisfatória para quem estava por dentro. Ah, que maravilha, sr. Bones, que grande maravilha. Parabéns ao senhor e aos seus.

# 51

Quem roubaria a minha cadeira? Perguntei e Marlene disse que eu devo ter perdido ela na escada então peguei uma lanterna e fui olhar no meio da poeira tinha um rato morto benzadeus o pobre do coração seco quem iria roubar minha cadeira?

Eu devo ter feito alguma coisa que SE APAGOU DA MINHA CABEÇA. Uma vez quando eu era menino saí andando sonâmbulo só acordei quando pisei com o pé descalço o caminho molhado para a privada. Outra vez desenhei com esferográfica nos lençóis. Benzadeus, não sei explicar. Vai ver que eu mesmo roubei a cadeira. Tinha um segredo na sala como carne estragada, um cheiro ruim, tão CONHECIDO, do meu triste e decepcionante nascimento, as tardes longas, o sol na tela de mosquiteiro, o zumbido das moscas lá fora UIVANDO POR SANGUE, o hálito da mãe feito rosas, feito vinho de comunhão.

QUEM VAI ME SALVAR AGORA?

O Butcher pintava em SILÊNCIO MORTAL o estranho oposto da sua prática normal que é ENCHER OS OUVIDOS a ponto de enlouquecer BRINCANDO e se BACANEANDO falando a ponto de ENLOUQUECER ATÉ UM SURDO. Olhe isto aqui Hugh, isto aqui vai ser uma beleza porra. Isso aqui vai deixar os caras pirados. Feito uma formiga dentro da calça deles. Antigamente ele estendia a tela no chão e aí precisava de mim para o meu ATO DE GRAÇA, mas agora ele tinha um ninho de varetas cheio dos truques feito um agrimensor na Darley Street. Tinha virado, desculpem o coitado, UM PINTOR DE CAVALETE então podia me deixar do outro lado da tela como se eu fosse o chão.

Minha vida inteira vivi no meio dos perfumes de segredos, sangue, rosas, vinho de altar, quem pode dizer o que aconteceu com nós todos na Main Street, Brejo Bacchus, eu é que não. A gente podia ter continuado açougueiros, desenhando a linha vermelha, toda morte chegando delicada. Como eu teria amado aqueles bichos, eu mais do que qualquer outro homem antes. Não tem importância. Não me davam a faca e então eu fui viver com o tal do *Butcher* e o menino querido, pêssegos na grama, o doce aroma apodrecido do casamento dele, eu sabia mas não conseguia dizer quando rodava em volta do menino, tentando proteger ele e aí fui eu que machuquei ele. Estava tudo errado, ruindade no centro, o som de moscas excitadas no sol, o guincho fininho e a batida seca da porta de vaivém quando uma pessoa entrava e outra saía. Era isso o Brejo, vozes no outro quarto. Eu não nasci lerdo, isso eu sei.

Em Nova York eu sentava no meu COLCHÃO DA CANAL STREET a cabeça para lá e para cá pensando por que meu irmão agora estava pintando como uma MEDIOCRIDADE. Ele não contou eu não perguntei. Essa era a pior sensação que tinha.

No Brejo eu xeretava a gaveta grande debaixo do guarda-roupas da mãe, quando estava sozinho eu era um XERETA, desculpe. Disseram que eu nasci Slow Bones e dei uma tristeza para minha mãe. Mas alguma coisa tiraram de mim. Alguma coisa aconteceu, nunca descobriram, só o cheiro de cânfora numa gaveta. A gente rodava naquela época, como rodou agora atrás da minha cadeira sumida, como se rodasse em volta de alguma coisa estranha e suja senão por que ele ia estar pintando uma MEDIOCRIDADE? Me dava dor de cabeça. Eu não conseguia parar quieto, escorregadio feito uma minhoca na frente do anzol detestado.

Meu irmão tinha vindo para Nova York e ninguém no restaurante sabia o nome dele e ele ficou bravo porque eles não baixaram a cabeça para o grande EX-MICHAEL BOONE e por isso ele ficou pequeno e enrugado, escuro feito carvão da mina a céu aberto de Madingley. Ele comprou bastões de tinta da Pearl Paint e lá se foi, esfregando e esfregando, como se quisesse apagar a si mesmo, se apagar até virar pó.

O que aconteceu nós não vamos saber nunca.

Rodando, rodando.

Marlene Cook de Benalla. Michael Boone de Brejo Bacchus. Reis e Damas na Mercer Street. Ele subiu no telhado do prédio e lá deixou a pintura dele no olho da noite. Clara de ovo, fuligem preta, almas queimadas caindo.

QUEM VAI ME SALVAR AGORA?

# 52

Hugh nunca mudou desde a manhã em que eu o peguei para levá-lo para Melbourne. Tinha tentado afogar o pai dele, e vice-versa também, mas mesmo assim ele me fuzilou com os olhos como se eu fosse o responsável pelo sofrimento dele. Foi na cozinha de teto baixo de minha mãe que eu o encontrei aquele dia, tapando a luz da janela que dava para a Gisborne Street, como uma Testemunha de Jeová gigante com o sapato preto de ir à igreja, calça Fletcher Jones, uma camisa branca de manga curta e uma gravata. O Brylcreem tinha deixado o cabelo molhado dele cor de sombra queimada e as orelhinhas de concha estavam muito vermelhas. E os olhos, eram sempre os mesmos, olhinhos malignos que ele agora pousava em cima de Marlene.

Na Mercer Street, perguntei a ele:

— Qual é o problema com você, porra?

Nenhuma resposta.

— Está tomando seus remédios?

Ele me olhou beligerante, depois se recolheu ao profundo e infeliz emaranhado de sua cama, onde, na companhia de farelo de torradas, debaixo do abrigo da colcha, ele agora olhava a minha amada lendo o *New York Times*, dirigindo-lhe uma atenção especial que se pensaria mais adequada a uma cobra venenosa.

Marlene estava vestida para correr, com um short largo e brega e uma camiseta branca surrada. Até aquele momento ela havia ignorado a atenção de meu irmão, mas quando se levantou Hugh inclinou a cabeça e levantou uma sobrancelha interrogativa.

— O que é? — ela perguntou.

A campainha tocou.

Hugh se assustou e voltou para baixo da coberta.

Ele era um boboca, mas minha própria relação com aquele toque não foi muito melhor. Eu com certeza não queria o detetive Babaca interrogando sobre o quadro que eu tinha embrulhado com tanto cuidado com jornal na noite anterior. Ele estava agora exatamente no mesmo lugar onde tinha ficado em seu estado recém-lixado, encostado na parede.

Pensando em mudá-lo de lugar, levantei-me, mas não antes de Milt Hesse entrar. Era a primeira vez que eu ficava contente de ver aquele velho tarado, porque ele tinha vindo para levar nosso tesouro para limpeza. Quando ele entrou, meu irmão o olhou com tamanha ferocidade que eu temi que fosse atacá-lo.

— Hoa — eu disse. — Hoa cavalinho.

Antes que Milt tivesse a chance de entender direito a situação em que se encontrava, avançou de abraços abertos para a imensa criatura toda enrolada.

— Não conheço o senhor. É outro gênio australiano?

Mas Hugh não quis nem tocar nele e Milt, possuindo, com um bem calibrado discernimento nova-iorquino de todas as espécies de malucos, desviou de lado para a mesa onde beijou Marlene.

— Boneca.

Tinha machucado o braço esquerdo numa queda, e estava com ele agora numa tipóia e deixou que Marlene enfiasse o pacote debaixo de seu braço direito.

Hugh, enquanto isso, estava todo enrolado, joelhos apertados no peito, balançando para um lado e para o outro. Quem não conhece meu irmão ia pensar que ele estava ignorando o visitante, mas não fiquei nada surpreso quando, na hora em que Milt estava saindo, ele de repente se pôs de pé.

— Eu acompanho você — Marlene disse de repente.

Hugh caiu de joelhos de novo, afundou no emaranhado das roupas de cama, onde finalmente encontrou o casaco que separou da colcha e do lençol e então, com Marlene e Milt não muito à frente, correu para a porta.

— Não, cara, você não quer fazer isso, não.

Fiquei na frente dele, mas ele me empurrou de lado.

— Por favor, cara. Sem confusão.

Ele parou.

— Quem é ele?

— Ele vai limpar o quadro.

— Ah.

Ele recuou, primeiro intrigado, mas exibindo por fim um sorriso idiota de entendedor, como se ele, mais do que ninguém, soubesse de alguma verdade secreta.

— O que está pensando, cara?

Ele bateu na cabeça.

— Está pensando?

— Telhado — ele disse.

A porra do sorriso era fisicamente insuportável.

— Que telhado, cara?

Ele recuou mais, para o colchão, a boca agora impossível de pequena, as orelhas aos poucos se enchendo de sangue. Quando ele se acomodou de volta no ninho, seu cabelo ressecado, atrapalhado com a estática, arrepiou-se na cabeça. Ele ainda estava assim, um horrível susto sorridente, quando Marlene voltou da corrida.

Ela também estava nervosa, tinha estado nervosa, de qualquer modo, e por mais que corresse ou levantasse pesos, nada lhe dava alguma paz.

Sentada à mesa, ela voltou direto para o *Times*.

— Você botou fogo na escola — meu irmão disse.

Ah, Hugh, pensei, Hugh, Hugh, Hugh.

Marlene já estava vermelha, um vermelho adorável que revelava as minúsculas sardas mais claras.

— O que você disse para Marlene?

Hugh abraçou seus grandes joelhos redondos e riu.

— Ela botou fogo na Escola Secundária de Benalla — ele disse.

Marlene sorriu.

— Hugh, você é muito estranho.

— Você também — meu irmão falou, parecendo de alguma forma satisfeito, como se uma charada tivesse se resolvido.

— Ouvi dizer que você botou fogo na Escola Secundária de Benalla.

Marlene agora olhava para ele, e por um momento seus olhos se apertaram e sua boca contraiu, mas depois ela relaxou o rosto.

— Ora, Hugh — ela sorriu —, você é mais cheio de truques que um saco cheio de macacos.

— Você também.

— Você também.

— Você também — até os dois estarem rindo às gargalhadas, e eu fui ao banheiro para escapar.

Na hora do almoço, Milt ligou para dizer que Jane estava com o quadro que parecia, disse ela, ter ficado pendurado na cozinha de alguém. Nessa noite fritei lingüiças para Hugh e, depois que Marlene deu sua corrida da noite, ela e eu saímos para jantar no Fanelli's, onde tomamos duas garrafas de um fantástico borgonha.

Eu não me sentia bêbado, mas caí na cama e apaguei como uma lâmpada. Ao acordar, encontrei Marlene voltando para a cama. Eu estava com uma dor de cabeça de rachar. Ela estava gelada. Primeiro, pensei que estivesse tremendo, mas quando toquei seu rosto vi que estava banhado em lágrimas. Abracei-a e seu corpo tremia convulsamente.

— Psiu, baby. Psiu, está tudo bem.

Mas ela não conseguia parar.

— Desculpe — disse Hugh, parado na porta.

— Puta que o pariu, volte para a porra da cama. São três da manhã.

— Eu não devia ter falado nada.

— Não tem nada a ver com você, seu bobo.

Ouvi Hugh suspirar e Marlene estava quase sufocada, um som horrível, como de alguém se afogando. Dava para enxergá-la à luz da rua, todos os seus planos lisos e adoráveis amassados e quebrados dentro de um punho. Era a porcaria do divórcio, pensei, a porra do *droit moral*. Por que ela tinha de passar por isso, eu realmente, realmente não entendia.

— Você ainda consegue me amar?

Com dor de cabeça ou não, eu a amava, como nunca tinha amado em toda a minha vida, amava a esperteza dela, a coragem, a beleza. Amava a mulher que roubara o quadro de Dozy, que lera *O pudim mágico*, que falsificara o catálogo, mas ainda mais a garota que escapara do quartinho em Benalla e podia sentir o cheiro da tinta vermelha de chumbo que a mãe esfregava na lareira todo domingo, sentir o gosto da porcaria de café falso feito de chicória, da beterraba enlatada manchando a clara do ovo na mortal salada iceberg.

— Psiu. Eu te amo.

— Não sei.

— Psiu.

— Você não vai me amar. Não vai conseguir.

— Consigo sim.

— Eu fiz — ela gritou de repente.

— O que você fez?

Olhei o rosto dela e vi um terror alarmante, um horrível encolher-se à minha terna pergunta. Ela deu um pequeno gemido, escondeu a cabeça no meu peito e começou a soluçar de novo. Junto com tudo isso, detectei Hugh. Ele estava bem em cima de nós

— Vá para a cama, agora.

Os pés descalços dele roçaram o chão.

— Eu fiz — ela disse.

— Ela botou fogo na Escola Secundária de Benalla — Hugh disse, lamentoso. — Desculpe.

Peguei o queixo dela e inclinei seu rosto para mim, a luz da rua toda presa numa onda em torno de seus olhos alagados.

— Você fez isso, baby?

Ela fez que sim com a cabeça.

— Foi isso que você fez?

— Eu sou má.

Puxei-a para mim e abracei-a, toda a gaiola de mistério que era sua vida.

# 53

Eu estava errado, é bem possível, eu pequei, é muito provável, prestei FALSO TESTEMUNHO, me transformei num FOFOQUEIRO COMUM. Está ouvindo? Dizem que Marlene Cook botou fogo na escola? QUEM que diz? Ora, foi só o Olivier.

Então foi só BOATO e INTRIGA, benzadeus, eu nunca teria repetido isso se não tivesse farejado ALGO DE PODRE, como dizem. Eu estava DESABOTINADO — essa palavra é boa — e por isso repeti bobamente o que um DROGADO INVENTOU e fiz Marlene chorar, no fundo do meio da noite, uma perda humana no espaço cósmico ou dentro de um saco plástico, engolindo ar, seu BOM NOME aspirado deles, o ASPIRADOR DE PÓ chupando o oxigênio, rugindo como os moinhos de Deus.

Que direito eu tinha? Nenhum direito, só errado. Me desculpe, Senhor Jesus, foi uma tortura ouvir ela sofrer e não conseguia esperar o amanhecer para poder voltar até o Bicker Club e DIZER PARA Olivier que ele tinha inventado a história porque tinha ódio dela.

Quando clareou cinzento eu fiquei em cima deles. Queria ser um anjo, mas nunca que vai nascer penas nas minhas costas peludas. Ela estava dormindo, a cabeça como sempre no peito do meu irmão. Ele abriu um olho e espiou o relógio.

Sair?, ele perguntou.

Andar, eu respondi.

Era uma manhã clara, logo depois das 7h, pombos já arrulhando na escada de incêndio enferrujada, sem distinguir um dia do outro acho, ou só o seco do molhado, o quente do frio, o coração deles do tamanho de um pedaço de chiclete, sangue suficiente para encher uma xícara. Nada de sofrimento para eles, pensei, mas aí quem pode imaginar o tormento constante dos piolhos, a dor de doenças desconhecidas para todo mundo menos o sofredor, seus próprios horrores secretos, nem piores, nem melhores. Segui a Mercer Street, cabeça baixa. A toda a minha volta sacos plásticos pretos, em erupção, vomitando, peixe de restaurante por exemplo. Que conhecimento pode ter um peixe? Quem pode alertar um peixe caranho vermelho sobre a outra vida, sobre esse purgatório da Mercer Street? Esses pensamentos horríveis me perseguiam como CHEIROS DO INFERNO enquanto eu subia a Broadway, quase me mataram. Depois da Union Square, o parque Gramercy Park, mas onde estava Jeavons agora? Não importava. Eu tinha a minha chave. Como confessei. Como contei a seqüência de acontecimentos. Como a história havia sido registrada, rolo por rolo.

PROSSEGUI até o segundo andar e destranquei a porta, benzadeus. Eu não sabia o que tinha feito.

Olivier de pijama preto, o rosto escondido pela cadeira, as pernas da cadeira fechadas como tesoura em volta do pescoço branco e machucado dele, uma grande marca azul de nascença, um lago subterrâneo se espalhando por baixo da pele dele. Estava com os olhos abertos. Estava imóvel. O que TINHA SUMIDO DA MINHA CABEÇA eu não sabia dizer. Toquei nele com o pé e ele se mexeu como um bicho morto mais nada.

Não toquei o corpo dele com as minhas mãos. Fugi do clube com Jeavons gritando para mim PARE. Corri a Broadway inteira urrando NÃO SIGA NÃO SE IMPORTE. Salve-nos de mim, me contem o que está feito.

# 54

Slow Bones nos acordou. Como uma chapa de metal caindo, batendo, martelando na cama. Não deu tempo para meias, nem roupa de baixo, corremos, os três juntos, para o Bicker Club, e lá encontramos aquele que chamam de Jeavons num estado que era desagradavelmente nervoso.

Foi ele quem apontou "a esposa" para a polícia, e o resultado disso foi que Marlene teve o privilégio de ser levada à cena do crime — os tiras ficaram agressivos pra caralho comigo quando achei que tinha o direito de entrar junto —, e foi ela que se tornou então "a depoente" que jurou que "os restos mortais" do falecido tinham sido um dia Olivier Leibovitz. Esperei na escada de entrada da mansão, foi o mais perto de Olivier que me permitiram chegar. Hugh e eu estávamos lado a lado, calados e abalados. Marlene saiu, abriu a boca para falar e vomitou por cima da grade.

Hugh acompanhou um policial até a biblioteca do Bicker. Marlene estava vomitando na calçada, mas me mandaram acompanhar Hugh a certa distância. Debaixo de uma entrada em arco, fiquei observando o interrogatório dele gravado em fita, ele sentado debaixo de um péssimo pôster de uma reprodução do *Hamlet* com Johns Wilkes Booth. Não conseguia ouvir o que diziam, mas parece que ele confessou o crime. Eu acredito nisso, totalmente. Quando aplicaram as ratoeiras nos pulsos dele, meu irmão olhou para mim, não estava mais chorando, os olhinhos tão estranhamente parados e escuros.

Fizeram o grandalhão se levantar e virar, e deixaram-no de pé, de cara para o canto da biblioteca.

Alguma coisa aconteceu, Deus sabe o que exatamente — idas e vindas pela escada. Aí, o tira mais jovem, um sujeito de cabelo cortado à militar, de tênis e jeans, soltou as algemas de Hugh e o velho touro correu para mim, de cabeça baixa.

— Hugh!

Ele passou raspando.

O tira era um cara de cabelo escovinha todo arrumadinho, diferente de todos os tiras que eu conhecia, mais parecido com aqueles caras libaneses que vendem haxixe no Salão Verde do Johnny's em Melbourne.

— Este aí é seu irmão?

— É.

— Ele é meio lesado?

— É, sim.

— Leve esse cara daqui.

— Como é?

— Ele está livre para ir.

Hugh estava ausente com seus olhinhos culpados. Ele deixou que eu passasse o braço em torno dele e o levasse escada abaixo.

— Sente aqui um pouco, cara.

Tirei meu suéter e minha camiseta, vesti a lã piniquenta em cima de minha pele estragada, usei a camiseta para limpar Marlene, que tinha se acomodado entre dois carros estacionados e ainda estava com engulhos e engasgos, embora agora não produzisse muito mais que bile. Eu não tinha visto o que ela vira, nem queria. Enxuguei sua boca, o queixo, a camisa ficou colorida de um verde amargo, e quando terminei a joguei — fodam-se eles — por cima da cerca do Gramercy Park.

Chegou uma ambulância, mas ninguém se deu ao trabalho de sair. Estava um tempo cinza, encoberto, úmido, suarento. Estávamos sem vida, toda nossa medula sugada pela goela de sabe Deus qual dimensão.

Policiais chegavam e iam embora. Táxis buzinavam para a ambulância, mas ninguém com pressa para trazer para baixo o filho do artista famoso.

Claro que eu não tinha como saber ainda do osso metacarpo recém-quebrado na mão direita de Olivier. Me pergunto o que eu teria feito. Teria entregado meu irmão? Delatado meu irmão? Denunciado? Como eu podia saber? O verdadeiro mistério, porém, não era a minha personalidade, mas o crime em si.

O assassino ou tinha uma chave — mas todas as chaves estavam localizadas — ou tinha entrado por uma janela aberta depois de escalar uma parede vertical de 15 metros.

Hugh, que tinha uma chave, ainda estava dormindo na Mercer Street quando Jeavons foi levar o chá e encontrou o corpo. Jeavons podia ter feito aquilo? Ninguém achava isso. Quando Hugh saiu correndo da cena, quando ele viu o corpo, ele já estava morto havia cinco horas.

Então não tinha nada a ver com Hugh, no entanto o corpo continha uma mensagem para qualquer um que conhecesse a história de Hugh.

O Departamento do Legista-Chefe não conhecia Hugh, não sabia que era uma mensagem, embora Deus saiba que eles investigaram. Tiraram pedacinhos do cérebro, fígado, sangue de Olivier. Havia Aderal, Celexa e Morgina no cérebro dele, mas ele não tinha morrido por causa dessas drogas. A causa da morte havia sido asfixia. A necropsia confirmou todos os sinais indicativos: intensa congestão cardíaca (coração aumentado; ventrículo direito), congestão venosa acima do ponto atingido e cianose (descoloração azul dos lábios e pontas dos dedos). Isso havia sido realizado com as pernas da cadeira de dobrar de Hugh.

Deveria bastar, você pode imaginar, mas não para eles. Cortaram Olivier como um porco na hospedaria Draybone, abriram seu belo corpo com a "incisão usual". As moscas zuniam. Pesaram seu pobre cérebro triste. Descobriram que os vasos na base do cérebro estavam "com as paredes fragilizadas e muito expandidos", seja lá o que isso quer dizer. Pesaram seus pulmões, coração e fígado. Só isso hoje, sra. Porter? Não acharam nada de especial no esôfago. Cutucaram seu estômago e informaram que havia "alimento não-digerido com pedaços identificáveis de carne e legumes e um marcante odor de álcool".

Cortaram o pau dele. "Os corpos cavernosos, pelve, uretra e bexiga urinária não apresentavam nada fora do normal. A cápsula soltou a pele com facilidade revelando superfícies corticais notadamente pálidas e lisas." Eu não quis nem saber o que isso queria dizer, mas o que ele tinha feito para merecer uma coisa dessas? Nascido dentro das muralhas do castelo da arte? Cortaram desde o cólon até embaixo e descreveram o conteúdo de sua merda. Aquilo era uma vida, um homem, em parte, no todo.

Os jornais sensacionalistas foram quase tão explícitos — observaram que a mãe dele, Dominique Broussard, tinha morrido de forma semelhante em Nice, em 1967. Mergulharam na história. É muito esclarecedor ler que estrangulamento é normalmente o destino de mulheres e filhos. Só um detalhe lhes escapou, embora estivesse claramente declarado na necropsia para qualquer pessoa que quisesse pensar o que poderia significar — o assassino havia também quebrado o osso metacarpo direito de Olivier Leibovitz.

Hugh não tinha feito aquilo.

Eu não tinha feito aquilo.

Em toda Nova York só existia uma pessoa que poderia entender que esse ferimento, infligido na hora da morte, tinha ligação direta com a história de meu irmão.

Claro que eu não fiquei sabendo disso imediatamente. Olivier morreu no sábado de manhã, e só na quarta-feira — muito rápido para o legista-chefe, ou pelo menos foi o que me disseram na delegacia — eu peguei o relatório oficial e trouxe para a Mercer Street. Fritei as lingüiças de Hugh, fiz batata amassada e comecei a ler. Levei um ou dois minutos para chegar ao osso metacarpo.

Marlene estava sentada muito quieta e parada, lendo o *Ma-*

*nual de materiais do artista* de Mayer, mas levantou os olhos tão vivamente que estava claro que ela esperava que eu reagisse.

— O que foi, baby?

Deslizei a página pelas migalhas de torrada, sublinhando com a unha o "osso metacarpo".

A boca de Marlene teve um ligeiro tremor. Não um sorriso, mas uma contração significativa. Ela sustentou meu olhar, enquanto dobrava o relatório devagar.

— Você não precisa disso — disse. Eu por fim entendi: ela possuía o *droit moral* agora. Olivier estava morto.

Ao meu lado, Hugh continuava mastigando suas lingüiças, cortando-as em pedaços caprichados de seis milímetros de comprimento.

— Sei que parece feio — ela disse. — Não é feio, baby. É só cuidadoso.

O que ela dizia era monstruoso, mas estava simplesmente sentada à mesa, a mão pousada na minha mão, tão terna quanto sempre foi.

— O que parece feio?

— Esse ferimento — disse ela, voltando os olhos na direção de meu irmão.

— A fratura?

— Seguro — disse ela. Era a segunda vez que quase sorria.

Marlene tinha a porra do *droit moral*. Deus nos livre. Atravessei a sala, abri o baú onde ela guardava suas coisas de corrida, suas ferramentas de assalto, se quer saber a verdade. Não havia nada ali, a não ser tênis fedorentos e um short.

— Onde está sua corda?

O que eu esperava que ela fosse responder? Ah, usei a corda para escalar até o quarto do filho-da-mãe do meu marido. Depois que acabei de matar meu marido, joguei fora a corda. Aí voltei para casa e me enfiei na cama. O que ela disse de fato foi:

— Deus está nos detalhes. — E com isso estendeu solenemente a mão para mim. Disse: — Não vai acontecer nada de mau agora, baby. Só que eu posso confiar que nosso segredo estará seguro.

— Pelo amor de Deus — indiquei meu irmão com a cabeça —, ele estava dormindo profundamente. Ele estava aqui.

— De um ponto de vista judicial, isso é meio escorregadio. De qualquer forma, ninguém quer descascar o abacaxi — disse ela. — Eu com certeza é que não.

Dei uma risada soprada, incrédula, de pau mole.

— Baby, não é uma coisa que eu vá precisar usar. Você está agindo como se eu planejasse usar isso. Não planejo.

— E o que você achou que eu ia sentir a respeito?

— Que talvez nós todos pudéssemos ir para o sul da França. E ser felizes juntos. Hugh ia adorar. Você sabe que sim.

Hugh estava sentado, bebendo ruidosamente seu chá. Quem sabe o que ele estava ouvindo ou pensando?

Marlene deu a volta na mesa e parou bem na minha frente, uns bons vinte centímetros mais baixa, mesmo de salto alto.

— A Austrália ainda é uma boa. Não tenho de ir para a França. — Senti a mão suave dela em meu braço e, olhando em seus olhos vi, no leque da íris em torno da pupila, as rochas por baixo do mar, nuvens de nebulosas, uma porta para algo completamente estranho.

Então, por fim, senti medo.

— Não? — ela perguntou.

Eu não conseguia nem me mexer.

— Butcher, eu te amo.

Estremeci.

Ela sacudiu a cabeça, os olhos inundados com grandes lágrimas.

— Pense o que quiser, vou provar que não é verdade.

— Não.

— Você é um grande pintor.

— Vou te matar.

Ela recuou, mas então tocou meu rosto congelado.

— Vou cuidar de você — disse ela. — Vou levar seu café-da-manhã na cama. Vou colocar seus quadros no lugar do mundo que você quiser. Quando estiver velho e doente, vou cuidar de você.

— Você é uma mentirosa.

— Não nisso, baby. — Então, na pontinha dos pés, Marlene Leibovitz me beijou na boca.

— Foi só uma coisa técnica — ela disse. Esperou um momento como se eu pudesse miraculosamente mudar de idéia ali; depois, com um suspiro, enfiou a necropsia dentro da bolsa.

— Você jamais vai encontrar alguém como eu — disse ela.

Mais uma vez, esperou minha resposta enquanto Hugh olhava ferozmente para a xícara.

— Não? — ela perguntou.

— Não — respondi.

Ela saiu pela porta sem uma palavra mais. Quem sabe para onde foi? Hugh e eu partimos do aeroporto JFK na manhã seguinte.

— A Marlene vem? — ele perguntou.

— Não — respondi.

# 55

O piloto disse, Senhoras e Senhores, Moças e Rapazes — a voz de nosso pai, um PERSONAGEM — ele disse DESCER até Sydney. Perguntei ao meu irmão qual ia ser o destino da ARTE dele agora ele disse que estava perdida para sempre, propriedade de um japonês ele queria que o filho-da-puta morresse. Quando a gente estava voando ele bebeu várias garrafinhas de vinho tinto e não parava o METIDO FILHO-DA-MÃE até não conseguir mais FICAR DE OLHOS ABERTOS.

Noite muito longa sacudindo acima da terra.

Depois teve um TRECHO ACIDENTADO com vários endereços em Sydney — Tempe, Marrickville, St. Peter's. Butcher estava completamente ESVAZIADO, a obra da sua vida roubada pela QUEIXOSA e pelo JAPONÊS.

ATENTEI PARA TODAS AS OBRAS QUE SE FAZEM DEBAIXO DO SOL, E EIS QUE TUDO ERA VAIDADE E AFLIÇÃO DE ESPÍRITO. Ele não sabia nunca o que estava pintando.

Durante um ou dois meses ele FEZ ARTE mas depois ouviu na rádio 2UE que a Queixosa e Jean-Paul tinham vendido sua coleção de Michael Boone para os japoneses. Meu irmão tinha sido um Rei mas agora era um Porco, estripado. Vire o animal de lado e comece a puxar para fora os intestinos. Tome muito cuidado para não romper o estômago e os intestinos. Quando tiver o estômago e os intestinos puxados para fora o máximo possível, vai descobrir aquilo pendurado um pouco abaixo do fígado. Descanse em paz. Ele jogou 15 metros de boa tela na feira de Tempe Tip.

O ANTES FAMOSO Michael Boone então abriu uma empresa de cortar grama. Nunca fiquei tão feliz com um trabalho antes mas meu irmão era filho do pai, sempre raivoso com os congestionamentos de trânsito em Parramatta Road, o preço do combustível para motor de dois tempos, gramados molhados demais para se cortar direito. PORQUE NA MUITA SABEDORIA HÁ MUITO ENFADO; E O QUE AUMENTA EM CONHECIMENTO, AUMENTA EM DOR. Meu sono era penetrado pelos pés descalços dele, passeando pelo apartamento, a cabeça, uma pasta, o coração em seu trabalho incessante, gordura se acumulando em torno dos rins. Eu não esquecia que a minha felicidade era comprada a um custo horrivelmente alto para ele. MAS... MINHA VEZ AGORA. Queria ser um homem melhor. Eu gostava de cortar grama, as folhas de primavera, o cheiro doce, insetinhos voando na luz enevoada, borboletas monarca, outras com nomes que eu não sabia.

Durante cinco verões tivemos VIDA NORMAL.

Então chegou uma carta de nossos ANTIGOS INIMIGOS na Alemanha e tudo mudou. A gente tinha ARRASADO ELES DE BOMBAS mas não tinha nenhuma menção a isso ao escreverem para informar o Butcher de RECENTES ACONTECIMENTOS. A carta era do MUSEU LUDWIG ha-ha dispensa baterias. Era um convite para meu irmão ir ver os quadros dele pendurados no MUSEU MUITO IMPORTANTE lá deles como ele me falou mais de uma vez. Ao mesmo tempo ele tinha medo de que fosse um TRUQUE MUITO CRUEL.

Ele era agora um velho muito gordo, a cabeça violentamente queimada pelo sol de verão, a boca virada para baixo, as mãos sempre nos bolsos procurando moedinhas ele estava sempre DURO. Mas a noite em que ele abriu a carta do Museu Ludwig foi FODA-SE AS DESPESAS ele ia falar com eles PELO TELEFONE de homem para homem. Aí na cozinha do nosso apartamento aconchegante em Tempe foi oficialmente confirmado que ele tinha sido resgatado do MONTE DE LIXO DA HISTÓRIA. O japonês tinha doado dois quadros dele para o Museu Ludwig e essas duas telas — vistas pela última vez na Mercer Street, Nova York, NY 10013 — recebiam agora LUGAR DE HONRA. Puta que o pariu.

Num minuto a gente estava duro — sem dinheiro para nada além de pescoço de carneiro —, mas agora a gente podia comprar passagens de avião para a Alemanha, não só nós dois, mas o menino Billy Bones também, um grande filho-da-mãe alto e bonito, que não devia nada aos pais. De onde veio esse dinheiro? Não se meta nesse assunto.

Meu irmão então estava SALVO. Podia-se dizer também RECONVERTIDO. Viajamos direto para a estação ferroviária de Colônia e descobrimos as duas melhores pinturas dele uma na frente da outra na sua própria sala subterrânea no Museu Ludwig.

*EU, O PREGADOR*, Michael Boone (Austrália), n. 1943 — Doação da Dai Ichi Corporation
*SE JÁ VISTE MORRER ALGUÉM*, Michael Boone (Austrália) n. 1943 — Doação da Dai Ichi Corporation

Sendo mais versado em MANUTENÇÃO DE GRAMADOS eu não entendi que esse relâmpago do céu iria agora se repetir em outros lugares, benzadeus, Londres, Nova York, Canberra, coitada da mãe, além do seu alcance, suas preces particulares penduradas em público, um mistério raivoso para o mundo todo ver. O triste cortador de grama envelhecido confrontado com suas OBRAS tinha os olhos loucos e um sorriso oscilante.

— Meu Deus do céu — ele disse quando leu a placa e viu o nome do PARCEIRO NO CRIME de Marlene.

Você não faz idéia, ele me disse.

Mas o velho Slow Bones entendeu perfeitamente. Aquilo era uma carta de amor de Marlene. Era o que ela havia prometido para ele no dia em que ele a ameaçou de morte violenta.

Um DOUTOR CURADOR estava presente na nossa visita e quando o Butcher encontrou um lenço e assoou o nariz esse cara educadamente perguntou se a gente gostaria de ver os Leibovitz.

A resposta de Butcher foi definitiva a ponto de ser rude. N-Ã-O.

Bom, disse o doutor, achei que você poderia apreciar a ligação pessoal. Compramos o novo Leibovitz do sr. Mauri, seu grande colecionador.

Ah, meu irmão disse. Ah, entendo.

Ele ficou olhando o Doutor Curador como se alguém tivesse se esgueirado por trás dele e enfiado um pau de vassoura na bunda dele.

Vá na frente, Macduff, ele disse.

E lá fomos nós, galopando pelas galerias, nós todos homens grandes, pés grandes, couro batendo nos pisos do Museu Ludwig até que chegamos na frente de um quadro de um Charlie Chaplin mecânico que em francês se diz *LE CHAPLIN MÉCANIQUE*. Eu fiquei preocupado de estar para SOLTAR UM PEIDO então fiquei a uma certa distância mas o Butcher enfiou o nariz queimado de sol no quadro.

Perguntou quando tinha sido comprado de Mauri.

Não, disse o Doutor Curador. Esse não. Este aqui. Este é a nossa nova aquisição.

E ali, atrás de nós, benzadeus, estava a coisa horrível que meu irmão tinha inventado em SoHo. De lá para cá tinha virado *LE GOLEM ÉLECTRIQUE*. Eu calei minha boca, mas você devia ver a cara do meu irmão, igual ao clima de Melbourne, chuva, sol, granizo, sorriso, carranca, zanga, espirro, saúde, o que aconteceu em seguida?

Quanto?

Três vírgula dois, disse o Doutor traço Curador.

Marcos alemães?

Dólares.

Na frente da pintura tinha um banco de madeira e meu irmão sentou. Ele ficou muito imóvel. E então finalmente deu uma risada bem pelo nariz brilhante. Olhou de um de nós para o outro como se estivesse escolhendo quem ia merecer o que ele ia dizer em seguida. Nenhum de nós. Ele falou para ninguém em especial: a melhor coisa que Leibovitz fez na vida.

E então foi para o bar, um homem grande gordo volumoso com um braço curto dentro do bolso, a outra mão esfregando a cabeça sardenta queimada de sol.

# 56

Quero ser amado, lembrado com carinho, e seria um idiota de ficar na sua frente nu, mas o que mais eu fiz além disso?

O MoMA, o Museu Ludwig, a Tate — não dá para enumerar os museus para os quais Mauri doou minhas obras, nem imaginar a quais tortuosos acordos essas doações estavam vinculadas. Basta saber que eu logo emergi como uma fênix das cinzas da minha vida Butcher.

Minha salvadora? Uma assassina. Na verdade, é pior que isso, porque mesmo eu tendo um dia me afastado dela, eu ainda era um Bones, e todo o preto no branco, tão claro naquela manhã em Nova York, estava destinado a chover no molhado, a secagem lenta, ambígua, uma maré cambiante entre beleza e horror. Aquilo subia por baixo da minha pele, me enchia a boca.

Naqueles poluídos subúrbios de verão quando Hugh e eu estávamos acorrentados atrás de nossos imundos cortadores de grama Victa, eu ainda era — apesar de toda a morte e dissimulação — um prisioneiro desse passado emaranhado. Enquanto podava os canteiros floridos em Bankstown, eu revivia aqueles dias antes do outono, quando minha baby e eu olhávamos juntos a luz, bebíamos Lagavulin on the rocks, andávamos de mãos dadas pelo Museu de Arte Moderna, todas aquelas noites em que ela apertou a cabeça adorável contra meu pescoço e eu respirei o ar de jasmim em torno de sua testa.

Uma pessoa melhor pode fugir horrorizada, mas eu a amava e não vou parar. Pronto, falei. Ela foi embora, não foi embora, está lá em algum lugar, mandando recados para mim via Sotheby's e Instituto de Arte de Chicago. Ela está me gozando ou sentindo saudade de mim? Como é que eu vou saber? Como saber quanto pagar se você não sabe quanto vale?

# AGRADECIMENTOS

No final de 2002, numa época em que estávamos ambos vivendo próximos demais do 'Ino na Bedford Street, fiz amizade com Stewart Waltzer. Muitos almoços mais tarde ficou claro para mim que o mundo das artes plásticas de Nova York, que Stewart conhecia à sua própria maneira muito particular e pessoal, estava em choque e em discussão com os mundos distintamente australianos que se amalgamavam naquele momento em meus cadernos.

Stewart às vezes comprava uma *bruschetta* a mais, embora com menos freqüência do que ele se lembra. Ele com certeza me alimentou com mil histórias escandalosas, possivelmente confiáveis, e me apresentou ao primeiro de muitos peritos que, cada um a seu momento, me daria o que eu precisava para fazer minhas criaturas se levantarem e saírem andando.

O primeiro desses voluntários (sem culpa) foi a restauradora de Nova York Sandra Amman, que por sua vez me levou a Tom Learner, um restaurador científico da Tate em Londres. O dr. Learner mergulhou com entusiasmo no problema que Butcher Bones ia ter de resolver. Jay Krueger, restaurador sênior de pinturas modernas da National Gallery de Washington, iria se revelar igualmente prestativo e foi ele que mais tarde me alertou para as caixas de amostras de tinta Magna que Butcher depois encontraria na Central de Suprimentos de Nova York.

O escultor Michael Steiner — outro amigo de Stewart — foi maravilhosamente receptivo, e roubei e reconstruí trechos inteiros de suas opiniões antes de dá-las para Milt Hesse passar a Marlene Cook.

Escritores são, evidentemente, obsessivos, então dificilmente algum amigo terá deixado de contribuir de alguma forma — David e Kristen Williamson, David Rankin, Patrick McGrath, Maria Aitken e Paul Kane, Philip Govrevitch e Frances Coady, obrigado. Todos merecem minha gratidão.

Este livro foi composto na tipologia Aldine 401 BT,
em corpo 11/15,5, e impresso em papel
off-white 80g/m² no Sistema Cameron da Divisão
Gráfica da Distribuidora Record.